天降好孕

1

風文創 1145

松籬 著

目錄

序文

松籬

開這篇文純粹一時興起，突然想寫一個關於雙重生的故事。

一般的雙重生是男女主角重生，但總覺得太過尋常，就決定將除了女主角外第二個重生的人設定為他們的孩子。

於是，這個只有大略雛形的帶球跑故事開始了。

具體的故事發展與角色人物設定，完全是在寫作過程中一點點浮現出來的。

為了讓前世的故事變得更加撲朔迷離，第一次嘗試前段刻意隱藏男主心理活動的寫法，只透過男主角的言行舉止透露細節。得到了讀者「抓狂，男主角到底知不知道女主角的孩子是他的」、「明明是言情，感覺在看推理懸疑小說，一直在猜猜猜」之類有趣的評論。

寫文幾個月，幾乎每天都在痛苦掙扎和快樂寫作之間反復橫跳，想好的劇情一次次推翻重來，我額頂本來就稀薄的頭髮差點沒保住，但幸好故事完結，也算有了一個好的結果。

作為一個不太喜歡寫副CP的人，在不影響主線劇情的情況下，這本書我破天荒的寫了兩對副CP，尤其是大姊姊和姊夫這一對，竟然想不到的有點好磕。

我是一個堅定的HE者，希望給我筆下的角色們完美的結局，這一本自然也不例外。

或許是帶著一點私心和理想主義，讓主角們不管前世經歷多少坎坷與磨難，這一世都能解開誤會，彌補所有缺憾，迎來溫暖燦爛的日子。

一本書的完結不代表一個故事的終結，我總相信，那些我筆下創造出來的人物，能在讀者腦海中形成千千萬萬種模樣，然後在我的筆延伸不到的世界裡，繼續感受喜怒哀樂，平淡而幸福的活著。

第一章

大昭民風開放，又恰逢一年一度的花神祭，此時盛京的朱雀南街人聲鼎沸，少年、少女身著新衣，持花出遊，拜花神、吃花糕、行花令，語笑喧闐。人一多，街兩側的攤肆鋪子，也一排排擺了起來。

冷冬從小販手中接過油紙包好的桃花糕，艱難的自排隊的人群中擠出來，往河岸邊的柳樹下跑去。

「碧蕪姊姊，妳快來嘗嘗，這家的桃花糕啊做得最好吃了，每每都要排上好久呢……」

她迫不及待的打開紙包，卻見身側女子望著遠處金瓦紅牆的殿宇高樓，目光空洞，神色凝重。

縱然面上沒有笑意，可女子格外出眾的相貌還是惹得過路人頻頻側首，目露驚豔。

冷冬皺了皺眉頭，雖不知是何緣故，但她總覺得她這位碧蕪姊姊，近日有些奇怪。

碧蕪姊姊姓柳，和她一樣，都是譽王府裡的粗使丫頭，兩人一同住在六人間的下房裡，因進府晚又無倚仗，常受府中其他僕婢欺負，同病相憐，便一直相互照拂。

可兩日前，柳碧蕪突然暈厥，再醒來時，看她的眼神卻透出幾分陌生，甚至還問她現在是何年何月。之後，更是變得沈默寡言，總是如現在這般，時不時盯著某處發愣。

「碧蕪姊姊。」冷冬又喚了一聲。

碧蕪這才回過神，看見遞到眼前的桃花糕，對冷冬淺淺一笑，搖了搖頭。「不必了，妳吃吧。」

她說話輕聲細語，聲音婉約動聽，分明和從前一般無二，可冷冬總覺得碧蕪似乎有哪裡不同了，那變化的部分看不見摸不著，但總覺得言行變得沈穩許多，和她說話的語氣裡甚至透著幾分淡淡的疏離。

冷冬暗嘆了口氣，只道自己錯覺，笑著伸手摟住碧蕪的手臂。「那姊姊想吃些什麼，我們這就去買，好不容易告了半日的假，若不逛個盡興再回去，豈不虧了。」

「我倒是沒什麼想吃的。」碧蕪轉頭望向東面，將視線定在一處，又含笑看向冷冬。「不過，我的確有想去的地方。我娘生病時我曾將她托給一處醫館，那醫館就在前頭，正好今日出來，我想去拜謝一番。」

「這樣啊。」關於碧蕪的事，冷冬曾聽她提過一二，也知她身世可憐。「那我陪姊姊一塊兒去？」

「不必了。」碧蕪拒絕得很快。「我要去好一會兒，今日這般熱鬧，妳好生玩個痛快，莫要因為我耽誤了，到了時候就自己先回去吧，別等我了。」

說罷，也不待冷冬再言，碧蕪拍拍她的手，疾步往東面去了。

行了數十步，碧蕪折身望了一眼，便見冷冬還站在原地，身影在川流不息的人群中若隱若現，正踮著腳擔憂地往自己這廂看。

碧蕪抿了抿唇，心下頓生出幾分愧疚。

今日一別，若她成功逃脫，此生怕是再難相見，可她不得不騙冷冬。

冷冬的直覺並沒有錯，她的確變了。

她還是柳碧蕪，卻不再是那個心性單純、軟弱唯諾的十六歲的柳碧蕪了。

雖不可思議，但她回來了，回到了十七年前，回到了還在譽王府的時候，回到她的旭兒還未出生的時候。

可碧蕪沒想到的是，她回來的這日竟是二月十三。

偏偏是二月十三！

她一時不知是該悲還是該喜。

悲的是她回到了與譽王那荒唐一夜後。若沒有那事，絕不會有後來那些艱難曲折。

十五歲前，她本只是尋常農女，住在青州城外的一處小山村裡，和母親芸娘相依為命。十二歲時，連日大雨導致黃河決堤，青州遭了大水，房屋田地被淹。為了生存，碧蕪和母親芸娘只能隨災民一起逃荒北上。

然而途中芸娘突發惡疾，令她們的處境雪上加霜，碧蕪尋了無數大夫都束手無策，後聽聞京城有人或可醫此疾，她便邊帶著母親，邊靠著做繡活，沿路換些銀兩吃食，一路往京城而去。吃盡苦頭，終於在一年後抵達京城醫館。

診費藥錢昂貴，一個十三歲的孩子終究負擔不起，看著母親芸娘日益嚴重的病情，碧蕪無奈將自己賣給了譽王府為婢，用得到的十兩銀錢將母親託付給醫館。

可芸娘病入膏肓，藥石無用，僅撐了三個月便撒手人寰。碧蕪忍著悲痛，好生葬了母親之後，孤苦無依的她只盼到了年歲，便離府好好尋個安身之處，度此餘生。

可她沒有想到，十六歲那年二月初十的夜裡，譽王府梅園，紅羅帷帳搖曳，她意外與那個男人糾纏在一起。

醒來時，府中寵妾夏侍妾身邊的張嬤嬤威脅她，若不想死，絕不可說出今日之事。

而後，她仍在膳房當她的燒火丫頭，可卻日夜膽戰心驚。她生怕被夏侍妾滅口，中途尋了個藉口以告假之名逃了一回，但很快就被抓了回來，關了整整三日。

半月後碧蕪還想再逃，可未來得及，她發現自己有孕了！

她遮遮掩掩，反倒讓人起了疑心，她以為夏侍妾會殺她，卻沒想到只是將她關在王府一處偏僻的院落裡，好吃好喝的養著胎。

八個多月後，一個男嬰呱呱落地，便是她的旭兒。

奉命處理江南漕運一案的譽王歸來時，府中所有人都同他賀喜，說夏侍妾為王爺誕下一位小公子。

夏侍妾成了小公子的生母，而碧蕪卻成了乳娘。

為了孩子，碧蕪不敢同夏侍妾作對，更不敢說出真相，能與孩子朝夕相處，她已是心滿意足。後譽王妃蘇氏入府，夏侍妾在此三月後故去，這個孩子便養在譽王妃名下，於永安二十六年封為世子。

兩年後，譽王登基，世子入主東宮，冊封為太子。

碧蕪伺候在側，憑藉太子乳母的身分，成了東宮的掌事姑姑。她本已做好了準備，這輩子不再出宮，就這樣守著她的旭兒，看著他長大成人，娶妻生子。

然而，成則十一年，年僅十六歲的太子薨逝，她也奉旨飲鴆酒陪葬。

她的旭兒死了，她傷心欲絕。

他是中毒而亡，被人害死的，她親眼看到她的旭兒躺在冰冷的青石磚上，嘴角淌血，雙目緊閉，手邊裝著銀耳湯的白玉瓷碗碎了一地，那是她親自送到他手上的。

想起那令她心如刀絞的一幕，碧蕪呼吸微滯，下意識將手覆在小腹上。

喜的是，還好，還來得及。

上天既給了她重新再來的一次機會，這一回，她絕不能重蹈覆轍。

雖不知到底是何人謀害了她的旭兒，可碧蕪知道，光是旭兒的太子身分，便注定了身側危機四伏，若不想讓他落得和前世一樣的結局，那這輩子他絕不能出生在譽王府。

她必須逃！

碧蕪踏進醫館，便見館中一灰袍長鬚的中年男子正忙於開方抓藥，倏然瞥見她，朗笑著喚了她一聲。

「張叔。」碧蕪方才對冷冬說的並非都是假話，她母親芸娘生病時，多虧張大夫收留照顧，才能讓她母親多挨了一段時日，這份恩情她始終牢記在心。

張大夫正在看診，但還是抽閒問道：「碧蕪，可是身子不適，今兒怎麼突然來了？」

「今日花神祭，我告了半日的假來湊湊熱鬧，順便來看看張叔您。」碧蕪不動聲色的用餘光在館中掃視了一圈，旋即勾唇笑了笑。「張叔您忙，不必管我，我一會兒就走。」

張大夫本想說什麼，可那廂病人催得急，他只得隨便道了幾句，又忙自個兒的事去了。

碧蕪狀似無聊的在醫館中踱步，半晌，趁著無人注意，轉而掀簾入了後院，打開小門，拐進條偏僻的巷子，步履不停。

其實她也可以直接入這條巷子，不必多此一舉，彎彎繞繞，從醫館後門走。

可前世遭遇的種種令碧蕪更加敏感多疑，她總覺得背後有一道視線在盯著她瞧。

她無依無靠，偌大的京城無一方安身之處，夏侍妾要抓她易如反掌。碧蕪甚至疑心夏侍妾安排了人跟著她，才導致前世她逃跑不到一個時辰便被抓了回去。

想要徹底擺脫譽王府，唯今之計，只有藏到夏侍妾的手搆不著的地方。

換言之，要讓自己成為夏侍妾不敢動、不能動的人！

不知想到什麼，碧蕪秀眉微蹙。

上一世，她在深宮中待了整整十一個春秋，所見所聞數不勝數，但她從來裝聾作啞，低眉順眼，以求保全自身。可唯有一事，她記掛了許多年，始終不能忘懷。

或許，可藉此一搏……

一炷香後，安國公府，側門。

小廝趙茂等待許久，才聽急促的馬蹄聲猝然響起，須臾，寬闊的道路盡頭，有一人縱馳而來，在離側門不遠處勒馬而止。

「國公爺，您回來了。」

他忙上前，待人下了馬，殷勤的接過轡繩。「老夫人那廂派人來傳話，說今晚讓您去她院裡吃，她特意吩咐大廚，做的都是您愛吃的菜。」

蕭鴻澤整理腰間佩劍的手一滯，淡聲道了句知道了。

見他家主子這番態度，趙茂明白就算他不多說，他家主子也清楚，老夫人醉翁之意不在酒，明著是吃飯，實則怕是又要嘮叨他家主子的終身大事。

畢竟他家主子是武將，戰場上又生死難料，如今故去的先國公爺底下僅他家主子一個血脈，若有個好歹……

倒也不怪老夫人心急了。

趙茂將馬交給其他家僕，正欲跟在蕭鴻澤後頭入府去，卻聽一清潤的聲音幽幽傳來。

「敢問……」

蕭鴻澤折身看去，便見不遠處一女子立於槐樹下，她一身樸素的青衣，許是因走得急，鬢髮有些凌亂，玉手覆在胸口，微微輕喘著。

見他望過來，她張了張嘴，沒有出聲，向前邁了兩步，卻又踟躕著停下。

覷著女子清麗的面容，蕭鴻澤劍眉微蹙，倏然想起前幾日府裡那位好事的二叔母強塞給自己的兩個通房，頓時回眸，進門的步子快了幾分。

趙茂忍不住跟著看了好幾眼，才將目光收回來，心下直嘆，也不知這二夫人自哪裡尋來這般姿色的女子，只可惜換了個勾引的手段，他家主子依舊看不上。

眼見那廂蕭鴻澤頭也不回的進府去，碧蕪微微有些慌亂，若錯過今日的機會，被抓回去譽王府，她想再出府可就難了。

她穩了穩呼吸，鼓起勇氣，啟唇提聲喊道——

「兄長！」

那已踏入門內的身影一僵，猛然頓住步子。

第二章

安國公府，花廳。

碧蕪背脊直挺，雙手緊握擱在膝上，坐姿看似局促，卻是提著神，不放過周遭的任何動靜。

雕花窗櫺外，傳來細微的說話聲。

「裡頭那姑娘是誰呀？可不曾見國公爺帶哪個姑娘回來，還是這般姿容，難不成……」

「別胡說。」緊接著是一聲低斥。「國公爺向來端重自持，房內也乾淨，怎會輕易做那些不清不楚的事，再胡說八道，仔細讓管事嬤嬤聽見，重重罰你。」

話音方落，門外兩個刻意壓低的聲音陡然一轉，似受了驚嚇般顫巍巍道：「國公爺！」

格扇由外朝內推開，步入一個天青衣袍，玉冠束髮的男子，二十五、六的年紀，長身玉立，眉目柔和卻不失英氣。

分明渾身儒雅書生氣更重些，可誰能想到眼前人卻是手握劍戟，上陣殺敵的將軍。

碧蕪想起，前世蕭鴻澤便是譽王時常掛在嘴上的遺憾。他曾說，蕭鴻澤用兵如神，驍勇善戰，若非英年早逝，定能助他開疆闢土，保衛河山，成為輔佐他的一代能臣。

前世她常年深居內苑，並不曾見過蕭鴻澤，如今細看，自己與他眉眼之間當真有幾分相像。

見人進了屋，碧蕪忙起身，畢恭畢敬的福了福。

蕭鴻澤屏退左右，抬眼審視了碧蕪片刻。

不得不說，眼前的女子與他母親實在像極！

雖說清平郡主逝世已十餘載，他對母親的印象也早已模糊，只餘一幅畫像時刻緬懷。可當這女子出現，母親的一言一行、一顰一笑，似乎又在他的記憶中活靈活現起來。

他自然不會相信母親還世這種荒唐事，眼前的女子不過及笄之年，而清平郡主病逝時已二十有九。

清平郡主與老安國公育有一子一女，幼女在三歲時走失，起初，安國公府確實是不遺餘力在大昭境內尋尋覓覓。

清平郡主因痛失愛女，終日以淚洗面，鬱鬱寡歡，加之月子裡落下的毛病，積鬱成疾，終纏綿病榻，心力交瘁而亡。

隨著清平郡主和老安國公接連離世，便少有人還記得此事。

雖因父母遺言，蕭鴻澤這些年仍未放棄找尋，可年數一久，他也幾乎對尋妹妹一事喪了信心，覺得大抵是失了希望。

而今一個與母親面容肖似的女子站在他的面前，喚他兄長，不是妹妹，還會有誰。

兄妹重逢，本該是喜極而泣，可饒是在戰場上見過血肉橫飛的蕭鴻澤，此時也有些手足無措。

見蕭鴻澤看著她一言未發，面色沈重，碧蕪心中登時忐忑起來。

因芸娘不曾隱瞞，故自懂事起，碧蕪便知曉自己並非芸娘所出，即便如此，她也從未想過去尋親生父母。她甚至怨他們狠心，認為自己是被拋棄的。

直到前世在宮中當值時，碧蕪偶然得知自己與清平郡主生得十分相像，又聽說安國公府曾丟失了一位姑娘，才起了疑心。可到底礙著自己東宮掌事姑姑的身分，擔心給旭兒帶來麻煩，即便窺得一些蛛絲馬跡，也並未去求證。

如今貿貿然找上門，不過被逼無奈，放手一搏，其實碧蕪心中並沒有底。

難不成，是她猜錯了？

她等了良久，才聽蕭鴻澤問道：「姑娘年歲幾何？先前都住在何處？」

「今年十六，先前同母親住在青州。之後青州發大水，便隨母親一道逃難來京城了。」

碧蕪頓了頓，抬首看了蕭鴻澤一眼。「前陣子路過此處，忽而模模糊糊想起一些幼時之事……」

蕭鴻澤盯著她的臉瞧了半晌，實在辨不出此話的真假，安國公尋女之事並非秘密，故而這十數年來，不乏因貪圖富貴，故意冒充之人。

他思忖片刻道：「姑娘留在此處，我去去便回。」

話畢疾步而去，離開前，他還特意囑咐守在外頭的兩個婢女，好生伺候。

碧蕪看著蕭鴻澤匆匆離開的背影，心下不安。

她方才說了謊。

她根本沒想起什麼幼時之事，只不過是為自己貿然前來而尋的藉口罷了。

她復又坐下，深呼吸幾口氣讓自己平復下來，努力回想前世她從宮人那裡旁敲側擊，打聽到的關於安國公府的過往。

因祖輩禦敵功勛卓著，蕭鴻澤的曾祖父在六十多年前被先皇慶泯帝封為安國公，爵位世襲罔替，歷代安國公幾乎都能上陣殺敵，除上一任安國公，即蕭鴻澤的父親蕭轍外。

蕭轍是個徹徹底底的文臣，因睿智多謀，頗有才能，深受當今陛下喜愛，甚至將太后視為親女養大的清平郡主嫁給他。

兩人婚後舉案齊眉，夫妻和睦，直到他們的女兒蕭毓甯走丟，清平郡主以淚洗面，抑鬱而終，蕭轍也因接連痛失愛妻愛女而一病不起，很快也撒手人寰，跟著去了。

碧蕪咬了咬唇，面露惆悵，她除了走失時的年紀相同，和肖似清平郡主的那張臉，其實並沒有什麼證據能證明自己就是蕭毓甯。

「老夫人、二夫人、國公爺……」

心神不定間，屋外有了響動，碧蕪站起身，便見一個面容和善的老婦人被另一婦人扶著進門來，後頭還跟著蕭鴻澤。

看清碧蕪面容的一刻，老婦人眸光震顫，眼眶霎時濕潤了，見她作勢要去拉碧蕪，二夫人周氏忙低聲提醒。「母親，還不一定呢！」

蕭老夫人聞得此言，稍稍收斂起面上的感傷，由周氏攙扶著在高位上坐下。

看著站在廳中的小姑娘，尤其是看見她那張與清平郡主格外相像的容貌，老夫人心下激動難當，可出於謹慎，還是柔聲問道：「孩子，妳幾歲了，今日為何突然來此？」

聽著蕭老夫人慈祥溫柔的聲音，想到眼前這人興許就是自己的親祖母，碧蕪鼻頭也忍不住有些泛酸，她強忍下，將方才對蕭鴻澤說過的話復又說了一遍。

不過這回，她將一路和芸娘逃荒北上，芸娘突患惡疾及這幾年來的艱辛一併說了，只是略過她去譽王府為婢的事，改說是在醫館幫忙幹活，換取藥錢。

蕭老夫人聽聞碧蕪坎坷多難的遭遇，越發心疼了，但現在到底不是難過的時候，弄清楚身分才是要緊，便緊接著又問：「妳方才說妳想起些幼時的事，能講講都想起什麼了？」

碧蕪掩在袖中的手微微握緊，抬眸直視著蕭老夫人。「當時年歲太小，許多事都記不大清了，只依稀記得，似乎住在一座富麗堂皇的大宅裡，家中有父母、祖母，和兄長，都待我極好……」

她頓了頓，無意瞥見站在一旁的蕭鴻澤，便見他劍眉微蹙，面上猶疑之色絲毫未減。

碧蕪清楚，她現在說的這些，都只是擺在眼前的事實罷了，證明不了什麼，她咬了咬下唇，繼續道：「我還記得家中人好像都喚我小五……我母親當年撿到我時，問我名姓，也分不清是哪個五，便尋了村裡的先生，給我取名叫碧蕪。」

她話音未落，廳上三人果真有所動容。

方才這些，碧蕪並未說謊，她確實記得曾被人喚作「小五」，也因為如此，才有了如今這名兒。

坐著上首的蕭老夫人握著菩提珠串的手都在發顫。

底下這個小姑娘說的並沒有錯，她寶貝孫女的確被喚作小五，倒不是家中行五的意思，只是恰好生在五月初五，就順口取了這麼個乳名。

見老夫人這般反應，碧蕪稍鬆了口氣，卻見二夫人周氏轉頭對蕭老夫人言語。

「母親，縱然她與大嫂生得像，還知道小五的乳名，可天底下長得相像的人何其多，難保不是巧合，何況她說的這些，也並非全然打聽不到。」

雙目通紅的蕭老夫人沒應聲，算是默認了周氏的話，周氏便轉而看向碧蕪道：「光憑妳說的這些，也證明不了什麼，妳可有什麼特別的證據？」

周氏是蕭老夫人的次子，即蕭轍胞弟，蕭鐸的髮妻。

蕭老夫人育有二子，長子蕭轍繼承了安國公位，而次子蕭鐸則醉心於山水詩畫，無意於功名，只在朝中領了個閒職。

老夫人怕寂寞，兩兄弟又和睦，當初便沒有分家，後來蕭轍和清平郡主接連逝世，蕭鐸一家也沒搬走，一直住在這安國公府裡，伺候在老夫人膝下。

前世，碧蕪在宮中見過周氏數次，知曉這人的脾性，說不上刻薄，但卻是不好相與的。

雖不知為何，但從周氏的眼神裡，碧蕪看得出來，她不喜自己。甚至說她似乎不希望碧蕪就是蕭毓甯。

特別的證據……

碧蕪一時犯了難，她手中並沒有什麼能證明身分的物件。當初走失時帶在身上的東西，定然不可能留到現在，就算有珠玉配飾也被拐子摸了去，當時的衣裳芸娘本替她保留下來，但也在那場大水中遺失了。

可碧蕪覺得，周氏不會無端如此，如她所問，蕭毓甯身上定會有些特別之處，且是旁人都冒充不了的。

她拚命回想，須臾，呼吸微滯，腦海中驀然響起男人低啞醇厚，又帶著幾分調笑意味的聲音——

「阿蕪的背上有一隻展翅欲飛的蝶。」

見碧蕪垂著腦袋久久沒有反應，周氏不由得舒了一口氣，心道又只是個膽大包天來冒充的。

遙想前頭那些個投機分子，都以為自己的謊話說得天衣無縫，到夜裡準備沐浴歇下時就徹底露了馬腳，看來這個也裝不了多久。

正當周氏慶幸之時，卻見底下那小姑娘倏地抬首看來，眸光堅定。

「若要說特別的證據……我身上有塊印記。」

話音方落，就聽「砰」的一聲脆響，蕭老夫人顫巍巍自那把太師椅上站起來，因太過激動，不意拂落手邊的茶盞。

周氏的面色也頓時變得有些難看。

蕭老夫人看了眼身側的劉嬤嬤，劉嬤嬤登時會意，走到碧蕪跟前，恭敬道：「請姑娘隨我來。」

碧蕪遲疑了一瞬，點頭跟著一塊兒去了。

劉嬤嬤領著她入了隔壁的耳房，命婢女將一扇木雕螺鈿屏風展開來。

「姑娘可否將那印記給奴婢瞧瞧？」

碧蕪赧赧一頷首，將身後垂落的青絲撩到胸前，扯下衣領，露出纖瘦玉潔的背脊。

雖瞧不見後頭的場景，但透過不遠處的一枚銅鏡，碧蕪還是看見了劉嬤嬤在看到她後背胎記時，露出驚喜的笑。

吊著的一顆心徹底落了下來，碧蕪忍不住長舒了一口氣。

看來，是她賭贏了！

碧蕪整理好衣衫重新回到花廳時，劉嬤嬤早已命婢女遞了消息，她甫一踏進去，蕭老夫人便一把將她抱在懷裡，泣不成聲。

「小五，真是我的小五回來了……」

聽著蕭老夫人撕心裂肺的哭聲，感受著溫暖的懷抱，碧蕪到底沒忍住，跟著掉了眼淚，顫聲喚了句「祖母」。

雖說她今日來安國公府認親是有所意圖，可想到眼前是自己失散多年的親人，心下不由得百感交集。

前世，芸娘走後，碧蕪無依無靠，雖不至於窮困潦倒，可孑然於天地之間，再無一個名為家的歸處。直到她的旭兒出生後，她才重新擁有了所謂的親人。

為了守護這唯一與她血脈相連的人，即便吃盡苦頭，受盡欺辱，她也始終咬牙撐著，用自己纖細的臂膀，企圖給他一份依靠。

而這一世，她有了家人，有了家，再也不是孤單一人了。

兩人抱著哭了一遭，好一會兒才停下，蕭老夫人放開碧蕪，一雙眼睛都哭腫了。她上下打量著自己失而復得的寶貝孫女，光瞧著這孩子一身粗陋的衣裳，便能料想這些年她吃了多少苦頭。

蕭老夫人既心疼她這些年的遭遇，又自責沒將她早些尋回來，一股子酸澀感又如潮水般自胸口湧上。

見蕭老夫人抽了抽鼻子，顯然又要哭，劉嬤嬤忙上前道：「這二姑娘回來，是天大的喜事。您這麼可勁的哭，若壞了身子，如何是好。」

蕭鴻澤也勸道：「妹妹好不容易不哭了，祖母您若再哭，可要把妹妹也惹哭了。」

始終在一旁站著，神色略有些微妙的周氏見勢也跟著勸了幾句。

蕭老夫人這才強忍下淚意，拉著碧蕪在她身側坐下，牢牢握著她的手，生怕她消失不見似的。

「好孩子，這些年，妳受苦了，若我們能早些將妳尋回來……」

碧蕪聞言喉中哽咽，想到前世的遭際，實在說不出違心的「不苦」二字，只是搖了搖頭。「此生還能再見到祖母和兄長，還能回到家裡，已是孫女之幸。從前際遇，或是命中劫數，祖母莫自責。」

見她這般貼心懂事，蕭老夫人不由得生出幾分欣慰，無論如何，他們小五也算順利長大了，不僅出落得這般亭亭玉立，還是個孝順有禮的。

蕭老夫人又接連問了碧蕪一些旁的，才在劉嬤嬤的提醒下想起晚膳的事，忙帶著碧蕪去了她住的棲梧苑用飯，命府裡的廚子多備幾道好菜。

酒足飯飽，下人撤了盤碟碗筷，又上了清茶。

蕭老夫人本想再同碧蕪多說說話，但看她神色疲憊，加上天色也不早了，便讓劉嬤嬤派人收拾收拾東廂房，讓碧蕪暫且住下。

「小五，妳先前住的院子，雖說也有人時時打掃，可到底許多年不曾居住，少不得要好好收拾一番，這幾日妳就住在祖母這兒，祖母想見妳也方便些。」

碧蕪點點頭，蕭老夫人便將這收拾院落的差使交給了周氏，又囑咐道：「明日，讓盈兒來見見妹妹，她們姊妹倆也有十數年未見了。」

蕭老夫人口中的「盈兒」是周氏的女兒蕭毓盈。

蕭鐸沒有納妾，倒也不是他多愛妻，只是他沈迷山水詩畫，連帶著對男女之事都興致乏乏，生不出這心思。

他既不主動，周氏也樂得後院清淨，再加上老太太逼得不緊，就沒再替自己尋這煩惱。

周氏與蕭鐸育有一子一女。長女蕭毓盈年方十七，比碧蕪大一歲，而幼子蕭鴻笙年僅四歲，是周氏中年所出，很是寶貝。

打碧蕪的身分確定下來，周氏面上的笑意一直有些僵，此時聽蕭老夫人提起蕭毓盈，愣了一瞬才強笑著應了聲「是」。

又坐了一炷香的工夫，有下人來稟東廂收拾妥當了，蕭老夫人雖還有好些話要嘮，但到底沒再留碧蕪，讓她回屋好生歇下。

劉嬤嬤領著碧蕪去了東廂，東廂雖不大，但勝在乾淨。

劉嬤嬤給碧蕪尋了幾個伺候的婢女，其中兩個名叫銀鈴和銀鉤，模樣十三、四歲，雖稚嫩，但看著伶俐，是貼身伺候她的。

劉嬤嬤好生囑咐了一番，讓她們小心伺候，離開前，又對碧蕪道：「二姑娘住在這兒的幾日，缺什麼短什麼，只管同老奴說便是。這裡是您的家，莫要拘著。」

她這最後一句刻意提了聲，碧蕪看得出來，這是說給底下人聽的。府裡驀然冒出來個什麼二姑娘，一身粗陋的打扮，不免惹人聯想，也怕人閒嘴生事，少不得要敲打敲打。

腰。

碧蕪心下生暖，劉嬤嬤承的是老夫人的命，這是她那祖母怕她教人看低，在暗暗替她撐

劉嬤嬤走後，銀鈴與銀鉤躊躇在原地，她們也不知新主子的脾性，再加上方才那番話，一時有些手足無措。

她們先前都是在府中幹雜活的，沒近身伺候過主子，聽伺候大姑娘的幾個姊姊說，這可不單是個端水送茶的輕鬆活，雖月俸高，賞賜多，但要時時揣測主子的心思，擔驚受怕，生怕主子一個不高興降罰，實在磨人。

碧蕪見二人一副大氣也不敢出的模樣，抿唇笑了笑，她也幹了十幾年伺候人的活計，怎會看不出她們的心思，也算明白劉嬤嬤為何要挑了這兩個年歲小的婢女貼身伺候她。

乾乾淨淨白紙似的，少了許多彎彎繞繞的心思，後頭也能更好收服些。

「我有些累了，可否備些熱水，讓我擦個身子。」到底還是碧蕪先開了口。

兩個小婢女見她笑意柔和，不像是刁鑽難伺候的，心下一鬆，忙應聲下去準備了。

碧蕪任由她們幫著自己沐浴更衣，待在綿軟的衾被上躺下，看著銀鉤放下黛色的軟煙羅床幔，熄燈離開後，方才在黑暗中盯著帳頂長嘆了口氣。

如今這逃離譽王府的第一步算是達成了，可今後的路該怎麼走，其實碧蕪並沒有想好。

她將手輕輕覆在平坦的小腹上，秀眉微蹙，雖不知回到安國公府到底是對是錯，但在被發覺有孕前，她得想好對策才是。

縱然心事重重，但碧蕪閉上眼睛，提心吊膽一日後生出的濃重疲憊，還是令她很快沈沈睡了過去。

再醒來時，透過雲紋雕花窗櫺，碧蕪瞧見外頭天色濛濛，還未大亮，估摸著應是卯時前後。

守在外頭的銀鈴聽見動靜掀簾入內，見碧蕪已從榻上坐了起來，忙上前打起床簾道：「姑娘醒了，這天還早呢，怎不再睡會兒。」

碧蕪笑著搖了搖頭，今日已算是貪睡了，前世身為奴婢，自然不能比主子起得遲，因而不管寒冬臘月還是酷暑三伏，往往天還暗著，她就得起身幹活。

見碧蕪沒了睡意，銀鈴便喚人進來，伺候她更衣洗漱，碧蕪倒沒怎麼讓她們動手，能做的都自己做了。

待坐在那枚折枝海棠雕花銅鏡前，她才隨口問了一句。「這身衣裳是哪兒來的？」

銀鈴、銀鉤給她穿的是一件鵝黃的織金眉子折領衫，下頭搭的是一條湖藍的繡花珍珠羅裙，都是價值不菲的料子。

「老夫人擔心姑娘沒有可穿的衣裳，命城西的鋪子連夜趕製出來的，來不及替姑娘量尺寸，看姑娘的身量與大姑娘差不多，便用大姑娘的尺寸做的。」銀鈴說著，替碧蕪整理了一下衣衫。「不過，姑娘似乎更瘦，到底是大了些。」

一旁的銀鉤緊接著道：「但也不妨事，劉嬤嬤說了，今日就讓鋪子的人親自來給姑娘量尺寸，裡裡外外好生做幾套衣裙。」

她邊說著，邊展開妝奩。「奴婢給姑娘上妝吧，姑娘瞧瞧，鍾意哪盒水粉？」

碧蕪沒應聲，因她正對著銅鏡中自己的臉愣神。

她微微側過腦袋，忍不住抬手在自己的右頰上輕柔的拂過，那觸感不再是凹凸不平，而是光滑細膩，令她有些恍惚。

為了逃出譽王府，這幾日她都憂心忡忡，幾乎快忘了。

前世的這個時候，她還未被毀容。

第三章

念及往事，碧蕪垂首眸光微黯。

「姑娘？」銀鉤見她久久不應聲，以為是自己哪裡惹了碧蕪不喜，膽戰心驚道：「奴婢若哪裡做得不好，姑娘責罵便是，奴婢一定改。」

碧蕪回過神，看向鏡中站在她身側眸光顫顫的小姑娘，恍若看到了從前的自己。

她搖搖頭，柔聲道：「沒有，我只是不喜脂粉，抹在臉上怪不舒服的，妳們替我挽個髮就好，不必太麻煩。」

說罷，她又對著銅鏡深深看了一眼。

其實也算不上是不喜，只是總聯想起一些傷人的回憶，心下難免有幾分膈應。

因著前世破了相，她在人前從來低聲下氣，不敢高語，施禮時也總將頭埋得低低的，以防這張可怖的臉衝撞了宮中的貴人。

甚至連她自己都沒有勇氣仔細去看，因而從前她的屋子裡沒有銅鏡，也不願去擺弄什麼胭脂水粉。

有一回，旭兒忽而將進貢的上好脂粉贈予她，她心血來潮，讓東宮的一個小宮女給自己上了妝。

那小宮女未入宮前，家中是開脂粉鋪子的，上妝的手法嫻熟巧妙，竟將她面上的疤全數遮了去。

猶記那一日，東宮裡見著她的都目露驚嘆，以為是新調來的宮人，待認出她來，紛紛誇讚不迭。

她雖未表現在面上，可心下到底歡喜雀躍，畢竟天底下沒有不愛美的女子。

直到她在正殿中見到那個人，瞧見他盯著自己看時緊蹙的眉頭和寒沈的目光，她頓如被當頭潑了一盆冰水般，一顆心涼透了。

她還記得他在離開東宮前，當著宮人的面，居高臨下的看著她。

「柳姑姑統領一眾東宮僕婢，自是要為表率，這般濃妝豔抹，未免失了體統，且……有礙觀瞻。」

他的聲音平靜無波，可落在碧蕪耳中卻是冷厲如刀，刀刀直入心口。

他離開後，她藏起滿心屈辱折身回屋卸了妝，從此再未碰過那些脂粉。

她知道她根本就是在自取其辱，畢竟他每回召她，總喜歡用背對的姿勢，且從來不肯點燈，根本就是嫌棄她那張殘破的面容，怕因此敗了興致。

縱然上了妝又如何，上了妝也是假的，再者，她永遠不可能變成他心底歡喜的那個人。

從回憶中脫離出來，碧蕪用指尖撥了撥妝奩裡的一盒胭脂，唇間泛起自嘲的笑。

但幸好，她也不必再介意他嫌不嫌棄，因這一世，他與她不會再有那樣的牽扯與糾纏。

銀鈴與銀鉤聞言都有些詫異，也不知她們這位新主子是如何想的，更不敢輕易揣摩。但既她不喜，她們也不再勸，按她的意思為她挽了髮，簡單插了支白玉簪。

方打理完，碧蕪便聽見主屋那廂的動靜，知是她祖母起了。

她起身前去請安，蕭老夫人倒是有些驚訝，親暱的拉著她的手在小榻上坐下。「怎的這麼早就起了，我老婆子年紀大了覺淺，妳這不正是貪睡的時候麼，也不多睡一會兒，莫不是底下人伺候得不好？」

此言一出，站在碧蕪後頭的銀鉤、銀鈴都不由得繃緊了身子。

「沒有，她們都伺候得很好，只是孫女頭一日歸家，內心激動，便實在睡不著了。」碧蕪笑道。

「那便好。」

蕭老夫人神色慈祥的打量著碧蕪，換下了昨日的粗布麻衣，再換上這身綾衫羅裙，顯得越發明豔動人了。

倒也是，她那長子和長媳模樣都不差，生下的孩子自然也顏色好，然下一刻，目光觸及她的髮髻，蕭老夫人蹙了蹙眉。「怎打扮得這般素淨，可是嫌棄祖母給妳的首飾式樣太舊，趕明兒我讓人給妳打幾副拿得出手的頭面，可好？」

「祖母無須破費了。」碧蕪忙道：「孫女隨意慣了，這首飾雖好看，但戴在頭上到底太沈了些，還不若這樣輕便。」

「妳這孩子。」蕭老夫人忍不住笑。「旁的姑娘，和妳年歲相仿的，哪個不是熱衷於打扮自己，妳是國公府的姑娘，幾副頭面自然是要的，這該置辦的東西還多著呢，往後參宴或是進宮，都得穿戴不是。」

「進宮？」聽到這兩個字，碧蕪猛然一個激靈。

見碧蕪一副受驚嚇的模樣，蕭老夫人還以為是因她自小長在鄉野地方，一朝要入天子居住的皇城去，心下生怵，忙安慰她。

「莫怕，妳母親自小是在太后娘娘膝下長大的，妳回來的事非同小可，昨夜我便吩咐妳哥哥早朝後將這個消息帶進宮去，想是要不了幾日，太后便會召見妳……」

正說著，劉嬤嬤帶著幾個婢女進來。「老夫人，二姑娘，早膳備好了。」

聞得此言，蕭老夫人拉起碧蕪，先去用了早膳。

早膳罷，碧蕪本想再問兩句進宮的事，卻聽人來稟，說二夫人和大姑娘來了。

周氏和蕭毓盈被領進來後，先同蕭老夫人問了個安，其間，蕭毓盈兩次忍不住抬眼望，都被周氏一記眼刀嚇得收回目光。

直到蕭老夫人道了聲「起」，她才敢光明正大的看向那個坐在她祖母身邊的姑娘。

果真如眾人所說，這人和她幼年記憶裡大伯母的模樣實在太像。

玉軟花柔，美得脫俗。

瞥見蕭老夫人牢牢握著那姑娘的手，蕭毓盈不由想起母親昨夜對她說的話，心下一酸，嘴角也跟著耷拉下來。

「怎的了，盈兒，傻站著做什麼，還不來見見妳妹妹。」

蕭老夫人發了話，蕭毓盈只得不情不願的上前，喚了一聲「毓甯妹妹」。

「叫什麼毓甯妹妹。」蕭老夫人道：「從前不都喚小五，怎的，都忘記了？」

蕭毓盈暗暗扁了扁嘴，似有些不大高興。

碧蕪站起身解圍。「大姊姊與我許久不見，難免生疏，何況那時我們都小，忘了也是正常。」

「倒也是了。」蕭老夫人拉過蕭毓盈，和碧蕪的手攏在一塊兒。「雖分開多年，但都是自家姊妹，相處一陣，感情自然也就好了。」

碧蕪聞言對蕭毓盈笑了笑，對她這番示好，蕭毓盈卻只敷衍的勾了勾唇角，並不是很願理會她。

她這態度，碧蕪也沒放在心上，許是前世形形色色的人瞧多了，見蕭毓盈這般，只覺得她在鬧小脾氣，也沒那麼容易就置氣生怒。

兩人一左一右坐在蕭老夫人身側，多數時候都是周氏在與蕭老夫人說府裡的事，蕭毓盈時而插上幾句，倒是碧蕪始終抿唇笑著，蕭老夫人問了才開口答話。

大抵巳時前後，門房匆匆跑來稟報，說宮裡派人來了。

屋內人俱是一驚，以往宮裡有吩咐，都是遞個消息罷了，從未這般大張旗鼓，特地派人過來。

蕭老夫人忙讓將人請到花廳去，旋即帶著屋內幾人也一併去了。

路上，碧蕪猜想過來人，入花廳一瞧，果真是太后身邊伺候的李公公。

「見過老夫人。」李德貴同蕭老夫人道了安，說明來意。「太后娘娘聽說貴府二姑娘回來了，高興不已，便派咱家來府裡瞧瞧。」

說罷，他將視線落在蕭老夫人身側，當即眸色微亮。

他今日奉命前來，與其說是來看看，不如說是來一探真假的，畢竟來安國公府冒認的也不止一個、兩個了，太后得知消息雖高興，但到底抱著幾分懷疑，這才派他來確認一番。

可只看了一眼，李德貴便認定，這當是那位清平郡主的親生女兒不錯。

李德貴在太后身邊伺候三十餘年，是看著清平郡主長大的，若不是母女，眼前這姑娘又哪裡能與郡主生得如出一轍。

想起當年因思女心切，而早早香消玉殞的清平郡主，李德貴雙目發澀，但還是強忍著，笑道：「這便是二姑娘吧？」

碧蕪上前福了福身。「見過李公公。」

「哎喲，使不得、使不得。」李德貴忙攔。「太后聽說二姑娘回來了，急著想見您，便命奴才來傳話，讓您明兒一早就進宮去。」

碧蕪稍愣了一下，雖心有準備，但沒想到會這麼快。

李德貴又笑著道：「二姑娘不必緊張，太后說了，明兒啊，讓大姑娘陪您一塊兒去。」

後頭站著的蕭毓盈聞言秀眉微蹙，因是國公府的姑娘，她也算是宮中的常客，時不時被太后召去作伴，對李德貴自然熟悉。

但沒想到，李德貴今日來，看都不曾看她一眼不說，對她說的唯一一句竟是這個。

「從前都是召我進宮，如今怎成我陪人進宮了……」

她不悅的低聲嘟囔，教身側的周氏聽見，忙警告的橫她一眼。

李德貴來過後，棲梧苑裡的人不免都為碧蕪進宮的事忙了起來。蕭老夫人向碧蕪囑咐了些宮中的規矩，讓她明日跟著蕭毓盈便是，不必害怕。

碧蕪雖對宮中之事爛熟於心，但還是乖順的頷首，道了聲知道了。

翌日天未亮，劉嬤嬤便親自來伺候碧蕪起身，為她穿衣梳妝。

婢女為她上妝時碧蕪也未拒絕，雖不喜脂粉，但她知輕重，如今她代表的是安國公府，自不能丟了自家的臉面。

待她用了早膳，趕去坐車時，周氏母女已提前到了，周氏正拉著蕭毓盈不知在說什麼。聽見響動，周氏倏一抬首，便見一抹倩影自門內嫋嫋而來，不由得愣了一瞬。

雀藍雜寶梅花對襟羅衫，煙粉織金如意紋百迭裙，弄堂來風一吹，腰間禁步琳琅作響，纖細的身形若岸畔柳枝，搖搖顫顫。

周氏瞧著瞧著，眉頭便皺了起來。昨日那衣裳寬大，尚且看不出，改換了套合適的，碧蕪這婀娜的身姿到底遮不住了。

她沒想到，這位看著是個瘦的，實則穠纖合度，風姿綽約，十六歲的年紀，藏著這般勾人的身子。

且不止身子勾人，昨日不施粉黛已是姿色難掩，今日上了妝，一雙眸子越發顧盼生輝，瀲灩動人，頰上兩片紅雲，簡直令她比春日枝頭的海棠還要嬌。

見碧蕪有禮的朝她福身，喚了句「叔母」，周氏雖面上和煦，心下卻是不屑。

生得好看有何用，在窮鄉僻壤待了那麼些年，沒受過世家貴族的教養，好比繡花枕頭，看著唬人，實則上不得檯面。

怕耽誤了時辰，周氏催著兩人上了車，站在國公府門口看著馬車搖搖晃晃往皇城的方向去了。

一路上，蕭毓盈都未與碧蕪搭話，捧了本閒書看，連個眼風都沒給她，碧蕪也不在意，自顧自靠著車壁小憩。

過了小半個時辰，馬車緩緩停下，宮門口已有小太監前來迎了。

他虛扶著二人下了馬車，畢恭畢敬的領著她們入宮。

穿過悠長的門道，眼前豁然開朗，望著大氣磅礴的紅牆碧瓦、斗拱飛簷，和遠處層層疊疊的殿宇高樓，碧蕪不由得心生恍惚。

她在這宮中待了整整十一年，卻從沒想過，有一日，她竟會以不一樣的身分，再踏入這個金碧輝煌的牢籠。

走在前頭的蕭毓盈察覺後頭人沒跟上前，折身看去，便見碧蕪正抬首望著遠處愣神。

蕭毓盈還以為她被宮裡的富麗堂皇驚著了，勾唇嗤笑了一下，心下直嘲她沒見過世面，旋即不悅道：「別看了，有甚好看的，還不快跟上來。」

碧蕪聞聲快步上前，只聽蕭毓盈又道：「跟緊了，宮裡大，妳又是頭一遭來此，可別走丟了，若讓祖母知道，怕不是要責罵我。」

「大姊姊常進宮嗎？」碧蕪順勢問了一句。

「那是自然。」蕭毓盈下頜微揚，顯出幾分得意。「這宮裡我可熟了，也不知來了多少回，早不稀奇了。」

看著蕭毓盈這副趾高氣揚的樣子，碧蕪抿唇笑了笑，沒有接話。

又行了一段，眼看離太后寢宮不遠了，卻聽前頭的宮道上，忽而喧囂起來。

「妳個賤婢，怎的不長眼撞上來，污了公主的衣裙……」

走了數十步，碧蕪才看清前頭的情形，只見一宮婢正跪在宮道上，手邊碗碟碎了一地，被另一宮婢打扮的人指著鼻子責罵。

另一側，年約十二、三歲的荳蔻少女身著華衣，天青的裙角染了油漬髒污，一張臉耷拉著，顯然不大高興。

碧蕪認出這正是淑貴妃之女，現今陛下最寵愛的六公主。

她目光稍移，落在六公主身後的紫衣少女上，待看清那人的面容。一股懼意猝然湧上，她本能般退了一步，指尖微微發顫，面上霎時失了血色。

因這少女不是旁人，正是上一世的譽王妃，也就是往後的皇后，蘇氏。

第四章

只不過如今站在碧蕪面前的蘇氏與她印象中的模樣大相逕庭。

前世成為皇后的蘇氏以嚴酷手段治理後宮，上下無一敢忤逆違背。那時的蘇氏不愛笑，肅沈威儀，柳眉輕輕一挑，宮人大氣都不敢出。

眼前蘇氏還只不過是個二八少女，眉間稚氣未脫，笑意盈然靈動，是個清麗的美人。

碧蕪深呼了一口氣，促使自己鎮定下來。

前世蘇氏是皇后，她需得處處戒備，步步為營，以防露出馬腳；可如今的蘇氏還只是鎮北侯之女，公主侍讀，若論出身家世，碧蕪並不在她之下，也不必再對她卑躬屈膝，時時驚惶不安。

念至此，碧蕪背脊微挺，指尖的顫意終是止住了。

蕭毓盈亦瞧見了前頭的場景，見躲是躲不過了，側首對碧蕪道：「前頭是六公主，一會兒妳就學著我請安，莫要多言，別惹了六公主不高興。」

「是，大姊姊。」碧蕪點點頭，垂眸跟在蕭毓盈後頭，一併上前去。

六公主喻澄寅尚在為衣裙染了髒污而不悅，抬首卻見一內侍領著兩個女子，上前朝她施禮。

「臣女參見六公主殿下。」

站在前頭那個，喻澄寅認得，是安國公府的大姑娘蕭毓盈，後頭那個埋著腦袋的，似是不曾見過。

喻澄寅想起這兩日宮中傳得沸沸揚揚的，安國公府二姑娘回來的事，頓生了興趣，抬手一指。「妳，上前來。」

碧蕪不必抬頭，便知六公主叫的是自己，聽命向前邁了幾步。

「妳便是蕭二姑娘吧，蕭鴻澤的親妹妹？」喻澄寅問道。

「是，正是臣女。」

見眼前這人將頭埋得低低的，像是見不得人似的，喻澄寅不由得皺了皺眉。「妳將頭抬起來，讓本宮瞧瞧。」

此言一出，在場的一些宮人都忍不住將視線聚集過來。

這安國公蕭鴻澤因去歲擊退驍國大軍，打了場漂亮的勝仗，深受陛下器重，如今在京中風頭正盛，因而安國公的親妹妹，老安國公和清平郡主的女兒，那位蕭二姑娘回來的事很快在宮中傳得人盡皆知。

只這口口相傳，添油加醋之下難免生出許多謠言，真真假假一時難辨，不禁讓人心生好奇，想要一探究竟。

眾人眼見那垂首低眉的女子緩緩抬起頭，只一眼，便響起了低低的吸氣聲。

喻澄寅也愣住了，不過她很快緩過神，咧嘴笑起來，心直口快道：「妳倒是和傳聞中不同，宮裡都說妳流落在外那麼多年，大抵已經同那些粗鄙無知的鄉女一樣了，沒想到妳模樣生得這般好。」

說罷，她轉頭看向身側的蘇嬋。「竟是我們猜錯了，妳說是不是，阿嬋姊姊？」

蘇嬋恭順的笑了笑，附和道：「公主說得是。」

說話間，一旁的宮婢遲疑著問道：「公主殿下，您看這奴婢要如何處置？」

喻澄寅垂首，看見那個跪在地上發抖的人，才想起還有這樁事沒解決。

那匍匐著的小宮婢聞言一激靈，忙膝行過去連連磕頭求饒。「公主殿下恕罪，奴婢不是有意衝撞殿下，實在是手上東西沈，一時沒有拿穩……」

她許是太驚懼害怕，甚至可以忍受被碎瓷片劃傷的疼痛，眼看那鮮血濡濕了她的衣裙，膝蓋處一片刺目的紅。

碧蕪胸口滯悶，不由得想起往事。

曾經，她也如這般，在寒冬臘月，被罰在積雪的宮道上長跪，險些丟了性命。

碧蕪曾聽宮中的老人說過，在這皇城中為奴為婢，千萬別想著什麼骨氣和尊嚴，生死都捏在主子們手中，注定了命比狗賤。

雖對眼前的小婢女有幾分同情，可碧蕪還是強逼著自己扭過頭，不去摻和這事，可下一瞬卻聽六公主道：「阿嬋姊姊的衣裙也髒了，妳覺得該如何罰？」

聽到這話，碧蕪心下猛然一跳，歷歷往事在眼前閃過，分明不想管，可看著蘇嬋朱唇微啟，正欲答話，她的嘴卻快一步出了聲。

「公主殿下也要去太后娘娘宮中嗎？」

喻澄寅抬頭看來，雖有些莫名其妙，但還是答道：「是啊，本宮原想著去皇祖母宮中請安的。」

誰知讓一個不長眼的奴才毀了心情，髒了她新做的衣裙。那衣料可是杭城今年進貢的佳品，宮中可就那麼幾疋。

見喻澄寅扁了扁嘴，面色不豫，碧蕪緊接著道：「公主殿下果真如傳聞般恭孝，昨夜臣女的祖母同臣女說起宮中的事，還特別提起了公主殿下，說您溫柔敦厚，平易近人，是最好相處的。」

驟然被誇了一通，喻澄寅也有些懵，但是人都喜歡聽好話，她自也不例外。

「這孝敬長輩乃是分內之事，不值得誇讚。」

她掩唇低咳了一聲，餘光瞥見那跪在地上的宮婢，想起碧蕪誇她的話，一時間倒也不好重罰了，少頃，擺擺手道：「罷了，念妳也非有意，就罰妳半年月俸吧。」

那小宮婢忙跪在地上，連聲謝恩。

喻澄寅髒了衣裙，也不好就這樣去給太后請安，幸好她住的宮殿近，索性折返回去，和蘇嬋一起換了衣裳再來。

碧蕪與蕭毓盈站在原地目送六公主離開，稍一側首，便見正與她擦肩而過的蘇嬋似笑非笑的看著她。

一瞬間，一股寒意自腳底攀升而上，碧蕪脊背微微一僵。

旁人看不懂，可她看得出來，那笑意不達眼底，此時的蘇嬋很不高興。

或許因為她打斷了蘇嬋說話，又或是由於她對六公主的那番奉承，甚至是看出了她方才那話的真正意圖。

想到前世親眼見過的蘇嬋折磨人的手段，碧蕪瞥了眼還跪在地上，滿身狼狽、瑟瑟發抖的小宮婢，雖知自己方才有些衝動了，但到底沒有後悔。

她也曾在宮中蒙人相護，如今實在狠不下心袖手旁觀。

「別看了，六公主都走了。」蕭毓盈見她站著不動，目露鄙夷，冷哼了一聲。「倒是會拍馬屁。」

碧蕪笑了笑，緩步跟在後頭，並未解釋什麼。

慈安宮外，已有人在等了。

遠遠瞧見身影，李嬤嬤忙差宮人入殿內稟告，自己則快步迎上前去。

「兩位姑娘來了！」

她看了蕭毓盈一眼，旋即將視線落在其後之人身上，雙眸一亮，展顏笑道：「太后娘娘已等候多時了，兩位姑娘快進去吧。」

被引入殿內，碧蕪抬眼便見一端莊矜貴的老婦人坐在上首。

雖同樣面容慈祥，可相比於蕭老夫人，老婦人身上多了幾分難以忽視的威儀。

此時她定定的看著碧蕪，雙目發紅，由宮人扶著從軟榻上站起來。

「臣女參見太……」

碧蕪欲低身施禮，卻被人一把拉起，皺紋微布的手緩緩落在她的臉上，一寸寸細細的撫摸著。

「芙兒。」

聽見蒼老而顫抖的聲音如此喚道，碧蕪忍不住喉間一哽。

芙兒是她母親清平郡主的閨名。說來，前世正是因為太后，她才開始疑心自己的身世或與安國公府有關。

她母親孟雲芙是太后胞妹的獨女，因父母早逝，太后憐其孤苦，便養在身邊，後被先帝冊封為清平郡主。

太后待她母親若親女，對她母親的早逝一直痛心不已。上一世譽王登基，那時的太后已是太皇太后，晚年因年邁，神志不清，常常忘記孟雲芙已死之事，在宮中四處尋她。

因此才會在御花園瞥見碧蕪側臉時拉住了她，聲聲喚著「芙兒」，甚至在看到碧蕪臉上疤痕後心疼得垂淚。

然這一世的太后到底還神思清明，她只恍惚了一瞬，就很快恢復理智，啞聲對碧蕪道：

「妳與妳母親生得可真像。」

她將碧蕪上下打量了一番，露出些許笑意，神色欣慰。「若是妳母親在天有靈，看到妳回來，定然十分高興。」

說起孟雲芙，太后的聲音又哽在喉間，碧蕪方想勸慰兩句，就聽太后身側的女子笑道：「姊姊總算是來了，皇外祖母都念叨妳好一會兒了。」

眼前的女子明眸善睞，一笑起來，圓潤的雙頰陷出一對酒窩，甚是可人。

碧蕪並不曾見過此人，但聽她稱呼太后為「皇外祖母」，大抵猜到了她的身分。

果不其然，只聽太后同她介紹道：「這是繡兒，是妳姨母安亭長公主的女兒。」

碧蕪不由得深深看了趙如繡一眼，想到此人前世的結局，眸色有些複雜，但還是壓下心頭思緒，朝她微微一頷首。

太后拉著碧蕪在一張檀香木八仙紋小榻上坐下，問了她這些年的經歷處境。

碧蕪都按先前告訴蕭老夫人那樣答了。

小半個時辰後，六公主喻澄寅才和蘇嬋一塊兒來向太后請安。

「皇祖母……」

喻澄寅提裙蹦蹦跳跳入內，匆匆施了個禮，一屁股在榻上坐下，抱住太后的手臂就開始撒嬌。

「多大的姑娘了，莽莽撞撞的，沒個正形。」太后嘴上苛責，面上卻是笑意不減，還同喻澄寅指了指碧蕪道：「這是妳蕭二姊姊，走失了十餘年，近日才回來的。」

「皇祖母不必介紹了。」喻澄寅道：「您不知道，我與蕭二姊姊方才在您宮外見過了，只是我髒了衣裙，回去更了衣這才來遲的。」

她頓了頓，略有些迫不及待道：「皇祖母今日不讓我們抄經了嗎？往日這個時候您早該催了。」

太后聞言略顯驚訝，抬手親暱的在她鼻尖點了點。「從前也不見妳多麼積極，今日怎還主動提了。難得妳蕭二姊姊在，今日就免了吧。」

「為何蕭二姊姊在便不必抄了。」喻澄寅嘟起嘴，反而不高興起來。「那就讓蕭二姊姊同我們一塊兒抄唄。」

她話音方落，殿中倏然安靜了一瞬。

碧蕪只覺眾人的目光落在她身上，神色都頗為微妙。她納罕的顰眉，可很快意會過來。她自稱在鄉野地方生活了十數年，鄉下貧苦，她自然不像那些高門大戶家的姑娘，受過好的教養，難免不識字，既是如此，如何抄經。

徒讓她難堪罷了。

坐在一側圈椅上的趙如繡忍不住開口。「公主殿下，抄經的事，倒也不急於今日。」

蘇嬋也道：「是啊，公主殿下還是別為難蕭二姑娘了。」

「為難？我怎麼為難了？」喻澄寅一臉理所當然。「抄經又有何難的？依葫蘆畫瓢，縱然她不識字也能跟著描吧。」

殿中的氣氛原就有些沈，教喻澄寅這麼一點破，霎時變得更加尷尬。

「寅兒！」

太后面色微沈，怒瞪了喻澄寅一眼，唯恐碧蕪心下難過，忙拉著她道：「寅兒向來心直口快，都是教哀家和陛下寵壞了。她說的話，莫放在心上。」

「太后娘娘言重了。」雖不知緣由，但碧蕪知道公主今日是鐵了心的要抄經，索性道：「公主殿下說的沒錯，抄經祈福是好事，若只是抄經，應當沒甚問題，臣女曾在村上的私塾幫著幹過一陣子的活，倒也因此識得幾個字，只恐抄得不好……」

「好不好又有何妨。」太后安慰道：「就只是抄一抄，心到了就好，不打緊。」

碧蕪輕輕點了點頭。

倒也不怪他們這麼想，前世這時候她的確是目不識丁，胸無點墨，她的字都是在生下孩子後，才開始一點點認起來的。

真說起來，那人還算是她的先生呢。

太后禮佛，當今陛下便命人在慈安宮西面專門建了座小佛堂，方便太后日日在此焚香念經。

見碧蕪答應了抄經的事，太后囑咐了幾句，便讓李嬤嬤領幾個姑娘往正殿後的小佛堂去了。

方才邁出殿門，蕭毓盈就悄步行至碧蕪身側，沒好氣道：「不識字便說不識字，逞什麼強，一會兒真要妳抄經，可有妳好受的。」

碧蕪側首笑了笑。「大姊姊不必替我擔憂，太后大度，縱然我抄得不好，太后也不會怪罪於我。」

「誰、誰替妳擔憂了。」蕭毓盈聞言秀眉蹙起。「我是怕妳丟了安國公府、丟了哥哥的臉。」

說罷，快步往前走了。

她前腳剛走，後腳又一人上前來，一雙眼眸燦若繁星，笑起來尤為好看。

正是方才在殿中幫她說話的趙如繡。

「待會兒姊姊慢些抄便是，也不是什麼比賽，非要較個高低的。」

趙如繡是安亭長公主與翰林院掌院學士之女，生來尊貴，雖前世並未接觸過，可碧蕪覺得她性子溫潤，絲毫不擺架子，應當是個極易相處的。

不然也不會對初次見面之人說這番善意的話。

碧蕪心下頓生幾分好感，微微頷首，對她道了聲謝。

一路入了小佛堂，碧蕪便見堂中擺著四張樸素的花梨木長桌，桌下是明黃色的蒲團，若不是香案前立著一尊肅穆的佛像，乍一看去，不像是佛堂，倒像是學堂了。

李嬤嬤對宮人吩咐了一聲，很快便有內侍抬著張一模一樣的長桌，擺在後頭，又取了筆墨紙硯，熟練的在各個桌上佈置好。

待一切準備妥帖，眾人各自入座，碧蕪被安排在右排的後頭，與她並列的正是六公主喻澄寅。碧蕪大抵能猜出太后的用意，這個位置她既看不清後頭人，後頭人也沒人瞧得見她，倒是能讓她免於尷尬。

四下很快響起沙沙的紙頁翻動聲，碧蕪一時卻是沒動，盯著淨白的紙面看了一小會兒，玉腕微轉，方才提筆沾了墨，緩緩而落。

幾縷香煙自香案的雙耳紫金爐中嫋嫋而上，幽淡的香氣在堂中瀰漫，宮中用的是上品沉香，既不熏人，又有安神靜心之效。

碧蕪抄寫雖慢，可隨著筆尖遊走，淨白光滑的紙面上也開出了散發著墨香的字花。她唇角微揚，驀然想起當年旭兒學字的場景。

那時的旭兒才滿兩歲，粉雕玉琢的小娃娃坐在男人膝上，由男人抓著手一點點在紙上描畫，男人教得仔細，也不管這個年紀的孩子尚且握不住筆，每描一字便告訴他這念什麼，低沈醇厚的聲音沒聽入昏昏欲睡的小娃娃耳中，卻盡數被侍立在一旁的碧蕪聽去了。

也是在那時，碧蕪開始偷偷學字。

起初，她只是在心中默默的認，後來等男人走後，趁著無人，做賊般將他寫的紙張收進袖中，回屋一筆一筆描畫。

日子一長，她收起的紙越來越厚，能識能寫的字也越來越多。

再後來入了東宮，宮務繁雜，她縱然有心，也勻不出太多時間來練字。

她始終覺得可惜，卻沒想過有一日她也會像旭兒當年學字一般，被男人按在懷裡，分明身子軟得厲害，呼吸也凌亂，卻還得任由他強硬的握著手，艱難的提筆在紙上游走。

羞人的一幕幕在腦中閃過，碧蕪亂了心緒，手中的筆一斜，紙上霎時暈開一大片墨漬。

碧蕪抬首望了眼面前的佛像，雙頰一陣陣發燙，心下暗斥自己不害臊，怎可在如此莊重之地想這等污糟事。

手底下抄寫了大半的紙到底是廢了，碧蕪大力的將紙揉成團，彷彿欲將方才腦海中思忖的事一道揉進去，丟在一旁。

窸窸窣窣的揉紙聲在靜謐的佛堂中顯得分外清晰，她這般舉止落在旁人眼中多少有些意味深長。

香爐中的香燃盡又換過一輪，李嬤嬤才從正殿領了太后娘娘的命過來，示意眾人可停筆了。

喻澄寅早已坐不住，聞言忙站起來舒展身子，餘光瞥見碧蕪抄的經，正欲上前細看，已被內侍快一步收了起來。她撇撇嘴，倒也不大在意，只像完成任務了一般，急切的往正殿去了。

她走得快，待碧蕪等人趕到的時候，就聽太后爽朗的笑聲傳來。

「妳這丫頭，哀家就知道妳主動要抄經，定沒揣著什麼好心思。」

喻澄寅倚著太后撒嬌。「皇祖母可不能食言，您先前可說了，若寅兒能連著來您這兒抄經十五日，您便答應寅兒一個要求，寅兒的要求也不高，只要皇祖母將那對海藍寶珠釧賜給寅兒就好。」

「妳倒滑頭，用這種法子打哀家最寶貝的那對珠釧的主意。」太后嘴上嗔怪，但還是抬手喚來了李嬤嬤。

一開始讓喻澄寅抄經，就是想磨磨她浮躁的性子，既然她真做到了，自不能出爾反爾。李嬤嬤領命退下，不一會兒，取來一個黃梨木喜鵲登梅紋的妝奩。

太后守諾將六公主討要的那對海藍寶珠釧予了她，為了不失偏頗，又從妝奩裡取了好幾樣飾物，一一賜給了殿內幾位姑娘。

因碧蕪算是頭次進宮，得了一支鎏金刻花蓮葉紋銀簪和一副紋樣相似的耳鐺，比其他人多了一樣。

賞賜完，太后便以時候不早為由，讓眾人回去了。

殿內復又清靜下來，李嬤嬤見太后面露倦色，命宮人點了烏沉香，扶著太后入了內殿，在隔窗邊的貴妃榻上躺下。

她低身為太后捶腿，遲疑半晌道：「太后娘娘，今日抄的經文該如何處置？」

往日公主和各家姑娘們抄的經文，都由宮人們整理好，由包經布包住供奉在小佛堂中或送到宮外的隆恩寺去。

可今日，李嬤嬤有些不敢做主。

太后雙眸微眯，明白李嬤嬤為難所在，懶聲道：「拿來給哀家瞧瞧。」

「是。」李嬤嬤起身出去，回來時手上拿著厚厚一疊抄好的經文。「六公主和其他幾位姑娘都抄了十餘張，只蕭二姑娘，老奴瞧著似乎只有寥寥幾張。」

太后支起身子，伸手接過，草草翻了翻，忽而動作一滯，從其中抽出張來，細看之下，雙眉蹙起。

「這是小五那丫頭的？」

李嬤嬤湊近去看，不由得面色微變。

當時怕那位蕭二姑娘下不了臺，讓內侍收經文時，先收蕭二姑娘的，因而她抄的那些都壓在最底下。

可太后這張紙不就是從最底下抽出來的嗎，更何況六公主和其餘幾個姑娘的字太后都是見過的，那這張只有可能是……

李嬤嬤點頭答道：「奴婢瞧著應當是了。」

太后眼中閃過一絲詫異，又往紙上深深看了一眼。

其他幾個姑娘包括六公主的字，溫潤的有，雋秀的有，靈動的也有，但無一不是端莊婉約，可這紙上的筆跡卻迥然不同，既有大氣磅礴，氣吞山河之勢，又不缺女子柔情，柔中帶剛。

屬實是好字，且這樣的字可不是一朝一夕就能練就的。

「那丫頭倒是與哀家想像的不一樣，也不知這些年在外到底經歷了些什麼。」

太后低嘆了一聲，眸中流露出一絲心疼。她將這賞心悅目的好字翻來覆去看了好幾遍，少頃，眉頭忽又皺了起來。

她怎覺得這字這般眼熟，彷彿在哪裡見過似的……

第五章

那廂，碧蕪等人離開慈安宮，往宮門的方向而去。

蘇嬋也到了出宮的時候，喻澄寅捨不得，便想著送送她，兩人行在最前頭，說說笑笑，甚是熱鬧。

碧蕪緩步跟在後頭，便見喻澄寅捧著那對海藍寶珠釧，興高采烈。「阿嬋姊姊果然有眼光，真如妳所說，這對珠釧與我為出宮踏青預備的衣裙甚是搭配。幸虧阿嬋姊姊提醒我抄經的事，不然我今日定會偷懶，不記得皇祖母還許我那麼一個承諾呢。」

聞得此言，碧蕪雙眉微蹙，抬眸深深看了眼六公主身側笑意溫婉的女子，若有所思。

六公主執意要抄經本就有些奇怪，雖後來得知是為了那對海藍寶珠釧，但碧蕪沒想到的是，抄經一事是蘇嬋有意提醒。

要在平日，抄經也是尋常，可今日她在，到底有些不同。

若她真的不識字……

思至此，碧蕪暗暗搖了搖頭，當是她多心了，今生兩人不過頭次見面，連句話都不曾說過，蘇嬋總不至於為了折辱她，讓她丟人，費心思繞那麼大個圈圈吧。

她收回視線，就聽喻澄寅又道：「踏青那日的衣衫，阿嬋姊姊可備下了？可記得穿豔色的衣裙，六哥他最喜歡了。」

碧蕪步子微滯，不由得愣怔了半瞬。

喻澄寅口中的「六哥」不是旁人，正是六皇子，即如今的譽王，喻景遲。大昭下一任的皇帝。

更是她腹中孩子的親生父親。

「公主殿下莫要取笑臣女了。」蘇嬋赧赧垂眸，顯出幾分女兒家的嬌羞。「譽王殿下政事繁忙，待到踏青之時也不知能不能回來。」

「踏青都在十幾日之後了，六哥此去辦的也不是什麼極難的差事，還有十一哥哥幫他，到那時候總該回來了。」喻澄寅湊到蘇嬋耳畔，笑著打趣她。「我知道阿嬋姊姊惦念六哥，待那日裝扮得嬌豔些，定能讓六哥盯著妳瞧，眼都捨不得眨呢。」

「公主殿下……」蘇嬋面紅如霞，惹得喻澄寅止不住掩唇笑起來。

碧蕪在後頭默默聽著，難免有些唏噓，蘇嬋不知道的是，此番怕是要讓她失望了。

她清楚的記得，前世那一夜後，喻景遲奉命出去辦差，直到一個月後才回來。

那時她已被發覺有孕，教夏侍妾關在偏僻的院落裡，不得自由。

當日夜裡，她坐在窗前看著遠處燈火通明，絲竹聲不絕於耳，便知喻景遲又宿在了菡萏院，沈醉在夏侍妾的溫柔鄉裡。

雖婚期一拖再拖，可蘇嬋嫁入譽王府的頭兩年裡，眸中難掩對譽王的愛慕之意，甚至曾信誓旦旦的覺得自己定能憑本事得到譽王的寵幸。

可一日、兩日，一年、兩年，蘇嬋似是看清自己所做的一切都不過是徒勞無功，只將那個男人推得越來越遠。後來幾年，碧蕪眼看著蘇嬋眼中的光漸漸暗淡下去，終是沈若死水，甚至撕去自己溫柔的假面，露出裡頭猙獰可怖的內在。

碧蕪曾有一瞬間覺得蘇嬋很可憐，在後宅後宮中鬥了一輩子，可她真正的對手早就在她成為譽王妃的三個月後就死了。

然十幾年來，無論是誰，都撼動不了這個死人在譽王心中的位置。

喻澄寅同雀兒似的，拉著蘇嬋一路嘰嘰喳喳說個沒完，將她送到了宮門口，又牽著手說了好幾句才不捨的離去。

趙如繡見碧蕪適才聽六公主提起踏青一事，聽到愣神，以為她感興趣，便悄然走近她身側。「這踏青是十三皇子籌劃的，他向來好熱鬧，便趁著春光正好，將幾位皇子、公主同各家姑娘公子們叫到一處聚聚。二姊姊若是感興趣，同蕭大姊姊和安國公一塊兒去便是。」

她話音方落，一側的蘇嬋忽然插話。「是啊，蕭二姑娘就一塊兒來吧，雖說是踏青，但其實就是吟詩作對，蕭二姑娘若覺無趣，就在一旁坐著看，權當去湊熱鬧，散心解悶了。」

碧蕪雖無七竅玲瓏心，可前世在宮中待久了，見過明爭暗鬥無數，自然能聽懂一些話裡的拐彎抹角。

蘇嬋說的這幾句乍一聽沒甚問題，可仔細聽來卻是處處在貶低她，嘲她無知，去了也就是在一旁坐著的份，若有自知之明，還是不去的好。

碧蕪朱唇微啟，正欲說什麼，就見一直不言不語的蕭毓盈忽得往前邁了一大步，沈著臉看向蘇嬋。

「不會吟詩怎麼了，蘇姑娘是多看不起我家妹妹，畢竟也不是人人都像蘇姑娘您，是京城數一數二的才女。」

蕭毓盈平日裡安靜，看著還算端莊，可內裡的性子就像是炮仗禁不得點，一點就著。

被一語戳破的蘇嬋面上閃過一絲尷尬，但很快又恢復如初。「蕭大姑娘誤會了，我並非這個意思……」

蘇嬋神色平靜，手上的帕子卻絞得死死的，眸光垂落，好似受了多大的委屈。

場面一時有些僵。

須臾，碧蕪勾唇笑了笑，柔聲道：「蘇姑娘和趙姑娘的好意，我心領了，可這踏青既是十三殿下組織，我也不好無邀自去，當個不速之客，反是無禮。」

她頓了頓，轉而定定看著蘇嬋。沒了皇后的身分，碧蕪突然覺得眼前的蘇嬋實在尋常，連裝腔遮掩的手段都顯得不大高明了。

「不過不能去一睹蘇姑娘的風采，實屬可惜。」

看著碧蕪落落大方的說出這話，沒有絲毫不快，蘇嬋面上微僵，少頃，只得揚笑，乾巴巴道：「無妨，往後定還有機會的。」

一行人出了宮門，蘇嬋與趙如繡都各自坐上回府的馬車，蕭毓盈和碧蕪往前走了好一會兒，才尋到安國公府的馬車，再定睛一看，馬車旁有一人長身玉立，正含笑看著她們。

「大哥哥。」

蕭毓盈驚喜的喊道，小跑至蕭鴻澤跟前。「哥哥怎的在這兒，今日不上值嗎？」

「今日兵部空閒，想著妳們也該出宮了，便趁著午憩來接妳們回去。」

蕭鴻澤說罷，看了眼緩步走近的碧蕪，見她朝他有禮的微微頷首，回以一笑。

「上車吧。」

他將兩人一一扶上車，自己俐落的翻身上馬，一路保護在側。

馬車上，蕭毓盈仍是坐在那兒看書，並不開口與碧蕪說話，只比來時身子放鬆了許多，與她坐得也近了些。

車內寂靜，行至半途，碧蕪驀然開口。「方才，多謝大姊姊替我說話。」

蕭毓盈放下書，瞥她一眼。「有什麼好謝，我不是說了，我是為了安國公府和哥哥。」她說著從手邊抽出一本書丟給碧蕪。「妳真想謝我，不若多認些字，莫要一回回的讓我跟著妳丟人。」

見蕭毓盈又抬高書冊，自顧自讀起來，碧蕪也垂下眸子，隨意翻起手上的書。

她這位大姊姊嘴上的話雖有些不好聽，但相較之下，碧蕪倒更喜歡她這般喜怒外露的直率性子。

若是像蘇嬋那般笑裡藏刀，佛口蛇心，指不定什麼時候會在背後暗算人一番。踏青的事，碧蕪看得出來，蘇嬋不欲讓自己去，而她自己也不想去，方才那番沒受邀的話只是托詞罷了。

這一世，想要保護好她的旭兒，她需得離前世那些人遠一些，若沒必要，還是不要接觸的好。

她好不容易從譽王府逃出來，擺脫被奪走孩子的命運，若再裹挾進皇室這場亂局裡，只怕更是棘手。

因起得早，馬車駛到後半程，蕭毓盈便開始熬不住，倚著車壁打起瞌睡，等回到安國公府，一下車便匆匆回屋補眠去了。

蕭鴻澤要去同蕭老夫人請安，便與碧蕪一道去了棲梧苑，到了才被劉嬤嬤告知老夫人正在碧紗櫥午憩，才歇下呢。

如此到底不好去打攪，蕭鴻澤還得趕回兵部，只好改日再來。

碧蕪送他至垂花門處，就見蕭鴻澤站在階上，驀然回首問道：「今日進宮，一切可都還好？」

看著蕭鴻澤眸中的擔憂，碧蕪稍愣了一下，點點頭。「都好，太后娘娘還賞賜了不少東西。」

「那便好。」

蕭鴻澤薄唇微抿，遲疑少頃，從袖中掏出個小紙包遞給她。「去接妳們的時候，路過康泰坊，想起妳幼時喜歡，便順手買了。」

雖不知裡頭是什麼，碧蕪還是抬手接過，客客氣氣的道了謝。

蕭鴻澤低咳一聲，神色略有些不自然，他張了張嘴，似乎想說什麼，但最後還是只留了句讓她好生休息，提步離開了。

碧蕪盯著蕭鴻澤離開的背影看了許久，直至看不見了，才垂首看向手中的紙包。

抽開上頭的細紅繩，紙包展開，露出一塊塊晶瑩微黃的桂花糖。

桂花的淡雅香氣與甜香交融，縈繞在她鼻尖，碧蕪忍不住勾唇笑了笑。

她捏起一塊桂花糖放入口中，甘甜的滋味在舌尖蔓延開來，她抿了抿唇，少頃，卻是笑意漸散，眼底流露出幾分悵惘的心思。

蕭鴻澤說這是她幼時喜歡的，殊不知道她根本絲毫不記得幼時之事。

她分明是蕭毓甯，可經歷了前世今生，這副皮囊下的她卻是柳碧蕪。

沈默疏離，早已因經歷太多搓磨而變得淡漠麻木，內心築起的防備之牆亦太高太厚，一時連她自己都打不破。

若是前世早十六年，她也如現在這般回到安國公府，便好了。也許還能像蕭毓盈那樣，在蕭鴻澤面前，隨意的脫口喊一聲哥哥。

碧蕪低嘆了一聲，轉身又入了垂花門裡去。

日子過得快，在蕭老夫人的院中住了五、六日，碧蕪的院子總算是修葺妥當了。

周氏差了身邊的人給碧蕪帶話，要她親自去瞧瞧，可有什麼缺漏或不滿意的。

碧蕪倒是沒想到會這麼快，她原以為周氏不喜她，大抵此事也會辦得拖拖遝遝，不大盡心。

去酌翠軒一瞧，便知是她狹隘了。

這院子十餘年無人居住，免不了破敗，不少地方都重新修整翻新過，連一些花木都是新移栽上去的，碧蕪去屋內略略瞧了瞧，事無鉅細，都佈置得萬分妥帖，尋不到錯漏。

從酌翠軒出來，碧蕪特意遣銀鈴去了周氏屋裡道謝。

她自己的院子修繕好了，蕭老夫人雖有些捨不得，也不好再留她，翌日便命劉嬤嬤派人將東廂的東西收拾好，送到酌翠軒去。

除了先前伺候她的幾個下人，又調來三五個雜役，負責酌翠軒的灑掃。

搬不搬到新院，碧蕪倒是不大在意，只這幾日夜裡燈熄後，她都輾轉反側難以入眠。

自她回到安國公府也快有十餘日了，日子一長，她越發覺得不安。

雖說有孕四月才會顯懷，可只消一個多月便能診出喜脈，記得前世有孕近兩月，她吐得七葷八素，什麼都吃不下，渾身無力的在榻上躺了好一陣子。

如此，怕是會教人看出端倪，若問起來，她又該怎麼解釋？

習習涼風穿過窗縫，掀起輕薄的綃紗帳，榻上，碧蕪將藕臂枕在額上，不由得長長嘆了口氣。

這廂的煩惱還未解決，這日，碧蕪正倚在臨窗的美人靠上小憩，就聽院中倏然響起壓低的腳步聲。

沒一會兒，珠簾碰撞琳琅作響，銀鉤躡手躡腳入內來，手上捏著一封信箋。

碧蕪懶懶抬眼看去。「怎的了？」

銀鉤行至她跟前，低身將信箋遞給她。「姑娘，門房來傳話，說是十三殿下派人送來帖子，邀您後日同去踏青呢。」

收到請柬不消半日，蕭老夫人那廂就來人將碧蕪喚了過去。

到了棲梧苑，蕭老夫人正坐在內間的軟榻上，見她進來，慈祥的朝她招了招手。

「小五來了，快過來。」

她將碧蕪拉到身側坐下，問了幾句搬到酌翠軒後可否適應的話，旋即才道：「聽聞十三殿下派人送了帖子來，這後日便要去踏青，該準備的可都得備起來了。」

碧蕪張了張嘴，本想說自己沒有前去的打算，可被蕭老夫人這麼一說，卻是不好開口了。思忖片刻，只道：「聽聞那日有不少皇子公主都要去的，所見皆是貴人，孫女自小長在鄉下，只怕……」

見她絞著帕子，露出幾分怯意來，蕭老夫人在她手背上拍了拍。「怕什麼，那日妳兄姊都在，自會照顧妳，且好些殿下都與妳年歲相仿，還怕玩不到一塊兒去？」

蕭老夫人說著，抬手捋了捋碧蕪額邊碎髮，愛憐的看著她。「或許妳不記得了，妳母親當年是常帶妳進宮的，妳本就生得討喜，總是被幾位小皇子爭著搶著抱，若不是……」

話說到半截忽然沒了動靜，片刻後，一聲幽幽的嘆息在屋內響起。

看著老太太唏噓的模樣，碧蕪明白她祖母是在心疼她，假如她當年沒有走丟，定會錦衣玉食過著如眾星捧月般的生活，而不是像現在這樣，猶豫唯諾，擔憂著如何融入，生怕不被接納。

可假如只是假如，能回到如今這個時候碧蕪已是感激，實在不敢有更大的奢望。

頓了半晌，蕭老夫人忽然看著碧蕪，語重心長道：「小五，妳需記得，不管先頭經歷了什麼，妳正正經經的是安國公府的姑娘，莫總覺得自己低人一等，知道嗎？」

碧蕪沈默了一瞬，重重點了點頭。

蕭老夫人又同她絮絮說了許多，在她走前還吩咐劉嬤嬤往她院子裡送了好些東西。

待得離開棲梧苑，碧蕪已是滿心無奈，蕭老夫人很希望她以安國公姑娘的身分出去露露臉，可碧蕪卻無此打算。

打接到帖子的一刻，她就沒有想過要去踏青，雖然在蕭老夫人面前說不出口，但不代表她就此放棄。

第六章

是日一早，碧蕪有意在床榻上賴著不起，直到銀鈴、銀鉤納罕的來喊她起身，她才扶額道自己有些不適。

銀鈴與銀鉤對看了一眼，擔憂道：「姑娘您身子怎也不適，莫不是昨日在院中站久了，著了風寒？」

「也？」碧蕪敏感的抓住這個字眼，一時急道：「府裡誰病了，可是祖母身子抱恙？」

「姑娘莫急，不是老夫人。」銀鉤忙解釋。「是大姑娘，聽說大姑娘今日一早起來就頭疼腦熱，奴婢方才還看見大姑娘身邊的人領著大夫過去了，姑娘若是也不舒服，要不奴婢將那大夫請來，給姑娘診診？」

聽到「大夫」二字，碧蕪心頭一顫，忙支起身子下榻，方才還病懨懨的人兒，一瞬間就精神了許多。「不必了，許是剛睡醒尚有些迷糊，我現在覺得沒甚大礙了。」

她原想著以身子不爽為由，躲過今日的踏青，萬萬沒想到蕭毓盈卻真的生了病，還請來了大夫。

她如今最怕的便是大夫，雖說日子這麼短，能不能診出滑脈還不一定，可若萬一呢？能避得千萬避著。

只是避得了這個，踏青那廂是萬萬避不過了。

碧蕪無奈的嘆了口氣，只得由著銀鈴、銀鉤將自己打扮妥當，不情不願的出了門。府門外，蕭鴻澤已在等了，他將碧蕪扶上車，騎馬跟在車旁，怕她無趣，一路上時不時湊近，告訴她一些關於今日踏青的事。

今日踏青之地，在京郊的一處馬場附近，馬場的主人正是十三皇子喻景煒。他買下馬場後，又命人在周遭種下了大片的桃花樹。每年二、三月，值春意盎然，萬物復甦之際，又逢桃花盛開，滿樹芳菲隨風飛舞，猶如人間仙境。

十三皇子本就是生性灑脫好玩之人，便會趁此機會，將京中的貴女公子和皇子公主們都聚到一塊兒，賞花作對，踏青遊樂。

一個時辰後，碧蕪的馬車才抵達京郊馬場，因今日來了不少貴人，馬場周遭佈置了許多守衛。

這些人自是認得蕭鴻澤的，未阻攔盤問，上前恭敬的拱手施了禮，就將馬車放了進去。

此時，桃花林畔的涼亭。

四下遮擋的白紗在風中起伏飄舞，依稀露出其間隱隱綽綽的身影來，卻擋不住裡頭傳出的歡聲笑語。

貴女們三兩聚作一塊兒，言笑晏晏，亭中的石桌旁亦圍了不少人。

六公主喻澄寅托著腦袋，盯著棋盤看了許久，煩亂的將棋子丟回棋盒中。「不玩了，不玩了，一點也不好玩……」

「哪裡是棋不好玩，分明是妳棋藝不精。」石桌旁，一湛藍長衫的少年毫不客氣的嘲笑道：「妳又不是不知道，蘇姑娘的棋藝是連六哥都稱許過的，就妳這般水準，蘇姑娘再讓妳十個子妳也不一定能贏。」

坐在對面的蘇嬋聞言莞爾一笑。「十三殿下謬讚了，臣女只勝在比公主年長些，待再過幾年，定是下不過公主的。」

喻景煒聞言，朗聲笑起來。「妳確實是下不過她，她這個人啊平素最喜歡耍賴了。」

「十三哥！」喻澄寅氣得往喻景煒身上丟帕子。「哪有哥哥這般數落妹妹的，我才不會耍賴呢！」

「最好是。」

喻景煒挑了挑眉。「瞧瞧，都這個時辰了，人還未來，不會是妳覺得自己輸定了，從中做了什麼手腳吧。」

「誰做手腳了。」喻澄寅倏地站起身。「我巴不得人早點來，好讓你輸得心服口服。」

兄妹倆你一句我一句，話裡卻彷彿打起了啞謎，聽得亭內眾人一頭霧水。

正熱鬧間，不知是誰忽而道了一句。「那可是安國公府的馬車？」

「來了，終於來了！」

喻澄寅雙眸一亮，提裙忙不迭的往外跑，還不忘回頭得意的對喻景煒笑。「十三哥，看來你新得的那匹小馬駒注定要歸我了。」

那廂，馬車緩緩停下，碧蕪正準備下車去，卻聽外頭突然喧囂起來。

「那可還不一定呢。」清朗的少年音旋即傳來。「若是妳輸了，可得將那把嵌玉金柄匕首給我。」

「匕首你拿不走，一會兒啊十三哥你莫要耍賴才好。」

緊接著說話的是帶著稚氣的女聲，碧蕪聽出來，正是那位六公主喻澄寅。

馬車外倏然變得鬧哄哄的，似乎圍了許多人，碧蕪不解的蹙了蹙眉，落在車簾上的手不由得停了下來。

車外，蕭鴻澤翻身下馬，便見一行人跟隨著六公主和十三皇子聲勢浩蕩的過來。

他闊步上前施禮，喻澄寅抬了抬手，瞥向他身後的馬車，直截了當的問道：「安國公，你妹妹今日可來了？」

「毓盈今日身子不適，不便前來，毓甯就在馬車裡頭。」蕭鴻澤如實答道。

此言一出，跟在後頭來湊熱鬧的眾人不免騷動，安國公府走失十餘年的姑娘回來的事，如今正為京城不少人津津樂道。

可耳聞不如一見，眾人對這個安國公府二姑娘的好奇心實在是大，一時都盯住緊閉的車簾，恨不得透過這層簾子看清那二姑娘究竟是怎麼個高矮胖瘦。

站在喻澄寅身後的蘇嬋聞言面色有些難看，但還是佯作平靜的問道：「蕭二姑娘也來了嗎？」

「是啊，我讓十三哥邀她來的，她怎的還不下來。」

見車內沒有動靜，喻澄寅迫不及待的要去掀簾子，卻被蕭鴻澤快一步攔住了。

「公主殿下，毓甯回家不過十餘日，面皮薄又認生，倏然面對這麼大的場面難免會有些害怕。」他恭敬的說罷，往人群中掃視了一圈。「且臣這妹妹，可不是什麼籠中的鳥雀，供人觀賞的。」

蕭鴻澤語氣柔和，眸光卻凌厲異常，那些不懷好意投來視線打量的人，一時都心虛的收回了眼神。

可他越是這般護著，旁人越覺得這位安國公府的二姑娘大抵是個軟弱無用、上不得檯面的。

十三皇子喻景煒見蕭鴻澤一臉肅色，想起與喻澄寅打的那個賭，也不由得生出幾分心虛來。

以人家妹妹的容貌做賭注，對其評頭論足，實非君子所為。

雖然，這個賭只是一時興起罷了。

太后寢宮中一直掛有一幅清平郡主的畫像，畫中人仙姿佚貌，喻景煒幼時頭一次見到這畫，還以為畫中畫的是天上的仙女。

前幾日，他去太后宮中請安，正巧碰見了喻澄寅，喻澄寅見他在看畫，說起那位走失十餘年才回來的安國公府姑娘與畫中人生得十分相像，簡直比從畫中走出來的還要好看。

他根本不信，雖未見過清平郡主，也未見過那位安國公府的姑娘，但他固執的認為，畫都是修飾過的，畫已美極，怎可能比畫更美。

兩人素來愛鬥嘴，爭辯著爭辯著，就有了現在這個莫名其妙的賭約。

趁著眾人還不知道賭約的內容，喻景煒本想勸喻澄寅離開，結束這場鬧劇，別讓這位安國公府的二姑娘屆時下不了臺，卻聽車簾扯動簾頂的鈴鐺，發出一陣清脆的響動。

撩開的車簾內鑽出個人來，她由婢女扶著下了車，在他們面前站定，落落大方的施了一禮。

「臣女蕭毓甯見過六公主殿下，十三皇子殿下。」

喻景煒盯著那女子的容顏看了半晌，熱氣騰然而上，臉唰一下紅了個透。

誠如喻澄寅所言，眼前的女子一襲鵝黃折枝梅花暗紋湖綾長衫，搭著條輕軟的湖石花鳥百迭裙，鬢邊插著一支海棠絹花，春風揚起裙襬，她弱柳般纖細的身子搖搖顫顫，似要乘風而去。

喻景煒算是明白何為比畫還美了。

「臣女在車內小憩了片刻，衣衫凌亂，不得不整理一番，這才下車遲了，望兩位殿下恕罪。」碧蕪低身道。

喻景煒低咳一聲。「無妨，反是我們讓二姑娘為難了。」

說罷，尷尬的別過眼。

喻澄寅卻不放過他，拉住他的衣袖，不依不饒。「十三哥，是不是比畫還美，我沒騙你吧，教你不信，你輸了，快把那匹小馬駒給我……」

喻景煒聞言面色大變，想去捂喻澄寅的嘴，已是來不及了。原還不知這兩人到底賭了什麼，喻澄寅此言一出，在場之人頓時恍然大悟。

聽聞清平郡主在世時就是京中數一數二的美人，不承想這位二姑娘流落在外那麼多年，還能出落得這般亭亭玉立，的確讓人意外。

方才在馬車上，聽著外頭凌亂的動靜，碧蕪還慌亂了一瞬，以為出了什麼事，此時得知竟是這兩位殿下以自己為賭注生出的一場小鬧劇，不由得鬆了口氣。

那廂，喻澄寅仍糾纏不休，喻景煒不堪其煩，只得道：「給妳便給妳，可妳也得馴服得了才是。」

「區區一匹小馬，本公主哪會馴服不了。」喻澄寅催促道。「快點，十三哥，讓人把那匹馬牽來我瞧瞧。」

說罷，拉著喻景煒就往馬場去了。

馬場離涼亭不遠，眾人見狀，也笑著一塊兒跟在後頭。

碧蕪方才走了幾步，便覺有人攬住她的手臂，不由得一驚，轉頭看見一雙璀璨的眸子，這才笑著喚了聲「趙姑娘」。

「喚什麼趙姑娘，倒顯得生分了，姊姊喚我繡兒便是。」趙如繡道：「我還以為姊姊不來了呢。」

「前日收到十三殿下的請柬，不好不來了。」

碧蕪也不想來，誰承想沒能如了她的願。但正如蕭老夫人所說，她是正正經經的安國公府的姑娘，與其躲躲藏藏，反讓外頭流言氾濫，不若大大方方教他們瞧個仔細。

京郊的這處馬場還算大，用木欄圍住的馬場中，兩匹馬競相馳騁，喻澄寅站在馬場外，遠遠喚了聲「七哥」，就見一人勒馬而止，轡繩一緊，調轉方向，往這廂行來，另一人緊跟其後。

雖隔得遠看不清，但碧蕪知道那人是誰。

七皇子，也就是如今的承王喻景楓，與六公主喻澄寅同為淑貴妃所出。亦是如今除太子之外，最有力的皇位爭奪者。

承王在喻澄寅跟前翻身下了馬，笑著問：「不是在亭子裡下棋作詩嗎，怎還跑到這裡來了。」

「十三哥送了我一匹小馬駒，我過來瞧瞧。」喻澄寅興高采烈道。

「哦？」承王挑了挑眉。「十三還有這麼大方的時候？」

喻景煒聞言，哭笑不得。「七哥，你可別挖苦我了。」

眾人聞言都笑起來，承王也不再打趣他，餘光一瞥，闊步往這廂走來。

「鴻澤，今日怎來得這般遲！」

蕭鴻澤不答話，只躬身施了個禮。「臣見過承王殿下。」

承王在蕭鴻澤肩上拍了拍。「今日踏青，又不是在宮中，不分上下，不必這般拘謹，就像從前那樣如兄弟般相處就好。」

「是，殿下。」蕭鴻澤應下，仍是一副恭敬的姿態。

碧蕪站在後頭，望著這一幕，若有所思。

前世，永安二十五年，即三年後，聖上龍體欠佳，纏綿病榻，皇位爭奪激烈，當時的太子黨和七皇子黨都在竭力拉攏蕭鴻澤。

可直到蕭鴻澤戰死沙場，安國公府都始終處於中立，未明確表示站在哪一方，也因此在混亂的皇權爭鬥中逃過一劫。

她這位沒有野心的哥哥，從某一方面講，無疑是個明智之人。

思索間，碧蕪就聽一低沈的聲音在她耳畔乍起。「這便是你妹妹？」

「是，正是舍妹。」蕭鴻澤答道。

碧蕪穩了穩心神，緩步上前施了個禮。

在看清她的容貌後，承王愣怔了一瞬，旋即道：「蕭二姑娘的模樣生得很像妳母親。」

碧蕪抿唇笑了笑，復又將頭埋下去，但即便看不見，她也能感受到承王的目光落在她身上，灼熱得厲害。

她忍不住厭嫌的蹙了蹙眉。因著前世的記憶，她對這位承王的印象極其不好，如今被他這麼瞧著，難免渾身不自在。

半晌，承王才似笑非笑的收回目光，轉而看向蕭鴻澤。「我們這一眾人裡，數你馬術最佳，今日可得與本王好生較量較量。」

蕭鴻澤自不能推辭，折首看了一眼，見碧蕪朝他笑了笑，讓他安心，這才提步走了。

六公主喻澄寅帶著蘇嬋，興沖沖與十三皇子看小馬駒去了，餘下的幾位貴女便站在馬場外圍觀。

許是有佳人圍看，馬場內的幾人皆興致高昂，男兒揚鞭策馬，意氣風發，落在這些春心萌動的姑娘家眼中，難免惹得她們面紅耳赤，紛紛埋首咬起耳朵來。

趙如繡也忍不住湊到碧蕪耳畔低聲問：「二姊姊覺得這場上的男子，誰生得最好？」

碧蕪草草掃了一眼，一碗水端平。「我覺得都生得好，皆是俊俏的兒郎。」

「那是姊姊沒見過生得更好的。」趙如繡篤定道：「幾位皇子殿下模樣都生得好，不過生得最好的姊姊還未見過呢，若見了那位，只怕姊姊就說不出這話了。」

「哦？是哪位殿下？」碧蕪明知故問。

趙如繡不言，只將目光一轉，碧蕪隨著她的視線看去，便見不遠處站在六公主身側的蘇嬋。

「宮中妃嬪多是選秀出身，未出閣前都是世族女子，但有一人例外，那便是譽王的生母沈貴人。聽我母親說，沈貴人是陛下南巡時帶回來的舞女，生得姿容絕豔，當時豔壓一眾後宮妃嬪，深受陛下寵愛，譽王殿下也襲承了母親的美貌，是幾位皇子中生得最好的。」

她頓了頓，悄悄往蘇嬋的方向努努嘴。「不然那位心比天高的蘇姑娘怎會輕易鍾情於譽王殿下，只可惜啊，她今日悉心打扮，譽王殿下卻沒來。」

這事碧蕪倒是不意外，以前世的進程，那人應還在雲州辦差，斷不可能出現在這裡。

兩人言語間，卻聽一聲驚呼，抬眼一看，一匹小馬駒正橫衝直撞而來。

「讓開，快讓開。」一馬倌邊追邊喊道。

貴女們皆花容失色，尖叫著散開，碧蕪下意識躲避，轉頭卻見趙如繡面白如紙，嚇得愣在原地。

「繡兒！」

碧蕪喚了好幾聲，趙如繡卻像失了魂般一動不動，眼見那發了狂的小馬往這廂衝來，慌亂間，碧蕪不自覺伸出手，將趙如繡重重往外推了一把。

再抬頭，便見那馬蹄高揚，直往她踏來。

雖是匹小馬駒，可真正到她面前，她才發現馬的高大遠超她所想，鐵蹄似能將她踏碎。千鈞一髮之際，碧蕪腦中一片空白，下意識將手搭在小腹上。下一刻，或是想到腹中的孩子，她頓時清醒過來，往側邊一避，摔坐在一旁的草叢上。

馬還在向前疾馳，往人群衝去，尖叫聲一片。眼看牠衝破圍欄，往眾貴女的方向而去，一個身影驀然竄出，一把拽住馬的轡繩。

遠遠看著那個熟悉的背影，碧蕪心下猛地一震。

不可能，他絕不可能出現在這裡！

第七章

碧蕪從方才的驚嚇中逐漸緩過神來，取而代之的是自心底溢出的慌亂。她緊盯著那個背影，便見他控制下發狂的馬，旋即將轡繩遞給趕過來的馬倌。

雖有所準備，但眼看著男人折身看過來，碧蕪仍止不住呼吸微滯。

果真是他！

面前的男人著青碧暗紋羅衫，腰間一枚溫潤的麒麟白玉珮垂落，身姿挺拔威儀，周正儒雅，一如往常般風輕雲淡。

只面容比前世年輕了許多，少了眉宇間揮之不去的陰沈與倦色。

轉過身後，他那雙漆黑深邃的眼眸隨意掃了掃，旋即定在她的身上，少頃，竟提步向她走來。

慌亂間，那人已闊步行至她身前，俯身對她伸出手，作勢要扶她起來。

看著男人的眼睛，碧蕪的脊背一陣陣發緊，前世她最怕的便是與他對視，因看不透他，也怕被他看透。

她忙不迭垂下頭去，自是沒有借他的手，只佯作冷靜般道：「不必了，多謝陛……」

話到一半，她及時止住聲，「下」字卡在喉嚨裡，被生生嚥了回去。她差點忘了，如今他還不是那個受萬民敬仰的陛下，而是譽王。

但不管是皇帝還是譽王，如今她是安國公府方認回來的姑娘，又怎會認識他呢。

「小五！」

「二姊姊！」

正當她不知所措之際，就聽一聲急呼，轉頭便見蕭鴻澤和趙如繡疾步而來。

向來鎮定的蕭鴻澤此時神色慌亂，忙將她扶起來上下打量了一遍。

趙如繡更是嚇得在一旁抹淚，抽抽噎噎道：「姊姊怎這麼傻，明知那馬會衝過來，還將我推開，若姊姊有個好歹，我……」

碧蕪拍了拍她的手安慰。「這不是沒事麼，莫要哭了。」

確定她無礙，蕭鴻澤忙轉身施了個大禮。「多謝譽王殿下救了舍妹。」

喻景遲快一步將蕭鴻澤扶起來，笑道：「本王可不敢邀功，是二姑娘自己反應快，躲了開。」

他抬眸，目光在面前這個昳麗奪目的女子身上流連了一瞬，又看向蕭鴻澤。「本王才回京城，就聽說你尋回了妹妹，倒是要先恭喜你了。」

蕭鴻澤拱手正欲說什麼，卻聽一聲厲斥，眾人的目光紛紛被吸引過去。

「就是平日太縱容妳，才讓妳養成這般無法無天的性子……」

馬場一角，承王正在責罵六公主喻澄寅，喻澄寅垂著腦袋滴滴答答的掉眼淚，手上還握著一條長鞭，十三皇子站在一側，亦是一副自省的模樣。

導致方才那場變故的不是旁人，正是喻澄寅。

喻景煒送她那匹小馬駒雖還不到一歲，可卻是邊關凱撒國來的馬匹，這馬性子本就烈，不服眼前盛氣凌人的小姑娘，不管她如何討好，都不願讓她騎乘。

喻澄寅誇下了海口，面子下不來，一氣之下就隨手甩了一鞭子，這才導致馬發了狂，開始橫衝直撞。

蘇嬋見喻澄寅哭得凶，從懷中抽出絲帕給她擦眼淚，嘴上安慰著，心思卻早已飄到了別處。眼見那人提步往這廂而來，她垂眸安慰的嗓音越發溫柔了。

還是喻景煒先發現喻景遲，他睜大眼，驚詫的喚了聲「六哥」。

承王側首看到喻景遲，疑惑的微微蹙眉，旋即笑道：「六哥怎突然回來了？這次的差事辦得倒是快。」

他看了看喻景遲身後，又問：「十一怎沒同六哥一塊兒來？」

「雲州刺史相助，加上還有十一，這次的差事自然順利許多。」喻景遲解釋。「十一留在雲州收尾，我性子急，欲先稟告父皇，便先回來了，一回府就聽聞你們今日在此遊玩踏青，正好有閒暇，便來瞧瞧。」

承王聞言調侃道：「六哥這般心急，是怕府中美人寂寞，趕著回來陪她吧。」

喻景遲輕笑了一下，神色柔和了幾分，未置可否，算是默認了。

一旁的蘇嬋握著帕子的手緊了緊，眸色晦暗了些。

喻澄寅原已止了哭，可見到喻景遲，忍不住紅著眼睛喚了聲「六哥」，又開始委屈的掉眼淚。

喻景遲看出她的意圖，沈默片刻，淡聲道：「妳七哥責備得對，錯了便是錯了，今日六哥也救不了妳。」

聽得這話，喻澄寅小嘴一垂，還想使出平素撒嬌耍賴那套，可抬眼看去，卻是一怔。不知為何，她這位往日最為親切的六哥，此刻眸中寒意凜冽，凍得她心一抖，一時連哭聲都頓住了。

見喻澄寅老實下來，小臉哭得髒成一片，承王皺了皺眉，吩咐她身側的婢女道：「帶公主下去收拾。」

這場踏青是十三皇子攢的局，如今出了這樣的事，他自要負責善後，想到今日受了驚的幾位姑娘，他命人備了些茶水點心送去，讓她們在亭中好生休憩。

眾人都對方才那場變故心有餘悸，尤其是趙如繡，蒼白的臉好一陣子才恢復些許血色。倒是受驚嚇最大的碧蕪，或許前世遇過比這更駭人的事，在涼亭中任風吹了一會兒，很快便緩了過來。

涼亭地勢高，坐於其間，透過飄飛的帷幔，可以清晰的瞧見不遠處馬場中的情景。

誠如趙如繡所言，那個男人光是站在那兒，便能令周遭的人黯然失色。

雖此時的喻景遲周身氣息溫和，清雋舒朗，不似前世那般沈肅威懾，令人不敢直視，可他那惹眼的容貌，仍是能瞬間吸引人的目光。

喻景遲的好看，並非那種女子的柔美，他優越的面容輪廓間透出的英氣，總能使人聯想到冰冷卻鋒利的長劍，分明眉目涼薄，不可向邇，但他唇間似有若無的笑意，又讓人覺得他謙和恭謹，平易近人。

極富欺騙性！

趙如繡輕啜口茶，側首便見碧蕪正鎖眉望著一處，順著她的視線看去，不由得笑起來。

「姊姊莫要看迷了。」她驀然出聲道：「譽王殿下雖生得好，可不是什麼良人。」

碧蕪收回打量的視線，尷尬一笑，她欲解釋，可心一急，連舌頭都打結了。

「我沒有……」

趙如繡笑意更濃了。「與姊姊玩笑，姊姊怎還當真了。」

她斜過身子挨近，悄聲道：「姊姊不知道，譽王府中有一侍妾，是京中有名的銷魂窟拾歡閣的花魁，兩年前原不近女色的譽王偶然見了她，便一擲千金將人贖了出來，甚至為她散了府中其他侍妾，獨寵她一人。我曾聽人說過，像譽王這樣的人，要麼不動情，一旦深陷進去，最是癡情。如今他認定了那侍妾，只怕旁人都難以再入他的眼。」

這話說的倒是不錯了。

能將一個過世的女人放在心頭十餘年不能忘懷，甚至因為她，不再與旁人生育子嗣，這樣的男人，實在難見。

然作為一國之君，前世喻景遲此舉，在朝堂中引發了不小的震盪。

碧蕪曾親眼瞧見進諫的奏摺如雪片一般堆疊在御書房那張金絲楠木的長桌上，再被內侍們一摞摞捧出去焚毀。

喻景遲登基以來，不僅後宮妃嬪寥寥，還無一有所出，她亦不例外，也不可能例外。

每回承寵後，她都會聽話的喝下一碗內侍送來的苦藥。雖太監總管康福曾笑咪咪同她道這是補藥，但她清楚，大抵就是避子湯吧。

碧蕪止住回憶的思緒，狀似隨意般問了一句。「能得譽王這般寵愛，想必那侍妾定然姿色過人吧？」

「我倒是不曾見過，聽傳聞說是個傾城絕豔的美人，且是個脾氣嬌縱的。」趙如繡感慨道：「若那蘇姑娘真得償所願嫁進了譽王府，也不知鎮不鎮得住她。」

碧蕪聞言微微垂眸，神色略有些意味深長。「誰知道呢……」

正說著，就聽亭外響起一陣歡快的笑聲，原是喻澄寅淨了面，打理一番回來了。

她年歲本就小，事情忘得也快，不過這麼一會兒的工夫，就將承王責罵她的事拋在腦後了。

可她到底不是傲慢不知錯的人，進了亭中，面對幾位貴女，也頗顯愧疚道：「方才是寅兒任性，才造了事端，讓諸位姊姊受驚了，這廂給姊姊們賠個禮。」

她微微低了低身，卻令眾人惶恐不迭，哪敢受公主殿下如此大禮，紛紛制止回禮。

喻澄寅指了指桃花林道：「多謝姊姊們大度，不同寅兒計較，我十三哥命人在桃林中佈置了一番，不若姊姊們隨我一塊兒，看他們射箭去。」

六公主既這般說了，眾人也不能推辭，應聲一塊兒往桃花林中去了。

譽王、承王、十三皇子同蕭鴻澤等人已快一步到了。

林中搭了竹架子，架子上鋪設了涼蓆，底下置了好些桌椅，成了一個臨時的涼棚。

涼棚前一片桃樹，有兩棵格外高大的，樹上掛滿大大小小十數個錦囊，碧蕪不明所以，疑惑的看向趙如繡。

趙如繡會意，解釋道：「這林中射箭射的不是靶子，而是那些錦囊，錦囊越小、藏得越深，射中的難度則越大。當然，射中是有彩頭的，越難射的錦囊彩頭越佳，我記得去歲是承王殿下拔得頭籌，得了一幅沈大家的孤品名畫，那可是千金難求的珍品。」

原是如此。

碧蕪頷首，便見有侍從捧著上好的弓箭行來，呈到承王跟前，承王隨手挑了一把，轉而看向喻景遲。「六哥也來試試？」

喻景遲面露無奈，搖了搖頭。「你也知道，我的箭術一向不大好。」

「不過是玩玩，有何干係。」承王隨手拈了拈，挑了柄不那麼沈的遞給喻景遲。「六哥只當陪陪我們。」

聽得此言，喻景遲遲疑了一下，才勉為其難道：「好吧。」

碧蕪坐在後頭的涼棚底下，因離得近，將兩人對話聽得一清二楚。

看著那個提著弓箭，略有些生疏的擺弄著的男人，她忍不住勾了勾唇，露出一絲諷笑。

箭術不好？

前世，群臣最大的誤解便是譽王平庸，不堪大任。

只有碧蕪知道，這個男人，是個徹頭徹尾的騙子！

第八章

當今陛下喻珉堯膝下有十九位皇子、八位公主。

其中，對皇位有一爭之力的，除了先皇后所出的太子外，便只有淑貴妃生下的七皇子，即如今的承王。

在那麼多皇子中，承王才學出眾，文武雙全，或也因著淑貴妃受寵，頗為喻珉堯所喜。可誰也沒有想到，不過四年，太子和承王陸續倒臺，喻珉堯駕崩後，竟留遺詔傳位於譽王喻景遲。

直到新帝登基後兩年，面對政通人和，百姓安居樂業的一片康泰之象，那些當初納罕於既沒有強大的母家支撐，又能力平庸的譽王能繼承大統的人，才逐漸明白過來。

他們的新君根本不是什麼庸碌之輩，而是蟄伏已久的狼，所有的乖順軟弱都不過是在韜光養晦，只等伺機而動，一口咬住敵人咽喉，奪其性命。

而如今這匹狼收起了獠牙，斂起了所有的殺意，正在慢慢麻痺他的敵人，使他們放鬆緊惕。

趙如繡在碧蕪耳畔絮絮說著。「這射箭限一個時辰，一個時辰內誰得了頭彩，便得勝，若無人射得頭彩，就按射下的錦囊數量和大小來計分，得分最高的便是最後的贏家。」

正說著，場上響起一陣驚呼，承王射出了第一箭，他一擊即中，箭矢直接刺穿繫帶，射落一只中等大小的錦囊。

承王放下弓箭，挺了挺脊背，露出一副理所當然的模樣。

在旁守著的侍衛將錦囊撿起，看了一眼，高喊了一聲「十四」，另一側站著的內侍立刻低頭翻看手上的單子，旋即用尖細的聲音道：「金鑲玉嵌寶蝴蝶簪一對。」

這廂話音剛落，又聽一陣破空聲，蕭鴻澤也同樣射中了一個大小相同的錦囊。

內侍的聲音很快又起。「和田玉朱雀紋扳指一只。」

「今年的彩頭倒還不錯，以七哥的箭術，又能滿載而歸了。」喻澄寅鬼靈精怪，說著說著，猛地從椅子上跳起來，興致勃勃道：「不若我們來猜猜，今年會是誰拔得頭籌。」

她讓貴女們圍攏在一塊兒，也不知從哪裡學來市井賭場的伎倆，但學得不倫不類，她命內侍拿來幾張紙寫上數字，這些數字是根據出場順序，代表場上的人。又讓身側的婢女取出一張二百兩的銀票，拍在案桌上，頗有氣勢道：「本公主今日就賭我七哥會贏！」

貴女們面面相覷，皆是不動，畢竟誰也沒幹過如此不雅的事。還是其中一個湖藍衣衫的女子先拿了張銀票，緩緩放在桌上，底氣不足的開口。「臣女賭安國公贏……」

她開了這個頭，其餘幾人也放開了些，陸續開始押寶，連蘇嬋也跟著六公主一塊兒押了承王。

到最後，便只剩下趙如繡和碧蕪。待趙如繡大大方方押了蕭鴻澤，眾人的目光一時都落在碧蕪身上。

就目前的局勢看，被押注得最多的便是承王和蕭鴻澤，兩人箭術勢均力敵，不相上下，往年都曾拔得過頭籌。

碧蕪不可能押承王，她掏出一錠銀兩，方才準備放下去，圍著的貴女中不知誰撞了下桌子，那脫手落下的銀錠骨碌碌一滾，竟滾到空蕩蕩的數字「四」上。

她自然知道這個數字代表的是誰，正欲伸手拿回來，卻被喻澄寅給攔住。「買定離手，蕭二姊姊可不能耍賴！」

碧蕪忙道：「殿下，這當是不算吧，臣女要押的是……」

「蕭二姊姊可真是良善，曉得我六哥沒人看好，就好心押我六哥。」

碧蕪話還未解釋完，就被喻澄寅笑著打斷。她當然知道碧蕪要押誰，可賭局若只是二選一，豈不是無聊了些，權當添點樂趣。

好巧不巧，此時，場上的喻景遲恰好射了一箭，那箭軟弱無力，堪堪擦了個樹枝，就飛了出去。

喻澄寅眸中笑意更甚。「蕭二姊姊現在想變卦可來不及了，不過一錠銀子罷了，想來蕭二姊姊也不會捨不得。」

趙如繡見碧蕪還欲開口，扯了扯她的衣袂，壓低聲音道：「六公主孩子心性，玩心重，姊姊也莫太在意，由她去吧，不過小小的賭局罷了。」

碧蕪聞言只得無奈的嘆了口氣。

當真是不走運，也不知是不是老天作弄，她越想逃開，越是避不開。

到了午間，日頭升上來，明晃晃的掛在頭頂，射箭的幾人都額間生汗，有些乏了。射了小半個時辰，紛紛放下弓箭，入棚下休憩乘涼。

場上幾人或多或少都有所收穫，其中數承王和蕭鴻澤最多，連最不被看好的喻景遲都射得了一個，反倒是十三皇子喻景煒一無所獲。

喻景煒猛喝了一口涼茶，面色幽怨的瞥向蕭鴻澤。

本以為有他那位不善騎射的六哥在，他大抵不會墊底，誰承想安國公今日分外針對他，他目光落在哪處，琢磨著射哪個，安國公就每每提前一步，全都射了下來。

喻景煒原還不知是為何，此時看見蕭二姑娘，才想到或許因自己先前同喻澄寅打的那個賭。蕭鴻澤雖當時沒將不悅顯露在臉上，可心裡都記著呢。這安國公當真是個睚眥必報的。

喻澄寅不知道是這麼一回事，忍不住嘲笑喻景煒。「十三哥，你可得再努力一些，不然啊，一個都沒射得，實在是丟人，怪不得無人押你，連六哥都有人押他呢。」

「有人押六哥？」喻景煒面露詫異，旋即恍然道：「押六哥的怕不是蘇姑娘吧？」

蘇嬋面色一僵，笑著搖了搖頭。「十三殿下誤會了，並非臣女。」

喻景煒卻是不信。「蘇姑娘，妳可別幫寅兒這小丫頭騙我，除了妳，誰會押六哥。」

「猜錯了吧！」喻澄寅朝他挑了挑眉，轉而跑到喻景遲身側，昂著腦袋道：「六哥，這麼多人裡，可就蕭二姊姊一人押了你，你莫要讓她失望啊！」

被倏然提及的碧蕪脊背一緊，幽幽轉過頭去，便見喻景遲止了手上的動作，似笑非笑的看著她。

那雙漆黑的眼眸深不見底，碧蕪連呼吸都凝滯了幾分，掩在袖中的手不自覺蜷縮，忙收回了視線。

下一刻，便聽那清潤中帶著幾分笑意的聲音響起。「二姑娘頭一回來，不明情況，此番怕是要讓她失望了。」

喻景煒聞得此言，笑道：「六哥，雖說你奪魁希望渺茫，但為了那頭彩，也可試著搏一搏，我同你保證，那頭彩你定然喜歡。」

他這話一提，可勾起了喻澄寅的好奇心。「六哥喜歡？是什麼呀，到底是什麼？」

「我偏不告訴妳。」喻景煒逗她。「妳自己好奇去吧。」

喻澄寅可不是好糊弄的，還未等喻景煒說完，她已跑到拿著單子的內侍前頭，一把奪了過來，順著尋到第十三個。

「玲瓏棋具？」

喻景煒想阻止她已來不及，他本想耍賴稱不是，喻澄寅卻瞬間揭穿他。

「十三哥可別想否認，我還不知道你麼，奇奇怪怪的癖好，往年也是，總把第十三個錦囊設為頭彩。」

喻景煒啞口無言，只能尷尬的摸了摸鼻子。

涼棚底下的眾人皆在聽到「玲瓏棋具」四個字後受了不小的震撼，連碧蕪都忍不住驚了驚。

趙如繡怕碧蕪不知，還貼心的向她解釋。「姊姊可能沒聽說過這玲瓏棋具，不知它的珍貴之處。這玲瓏棋具是前朝棋聖陸乘親手打造的，黑子由玄玉製成，白子則由上好的羊脂玉所打磨，棋盤是整塊翡翠，上頭縱橫交錯著鑲嵌的金線。

「不過這還不是它最吸引人的地方，傳聞陸乘在打造這副棋具時，將自己畢生所學寫就的棋譜藏在裡頭，才使得好棋之人為之趨之若鶩。」

其實就算趙如繡不說，此事碧蕪也知曉，但她還是笑著道：「倒是極其珍貴之物，讓妳說得我都生了幾分興趣。」

「妹妹想要嗎？」

碧蕪轉頭看去，便見身側蕭鴻澤笑意柔和地看著她，她本想說不，可瞧見蕭鴻澤眼中的鼓勵之意，遲疑了一下，改口道：「的確是想瞧瞧。」

蕭鴻澤聞言，神色頓時堅定了幾分。「我盡力為妳取來！」

他這說話聲不大，可在窄小的涼棚中卻格外清晰，碧蕪察覺到不少目光向這廂投來，抿唇笑了一下，低低道了句。「多謝兄長。」

休憩夠了，幾人復又提起弓箭出去。碧蕪挨著趙如繡坐下，就聽前頭喻澄寅在同蘇嬋說話。說若承王得了那棋具，便向他討來，送給蘇嬋，以蘇嬋的棋藝才配得上那副棋具。

碧蕪垂下眼眸，若有所思。前世她曾見過那副玲瓏棋具幾回。

好巧不巧，那時它的主人正是中宮皇后，即前頭的蘇嬋。

整個後宮都知道，皇后棋藝精湛，對那副玲瓏棋具也愛之入骨。那棋具也確實很美，在陽光下晶瑩剔透，尤其是帶著未破的玄機與秘密，使它更具誘惑。

碧蕪每每瞧見都會被它吸引，但只能遠遠的望上一眼，不敢靠近，更遑論用它來下棋。

她倒不奢望得到這棋具，只不過剛剛看蕭鴻澤的眼神，知曉他是想為她這個妹妹做些什麼，才順勢說了那番話。

可此時看場上，她那兄長萬夫莫敵的氣勢，碧蕪知他是認真了。

重新上場後的第一箭，蕭鴻澤徑直往左側桃花樹頂上，那枚掩在花枝間的錦囊射去。

雖未言明，但從那枚錦囊刁鑽的位置和喻景煒時不時的眼神關注，眾人都已猜到那就是頭彩。

然那錦囊實在太小，再加上布料顏色與桃花相近，極難分辨，蕭鴻澤這一箭沒有射中，而是深深插進掛錦囊的樹枝。

蕭鴻澤蹙眉略有些失望，卻聽耳畔響起承王的笑聲。

「本王還是頭一回見你如此執著，果真是疼愛妹妹的好兄長！」承王說著，拍了拍他的肩。「不過你放心，今日不管我們誰射中了那錦囊，棋具都會是二姑娘的。」

得了承王的承諾，蕭鴻澤面上未見任何喜色，劍眉卻蹙得更緊了。「殿下……」

「本王今日見到二姑娘的第一眼，便覺得與她很投緣，她既喜歡，只當是送予她的見面禮了。」

承王未給他拒絕的機會，提弓就往前去了。

蕭鴻澤面色凝重，緊盯著他的動作，直到看見那離弦的箭擦著錦囊而過，神情才鬆了幾分。

他很清楚承王對他妹妹感興趣的真正緣由，朝中形勢複雜，尤其是涉及皇位爭奪一事，蕭鴻澤並不願捲入其中，自然也不欲與承王有太多瓜葛。

見沒有射中，承王輕輕「嘖」了一聲，搖搖頭，卻沒流露出絲毫失落，仍是一副胸有成竹的模樣。

他收起弓箭，正欲往回走，就聽「嗖」的一聲響，羽箭飛去的方向，分明也是那只位置刁鑽的錦囊。

待看清射箭之人，承王面露詫異。「六哥也對那錦囊感興趣？」

喻景遲垂下手，望著離錦囊還有好些距離的羽箭，自嘲般笑了笑。「不過試試罷了，聽聞是玲瓏棋具，不禁生了幾分興致。」

「試試也無妨。」承王笑道：「我看六哥這一箭射得穩了許多，就只當是練練手。」

他言語客氣，然旁邊看見這一幕的，都清楚承王並未將喻景遲放在眼裡，他心中可與他一爭高下的對手唯有蕭鴻澤而已。

「是啊，只當練練手。」

喻景遲面上笑意和煦，垂眸的一瞬間，神色有些晦暗不明。

涼棚底下的人都在看，喻澄寅瞧見這一幕，用手肘頂了頂身側的蘇嬋，笑得意味深長。

「六哥怎也去射那枚錦囊，我瞧他今日往這廂看了好幾眼，難不成是想得了那棋具送給阿嬋姊姊。」

蘇嬋面色微紅，聞言赧赧的向場上投了一眼，止不住唇角微揚，但還是否認道：「或是譽王殿下自己想要。」

「那可不好說。」喻澄寅道：「我向來猜得準，即便六哥拿不到那棋具，但有這片心姊姊也是該喜的。」

碧蕪在後頭聽著，滿腹狐疑，按理說，此時喻景遲當是會處處收斂鋒芒，不教人看出虛實，可不知為何，今日竟做出這麼冒頭的事。

實在有些反常。

思忖間，碧蕪抬眸看了蘇嬋一眼。

她向來不懂他的心思，難不成，真是為了……

半炷香後，承王和蕭鴻澤又各射了一箭，可惜都沒有中。反倒是那錦囊，在花枝顫動間挪了些位置，藏得更隱蔽了。

眾人不由得嘆氣，一個時辰將近，這頭彩怕是難奪了。

眼看著喻景遲上場，視線落在那枚錦囊上，顯然又以此為目標，眾人都沒抱什麼希望，也不像方才那般看得專注了。

唯有碧蕪秀眉微蹙，察覺出絲絲異樣。

男人身上的柔和之氣弱了許多，連面上的笑意都稍稍斂起。

他沈下身子，左手握住弓臂，右手拉弦，將弓舉到空中，瞄準錦囊的方向。

旁人只覺得他這副架勢唬人，怕不是又像先前那樣箭枝偏離方向。

然坐在涼棚底下的碧蕪看著男人越發銳利的眸光，呼吸微滯。

眼見那夾住箭尾的手指一鬆，羽箭以破竹之勢竄出，他高大挺拔的身姿一瞬間與她記憶中的模樣重疊，只不過那時，他箭尖所向是賊人的首級。

一箭，鮮血四濺。

而這一回，鋒利的箭頭刺透錦囊，流蘇糾纏亂舞，花瓣紛紛而落，那還沒半個巴掌大的錦囊險些被生生撕成兩半。

場上頓時鴉雀無聲，片刻後，才聽喻景煒結結巴巴道：「中、中了！」

他跑到喻景遲身側，激動不已。「六哥，你射中了！」

蕭鴻澤也上前道：「恭喜譽王殿下。」

喻景遲站在原地，沒有驚喜，反露出幾分茫然，就像是自己都沒想到。

一旁的承王面色卻有些難看，但很快無所謂的笑笑。「看來我和安國公都與那副棋具無緣，注定是六哥要得到它。」

「運氣好罷了。」喻景遲淡淡道。

「這副玲瓏棋具本就是意外所得，能落在棋藝最好的六哥手中，也算是物盡其用了。」

喻景煒接過侍衛從樹上取下的錦囊，遞給喻景遲。「棋具貴重，並未攜來此處，以此為憑證，明日定派人將棋具好生送到六哥府上。」

喻景遲捏著那只已碎成破布的錦囊，思忖半晌，突地問道：「此物我可否轉贈旁人？」

喻景煒疑惑。「……嗯？」

此時，涼棚底下。

諸位貴女方才從詫異中緩過來，猜來猜去，沒想到最後的贏家居然會是譽王。

「二姊姊，竟被妳押中了！」趙如繡忍不住道：「雖沒得到棋具，此番倒也算賺得盆滿缽滿了。」

「妳可別打趣我了。」

碧蕪無奈的笑了笑，卻聽周遭突然騷動起來，抬首一看，便見喻景遲闊步往這廂而來。

他本就神采英拔，俊美無儔，加上剛才那颯爽俐落的一箭，更為他添了幾分男子氣概。

棚下的貴女們見他靠近，都恭敬的站起身，順帶著紅了雙頰。

「我說什麼來著，六哥就是為了阿嬋姊姊才去射得錦囊。」喻澄寅壓低聲音，在蘇嬋耳畔道。

蘇嬋咬了咬唇沒有說話，眼見著喻景遲離她越來越近，一顆心怦怦跳得飛快。

在喻景遲靠近她身側之際，她忍不住勾起唇，卻見那人步履未停，直接掠過她而去。

蘇嬋面上的笑意陡然一僵。

變了臉色的不僅是她，還有碧蕪。

她是真的以為喻景遲是要將棋具贈予蘇嬋，畢竟前世的她並不曉得那副玲瓏棋具是不是蘇嬋在這時候從喻景遲手上拿到的。

然看著喻景遲從蘇嬋身側而過，繼續往這個方向走來時，她疑惑的蹙起了眉。用餘光瞥了瞥四下，心裡正琢磨著，再次看去，卻正與那人對上眼。

她心一跳，猛然生出些不好的預感，只能強忍住後退的衝動，忙不迭垂下頭去。

然下一刻，卻見那雙蒼藍雲紋繡靴在她面前緩緩站定。

第九章

碧蕪不死心的等了許久，可那人依舊站在她面前一動不動，她迫不得已抬起頭，便見那人噙笑向她伸出手。

寬大的掌心中靜靜躺著一枚破了的錦囊，低沈醇厚的聲音旋即響起。「這副玲瓏棋具便贈予蕭二姑娘了。」

話音未落，涼棚中的氣氛倏然變得微妙起來，貴女們面露詫異，投向碧蕪的目光都帶著幾分曖昧不明，但碧蕪並未察覺，因此時她腦中一片空白，難以置信的看著眼前這個男人。

她不明白，分明今生兩人並無交集，為何他會突然做出這般令人費解之事。

片刻後，她才緩過神，往後退了一步，低身恭敬道：「多謝譽王殿下賞賜，但無功不受祿，臣女實在不敢收下此等珍貴之物。」

「誰說二姑娘無功。」耳畔傳來男人的低笑。「此物只當多謝二姑娘方才押了本王，讓本王生了那麼一點信心，加之運氣，這才得了頭彩。」

碧蕪聞言錯愕，旁人不曉得，她還會不曉得嗎。

什麼信心，什麼運氣，他分明是使出幾分真本事，正正經經拿到的東西，又與她何干。

更何況，她根本不是真心想押他，那就是個意外。

她抿了抿唇，繼續推拒。「臣女不敢邀功，殿下是憑自己的本事拔得的頭籌，此物臣女實不能受。」

頭頂許久沒有動靜，碧蕪略鬆了口氣，以為是他放棄了，等了片刻，卻聽他又淡聲道：「二姑娘不願接受，莫不是瞧不上此物，覺得不夠好？」

「臣女不是……」

她赫然抬起頭，便見男人笑意微斂，眉宇間帶著幾分似有若無的失望。好似她不是在嫌棄那棋具，而是嫌棄他了。

碧蕪心下頓生出幾分無奈。

是了，她差點忘了，什麼謙和有度，這男人就是個詭計多端的。

不管前世還是如今，眼前這個人慣愛用這般軟硬兼施的法子來脅迫她。

「既然不是，二姑娘便收下吧，本王送出去的東西，不好收回。」他語氣柔和，卻帶著幾分不容置喙。

碧蕪左右為難，看著那遞過來的錦囊，一時收也不是、不收也不是。

不收，就是駁了他的面子。可收了……她實在不想再與這人有所牽連。

周遭投來的目光刺得她脊背發涼，碧蕪遲疑許久，終究緩緩伸手接下。

「謝譽王殿下賞賜。」

喻景遲微微頷首，露出一絲滿意的笑，復又折身出去了。

碧蕪揑著錦囊，硬著頭皮坐回去，就見趙如繡貼近她，在她耳畔低聲道：「恭喜姊姊得償所願。」

碧蕪苦笑了一下，悄悄往前掃了一眼。蘇嬋面色已恢復如常，倒是喻澄寅摸了摸鼻子，有些尷尬。

她唯恐蘇嬋難過，安慰道：「阿嬋姊姊，妳別在意，今日就蕭二姊姊押了六哥，六哥拿那副棋具謝蕭二姊姊也是理所當然的。」

「臣女怎會介意呢。」蘇嬋笑意溫婉。「譽王殿下說的不錯，此番的確是該好好謝謝蕭二姑娘。」

她說罷，又轉過頭去。「二姑娘也喜歡下棋？」

倏然被問及的碧蕪愣了一下，前世，確實有人教過她，但想到這世自己流落在外，在鄉野之地長大，應是不會這東西的，便答道：「從前看過旁人下，自己倒是不大懂，是很想學。」

「原是如此。」蘇嬋的面上泛起淡淡的、幾不可察的譏諷。「玲瓏棋具這般珍品，若是落在不懂棋的人手中，未免有些可惜，二姑娘若是想學棋，我倒是會一些，勉強能教教二姑娘。」

聞得此言，喻澄寅卻是激動起來。「阿嬋姊姊可是謙虛了，妳的棋藝，京中的貴女裡誰能及妳。」

蘇嬋抿唇笑了笑，沒有否認。

若說方才沒看出來也就罷了，可若現在再看不出蘇嬋的意圖，碧蕪就有些愚蠢了。

蘇嬋表面不在意，心裡大抵還是對喻景遲將棋具贈予她的事氣不過，這才變著法子嘲諷她。

「多謝蘇姑娘好意。」碧蕪含笑道。「若有機會，毓甯定向蘇姑娘好生請教棋藝。」

蘇嬋看著碧蕪沒有絲毫起伏波動的神色，不僅沒有洩憤的快感，心下的不悅反像添了柴的火一股股往上竄。

打第一回見到這位蕭二姑娘，蘇嬋便覺得她分外礙眼，不但有一副勾引男人的長相，還處處礙她的事。如今看來，這人大抵是與她相剋，才會處處與她合不來。

「二姑娘客氣了，我自是樂意得很。」

說完這話，蘇嬋幽幽轉過頭去，唇間笑意頓散，雙眸中透出幾分陰沈。

那廂，喻景煒看著喻景遲闊步回來，忍不住調侃道：「六哥，我原還猜你要將那棋具給誰，沒想到居然是蕭二姑娘，六哥果然也是個愛美人的。」

承王亦直勾勾盯著喻景遲瞧，眸光冷沈，似笑非笑。

喻景遲薄唇微抿，未作什麼解釋，在原地遲疑片刻，才慢吞吞走到蕭鴻澤面前開了口。

「本王想厚著臉皮，同安國公討要一物。」

蕭鴻澤面露疑惑，實在想不出自己有什麼值得喻景遲跟他討的。

他拱手恭敬道：「譽王殿下言重了，您直說便是，若有什麼是臣能做的，定當盡力。」

喻景遲似是有些說不出口，過了好一會兒，才輕聲道：「本王記得，安國公今日得的幾樣彩頭裡，有一支銀鎏金的花卉鸞鳥釵，不知安國公可否割愛，將此物轉贈予本王，本王願以府中價值相當的物件與你交換。」

他聲音雖壓得低，可周遭站著的幾人都聽見了，蕭鴻澤稍顯詫異，不想喻景遲會為了一支釵子放低身段與他商量，忙道：「殿下願將玲瓏棋具贈予舍妹，臣感激不盡，不過一支鸞鳥釵罷了，殿下喜歡，儘管拿去便是，何談交換。」

喻景煒在喻景遲和蕭鴻澤之間來回看了幾眼，恍然大悟。

「哦……六哥將那棋具送給二姑娘，原是藏了私心，好順理成章向安國公討要金釵，博家中美人一笑，是不是？」

喻景遲聞言愣了一瞬，旋即掩唇低咳了一聲，面露尷尬。

一旁的承王面色卻緩了緩，也跟著笑道：「六哥這法子未免太拐彎抹角了些，鴻澤也不是什麼小氣之人，你若直接說，他不會不給。」

喻景遲流露出些許無奈。「鴻澤什麼性子你我都知曉，我若直接說，倒顯得用身分壓他了。但若提用棋具與他交換，他定會覺得占了我的便宜，怕是不肯，不如用這法子，都能謀得所求。」

他邊說著，看向蕭鴻澤，蕭鴻澤眨了眨眼，露出些許窘意，印證了喻景遲的話。

幾人一時都笑起來，桃林中的氣氛復又回歸輕鬆。而貴女這邊，眾人玩了一日，天色已然不早，喻澄寅怕回宮太遲被淑貴妃責罵，不得已先坐馬車回去了，她一走，眾人也陸續告辭離開。

碧蕪與趙如繡辭別後，便回到馬車旁等蕭鴻澤。此時，蕭鴻澤正捧著那支花卉鸞鳳釵給喻景遲送去，碧蕪遠遠的瞧著，卻見喻景遲倏然抬起頭，往這個方向看來。

碧蕪猝不及防，但不好躲避，只能朝他微微頷首，福了福身。雖表面有禮，但碧蕪心裡想的都是同一件事，那就是將來再也不要與這人有交集了，這一世她要與她的旭兒兩人安安靜靜的過日子。

那廂，看著遠處那個對他格外冷淡的女子，喻景遲雙眸眯了眯。他接過那個裝著鸞鳳釵的檀木長匣，謙和地向蕭鴻澤道了聲謝。直到目送安國公府的馬車遠去，他才折身上了自己的馬車，唇間笑意散去，隨手將長匣丟在角落。

另一頭，疲憊了一日的碧蕪忍不住在馬車上打起了盹，不知不覺睡了過去。蕭鴻澤偶一掀簾，發現她已睡熟，命車夫將車駛得慢些，因而比往常晚了小半個時辰才回到安國公府。

碧蕪在臨到府門前才幽幽醒轉，望了望沈沈向晚的天色，猛地一激靈，驀然生出幾分慌亂。

疲憊、嗜睡……

前世的她在發現自己有孕前便是這般症狀。

她咬了咬唇，心神不寧的由銀鉤扶著下車，連答蕭鴻澤的話都有些心不在焉。

與蕭鴻澤分別後，碧蕪往酌翠軒行去，半途卻瞧見幾個家僕步履匆匆，手中捧著各種令人眼花撩亂的什物，裡頭似乎還夾雜一些香燭紙錢。

「他們這是在做什麼？」她忍不住問道。

銀鈴答道：「回姑娘，再過一陣子便是清明了，二夫人奉老夫人的命，差人做準備呢。因老爺、老太爺都葬在應州，不便掃墓，每年都是這樣祭拜的。」

這個蕭老夫人倒是同她說起過，蕭家的老家在應州，祖墳亦在該處，蕭家人講究落葉歸根，因而前幾任安國公及夫人離世後，都會由子孫扶柩回鄉，葬於祖塋。

清平郡主臨去前，為了死後與丈夫同穴，便留了遺言，想要在應州下葬，因而她父母親如今都葬於應州老家。

應州……

碧蕪腦中靈光一閃，垂下眼眸，若有所思。

因昨日回來得遲，碧蕪唯恐蕭老夫人已經歇下便沒有去請安。本想第二日早早起來，不承想，醒來都快過辰時了，忙起身收拾一番，匆匆往老夫人的棲梧苑而去。

方才踏進垂花門，過了彎彎曲曲的長廊，就聽蕭老夫人的笑聲自屋內傳來。碧蕪疑惑的眨了眨眼，踏進主屋，便見屋內熱鬧得很，二夫人周氏正坐在一側，蕭老夫人身旁還坐了個瘦瘦小小的孩子。

「小五來了，快過來。」

蕭老夫人同她招了招手，旋即垂下頭神色柔和的對那個孩子道：「這是你二姊姊。」孩子乖乖巧巧的自榻上下來，有些羞怯的喚了聲「二姊姊」。

「你是笙兒吧。」碧蕪低下身同他說話。「你的身子如何了，好些了嗎？」

眼前這個不是旁人，正是蕭鐸與周氏的幼子蕭鴻笙。

蕭鴻笙的面色有些蒼白，甚至看起來比同齡的孩子瘦小很多，他低低咳嗽了一聲，但還是乖乖巧巧的答道：「多謝二姊姊關心，笙兒好多了。」

或許生下來不足月的緣故，蕭鴻笙身子一直不好，前陣子染了風寒，在榻上躺了好一陣都不見痊癒，蕭老夫人便與周氏商量，將他送去京郊的溫泉別院休養，故而自碧蕪回來便沒見過他。

見蕭鴻笙身子還是虛弱，蕭老夫人皺了皺眉，問周氏。「澤兒尋來的那個大夫都開了什麼方子，怎的都不見有療效？」

「都是些補身的方子。」周氏低嘆了口氣。「母親也知道，笙兒的病是打胎裡帶來的，只能慢慢養著，怕是沒那麼快見效。」

蕭老夫人聞言也跟著嘆口氣。「要我說，不若就按澤兒說的，給笙兒尋個師父，好生習武，身體底子好了，病自然也就痊癒了。」

周氏一聽卻慌了。「母親，可使不得，您也曉得，笙兒這身子，三天兩頭病痛，在外頭吹個涼風就容易發高熱，可禁不住折騰。」

因是中年得的孩子，又生得艱難，周氏對這個孩子寶貝得緊，捨不得他吃一點苦。蕭老夫人雖心頭不滿，可看蕭鴻笙那副孱弱的樣子，只得作罷，不再多說什麼。

碧蕪摸了摸蕭鴻笙的頭，笑著問他。「笙兒想習武嗎？往後是想當文官還是武官？」

蕭鴻笙偷偷瞄了周氏一眼，低聲道：「笙兒想像大哥哥和祖父一樣，上陣殺敵。」

「說什麼胡話。」周氏眉頭一皺，將蕭鴻笙一把拉過來。「娘也不指望你往後跟你哥哥一樣出息，只求你平安長大。若想為國效力，像你大伯那樣，考取功名，做個文官，不也挺好的麼。」

周氏說著，抬眸看了碧蕪一眼，眼神中帶著幾分怨氣，彷彿碧蕪想慫恿蕭鴻笙，讓他去送死一樣。

碧蕪勾唇淡淡的笑了笑，她倒沒這個意思。只是看周氏如此護蕭鴻笙，突然想起前世。

周氏大概想不到，前世眼前這個病弱的孩子在蕭鴻澤戰死，蕭家敗落後，實現了自己的願望，也繼承了祖父兄長的遺志。

他十五歲遠赴邊關，上陣殺敵，二十歲那年因戰功卓著，破例封為定遠侯，在京城風頭一時無二，使落魄的蕭家復歸往日榮光。

今生再見蕭鴻笙，碧蕪覺得萬分親切。前世喻景遲挑選太子伴讀，放棄了一眾才華出眾的世家公子，出人意料的選擇了年僅九歲，體弱多病且家道敗落的蕭鴻笙。

蕭鴻笙進出東宮六年，與旭兒相伴，情同兄弟，也是碧蕪看著長大的。當時的她並沒想到，眼前這個孩子會是自己的親人。

心下酸澀與暖意交融，錯綜複雜，碧蕪強壓下心頭翻湧的情緒，在一側坐下。

坐了一個時辰，蕭老夫人留人用午膳，碧蕪本想同蕭老夫人說事，可礙著周氏和蕭鴻笙都在，到底不方便。聽聞蕭老夫人明日要去城郊隆恩寺祈福，便提出一道去，想著到時找個機會再與老夫人說道。

用完午膳，又用了一盞茶，碧蕪才離開棲梧苑，往酌翠軒而去。

行到後院花園的小池旁，就聽蕭毓盈的聲音傳來。

她背對著碧蕪，碧蕪只能瞧見她微顫的雙肩，似是在哭，身側有幾個家僕抬著兩、三個看起來沈甸甸的箱子。

碧蕪愣了一瞬，下意識拉著銀鈴、銀鉤藏到一側的桂花樹後。

少頃，就聽蕭毓盈抽噎著道了一句「有什麼了不起的」，狠狠跺了跺腳，跑走了，她的貼身婢女一聲聲喚著在後頭追。

待人跑遠了，碧蕪才敢走出來。

銀鈴、銀鉤對視了一眼，都對方才一幕有些疑惑，但沒敢多說。

碧蕪無意管這事，只當沒有瞧見，也囑咐銀鈴、銀鉤莫要多嘴，她行在那幾個家僕身後，跟了一會兒，便察覺到不對勁，這幾個家僕分明是往酌翠軒去的。

待幾人在酌翠軒的前院小心翼翼的放下箱子，回首一瞧，才發覺碧蕪就在後面。

「二姑娘。」領頭的忙上前，指了指這些東西道：「這些都是今晨外頭送來給您的。」

給她的？

碧蕪納罕的蹙了蹙眉，按理說應只有一副玲瓏棋具而已，怎會有這麼多呢？

那家僕似是看出碧蕪的疑惑，命人將箱子展開，將東西一一取出來。

「這五樣是長公主殿下送來的，這三樣是淑貴妃以六公主的名義送來的。」他手握一張長長的禮單，繼續道：「這些，是十三殿下送來的，還有譽王殿下的……」

碧蕪扶額，略有些頭疼，她算是曉得為何會有這麼多的東西了，也明白蕭毓盈到底在發什麼脾氣。

她靜靜聽著，直到聽見「承王」二字時，眉頭一挑。

前頭幾人，她多少能忖出些名目和理由，可承王……

「承王為何要送這些？」她問道。

那家僕想了想，答道：「聽門房說，承王府的人告知，這是承王殿下補送給二姑娘的見面禮，他本想得了玲瓏棋具給姑娘，不承想沒有如願，希望這些東西姑娘也會喜歡。」

承王想得了玲瓏棋具給她？

碧蕪在腦中將昨日種種過了一遍，驀然有種恍然大悟之感。

表面上，喻景遲贈她玲瓏棋具是為了同蕭鴻澤換釵子，可碧蕪總覺得這事說不通。那支花卉鸞鳥釵算不上多麼貴重之物，就算是要送給夏侍妾，也沒必要讓他冒著被懷疑的風險顯露真實實力，這法子實在太彎彎繞繞了。

看來，喻景遲應是不希望承王借此拉攏蕭鴻澤，這才自己將那錦囊射落。

可想至此，碧蕪又覺得不對勁，若是不想被懷疑，他應當直接自己帶走才是，為何要送給她呢？

難不成他也想借此拉攏蕭鴻澤？

碧蕪想得腦袋一陣陣抽疼，又走進了死胡同裡，心下埋怨那男人還是同從前那樣讓人看不透。

她索性不再想，瞥了眼堆在地上的東西，對銀鈴道：「一會兒等國公爺回來，差人去問問，除了那棋具，其餘這些東西該如何處置？」

「是，姑娘。」

碧蕪進了內屋，方才坐下，便覺睏意漸漸上頭，正欲躺在小榻上歇息一番，就見銀鉤捧著那副棋具進來，擱在榻桌上。

「姑娘，此物姑娘想置放在何處？」

看著那晶瑩剔透的棋盤，碧蕪抬手在其上一寸寸拂過，只覺有些恍惚不真實。

前世她心心念念想要碰觸的東西，如今就在她的手中，成了她的所有物。

命運還真是離奇！

但，那又如何，她已不在乎了……

「好生收拾起來，放到庫房裡去吧。」她闔眼不再去看，淡淡吩咐道。

第十章

翌日，才過五更，碧蕪便被銀鈴喚起來，她眼皮沈若千斤，但還是得支起身子，起來洗漱。

等她收拾齊整趕往棲梧苑時，蕭老夫人早已起身了。兩人一同用了早膳，便出發前往隆恩寺。

隆恩寺在京郊的昉度山上，香火鼎盛。

蕭老夫人此番前去，除卻為蕭家眾人祈福，還要去還願。

路上顛簸，晃晃悠悠得讓人眼皮打架，碧蕪強忍著，但還是沒能敵得過倦意，沈沈睡了過去。

幸得蕭老夫人沒有多問什麼，只臨到山腳下，柔聲將她喚醒，問她是否昨夜沒有睡好，碧蕪便順著答了。

寺廟在半山腰上，並無可行馬車的山路直達，碧蕪便扶著蕭老夫人拾階而上，走了小半個時辰才抵達山門。

一到隆恩寺，蕭老夫人照例差劉嬤嬤捐了幾百兩的香火錢，自己領著碧蕪往大殿中去。大殿中梵音陣陣，香煙嫋嫋，碧蕪在蒲團上跪下，磕了三個頭。

除了祈願祖母身體康健，蕭家眾人平安，心中所想皆是為她腹中的孩兒。這一世她不求旭兒成為一人之下，萬人之上的儲君，只求他一生平安喜樂，順遂無憂。閉目祈願間，碧蕪就聽耳畔突然響起一道柔和的聲音。「貧僧倒是許久不曾見過蕭老夫人了。」

她折身看去，便見一身質樸袈裟、神色祥和的老僧。

「方丈大師。」蕭老夫人由劉嬤嬤扶著站起身。

「聽聞老夫人今日捐了香火錢，貧僧替隆恩寺謝過老夫人。」方丈雙手合十拜了一拜。

「這等錢財算不得什麼。」蕭老夫人拉了拉碧蕪。「老身今日是來還願的，老身失蹤十餘年的孫女終於回來了，當真是佛祖保佑。」

碧蕪朝方丈微微頷首。

「這便是蕭二姑娘吧……」

方丈看著碧蕪，雙眸微眯，眸光忽而深邃起來。

那雙閱盡紅塵的眼眸似乎能穿透皮囊，將她看個透澈，看得碧蕪頭皮一陣陣發緊。重生一事本就詭異，她莫名泛起心虛。

末了，卻見方丈笑意清淺，道了一句。「歷經滄桑而善心猶存，姑娘是個有福之人。」

「承方丈大師吉言。」碧蕪福了福身。

蕭老夫人聽得此言，不免滿臉欣慰。「方丈大師說的話向來不錯，如此我便放心了。」

正值午膳時候，蕭老夫人與碧蕪一道在寺中用過素齋，本欲聽完方丈大師講經後回府。誰料天有不測風雲，午後突然淅淅瀝瀝下起雨來，雨勢漸大，最後落在屋簷上成了豆大的雨滴，噼哩啪啦，似要將屋頂砸出洞來，一時半會兒沒有停歇的跡象。

道路泥濘，行路危險，不得已只能留宿。

被這場突如其來的雨困住的香客不少，隆恩寺的寮房多被占了去，只剩下一大一小兩間屋子。

大的自然要留給蕭老夫人，碧蕪便由小沙彌領著往另一院中的小間去了。

臨到院前，小沙彌有些遲疑道：「不瞞施主，這院中還住了一位男客，是今日剛住進來的。若施主覺得不便，小僧就去問問其他施主，可否換一間。」

雨下得不小，縱然有銀鈴為她打傘，碧蕪身上仍濕得厲害，她唯恐在外頭站久了受涼，便道：「不過一晚罷了，不必如此麻煩。」

進了院中，小沙彌指了指西廂的位置。「東廂屋頂破了洞，來不及修葺，無法住人，就委屈施主今夜住這間了。」

「多謝小師傅。」

碧蕪遠遠瞥了眼主屋的方向，屋門前立了一把傘，水滴匯聚到傘尖，又從傘間流淌到地面上，留下一條長長的水痕。

屋中人像是方才進去不久。

她收回視線，正欲往西廂行去，只聽「吱呀」一聲響，主屋的門開了。

碧蕪無意抬首望去，卻是一怔，湛藍的直裰長衫，腰間一霜白絛帶，青絲由玉冠高束，襯得他越發清雋儒雅，挺拔修長。

他似笑非笑的看著她，倒是先開了口。

她眨一眨眼，以為自己生了幻覺，可定睛再看，依舊是那個人不錯。

「看來本王與二姑娘有緣，在這寺中竟也能遇見。」

碧蕪頓了好一會兒，才想起施禮，忙低身福了福。「見過譽王殿下。」

他倆確實有緣，但並非什麼良緣，分明是孽緣。

她抬眼望去，便見男人打量著她，眸色灼人，但又飛快撇過眼去。

這眼神碧蕪熟悉得緊，她疑惑的微微垂眸，不由得倒吸了口氣，慌忙用手捂住胸口。

春衫單薄，教雨水一淋，濕漉漉黏在身上，還隱隱透出其下光景，碧蕪面上滾燙，連帶著全身都有些發熱了。

不知所措之際，就聽那廂傳來男人低沈的聲音。「外頭雨大，二姑娘快些進去吧。」

「謝殿下。」她頭也不敢抬，匆匆低了低身，疾步進屋去了。

今日本沒有留宿的打算，因而也沒做準備，這會子淋了個透，實在沒有衣裳可換。

銀鈴、銀鉤擔心碧蕪受涼，伺候她脫下濕透的外衫，只留下貼身小衣，用棉被裹得嚴嚴實實。兩人將衣裙掛在屏風上，可這樣的天氣，只怕一時半會兒乾不了。

「要不我去向寺裡借個炭爐來，好快些將衣裳烤乾了。」

銀鉤同銀鈴商量，正要出去，就聽「咚咚」的敲門聲傳來。

「誰啊？」銀鈴沒開門，只試探著問道。

「奴才是譽王殿下派來給二姑娘送炭爐的。」外頭傳來尖細的男聲。

坐在床榻上的碧蕪聞聲一怔，這聲音她再熟悉不過，正是喻景遲的貼身內侍康福。

若是送來旁的她也就拒了，可此時她正是需要炭爐的時候，孕期若受了涼，可不是什麼小事。

「讓他進來吧。」碧蕪示意銀鉤將屏風拉上，再將門打開。

雖屏風遮擋了視線，可碧蕪還是能聽見人進來的動靜，甚至可以想像到康福那副畢恭畢敬的模樣，他做事向來十分周全和圓滑，才能在心思深沈的喻景遲身邊平安無事的伺候那麼多年。

前世，碧蕪也是承蒙他幫襯，受了他不少好處的。

「奴才康福，見過二姑娘。」康福的聲音自屏風後傳來。「殿下擔心二姑娘受寒，便教奴才將炭盆給您送來。」

「麻煩康公公了，請康公公替我向譽王殿下道聲謝。」

碧蕪說罷，瞥了銀鉤一眼，目光落在她腰間的荷包上，銀鉤機靈，登時會意，便繞出屏風。

須臾，便聽康福惶恐道：「二姑娘，可使不得，奴才不過替主子送東西來，受不得這個賞。」

「外頭雨這麼大，公公拎著這炭盆過來也不容易。一點心意，公公若不收下，倒讓我心裡過不去了。」這般為人處事，還是當初康福親自教給她的，他大抵想不到，最後會用到他自己身上。

不過給這些銀兩不僅是碧蕪懂人情世故，更是對前世康福一次次護佑自己的感激。

話說到這分上，康福不能不收，只得道：「這……奴才便收下了，多謝二姑娘賞賜。」

聽見窸窸窣窣的衣衫摩擦聲響，碧蕪知康福要離開，她到底忍不住多問了一句。

「譽王殿下今日……緣何來隆恩寺？」

康福轉身的步子一滯，又倒回來恭敬的答道：「回二姑娘的話，明日便是殿下的生母，沈貴人的忌日，殿下是來寺中請方丈大師幫忙做場法事的。」

沈貴人……

碧蕪垂下眼眸，在心中暗暗算了算日子，她竟忘了，每年的這個時候喻景遲都要請隆恩寺方丈為沈貴人超度。

雖是皇子生母，但沈貴人的命運幾乎可用悲慘來形容。

打當年被當今陛下帶回京城，沈貴人就在皇宮這個牢籠裡過完自己坎坷多舛的一生。

雖受喻珉堯萬般寵愛，可因出身賤籍，又無母家支撐，沈貴人始終抬不上位分，在宮中受盡欺凌，即便誕下一個皇子，也只是從美人被晉升為貴人。

然而恩寵有時盡，再美的花也有看厭的一日，沈貴人產後落了疾，不能再如從前那般為陛下起舞，加之新人入宮，很快的，帝王的恩寵便轉到了他處。

等了一日又一日，再不見陛下寵幸，沈貴人開始鬱鬱寡歡，經常獨自一人強撐著在院中起舞，跳到雙腳被磨得血淋淋，再也跳不動了才停下來，跌在地上放肆大笑。

宮裡都說沈貴人瘋了……

喻景遲六歲那年的某一日清晨，宮人在皇宮觀星臺的牆角下發現了沈貴人，彼時她渾身骨頭盡碎，血肉模糊，那張臉更是損毀嚴重，幾乎辨認不得，只能透過身上衣衫和耳後紅痣堪堪辨認身分。

喻珉堯聽聞此事，連一眼都不願意看，但畢竟是皇子的生母，還是擬了旨意，讓人送出宮，葬於皇陵。

沈貴人逝世多年，如今記得她的大概也只有喻景遲一人而已。

也許喻珉堯作夢都不會再想起，當初那個拚了命只想給他跳一支舞的女子。

都說最是無情帝王家，喻景遲卻似乎與他那個父皇恰恰相反。

喻景遲不僅沒忘記，還將同一個女子在心裡放了十餘年。前世，他登基後不久便追封夏侍妾為皇貴妃，愛屋及烏，對他們倆唯一的孩子愛護有加。

夏侍妾身死，再加上當年那場導致碧蕪毀容的大火後，喻景遲毅然決然，將旭兒帶到自己的院中，從言行舉止到禮樂射御，無一不是親自教導，撫養他長大。

甚至後來，旭兒被封太子，喻景遲也頻頻出入東宮，與太子一同用膳，偶爾也會留宿於東宮偏殿。

彼時康福怕其他宮人笨手笨腳，伺候得不周全，便央求碧蕪親自去伺候。碧蕪欠康福不少情，無奈應下了，可她沒想到，伺候著伺候著，她卻將自己徹徹底底給搭了進去。

碧蕪收回思緒時，她那件外衫也差不多被烤乾了，見銀鈴、銀鉤身上也濕漉漉的，碧蕪囑咐她們也脫下衣裳烤一烤，小心別受了寒。

外頭的雨噼哩啪啦的打在屋簷上，直到一個多時辰後，才終於消停下來，蕭老夫人放心不下碧蕪，派劉嬤嬤過來問候了一聲，順道將晚膳一同帶了來。

碧蕪沒胃口，只稍稍動了幾筷子，坐著消了會兒食，便由銀鈴伺候著躺下。

或許日有所思，夜有所夢，她居然又夢見了東宮偏殿那棠紅色折枝蓮花牡丹紋床帳。床幔伴隨著床榻晃動，在她眼前飄飄蕩蕩。

耳畔男人的呼吸越發粗重，她不知如何被拽到那榻上，被堅實而沈重的身軀壓住，動彈不得。

縱然她一次次提醒她的身分，唯恐他是因酒醉意識不清認錯了人，他也沒有停止動作，只仗著她不敢反抗，抽開她的衣帶。

相比於模模糊糊、幾乎沒什麼記憶的第一次，時隔七年，這一回在碧蕪的記憶中清晰很多。

如今回憶起來，竟覺得男人那般生澀，讓她除了難受還是難受，可偏偏他還要在她耳畔用低啞的聲音一遍遍的問會不會疼，讓她答也不是，不答也不是。

她只能用一雙藕臂攀住他寬厚的背脊，在綿長而難耐的時間裡，用低低的啜泣來回應——

碧蕪倏然睜開眼，脖頸黏膩，似出層薄汗，她羞赧的用手捂住眼睛。

自己居然作了這樣一個夢。

定是白日與那人對視時，瞧見他讓人熟悉又滾燙的眼神才會如此。

還記得那夜自東宮側殿醒來時，那人已收拾齊整，坐在床榻邊上，清冷威儀，若不是有碧蕪身上遍布的痕跡和滿室凌亂為證，只怕絲毫看不出他和昨晚瘋狂的是同一人。

他說要為昨夜的事情負責，予她一個名分。

碧蕪聞言不僅不喜，還慌了手腳，不顧自己未著寸縷，裹了衾被便跪地同他磕了幾個響頭，求他收回成命。

她並不想入後宮當什麼妃嬪，且不論她破相之事，中宮善妒，若她不明不白得了位分，定會惹皇后懷疑，或會與當年試圖勾引陛下的妃嬪一樣，落得個無端端溺死井中的下場。

何況若她真的成了後宮之人，就不能名正言順繼續照顧年僅六歲的旭兒。

坐在榻邊的男人沈沈看了她許久，才將她扶起來，留了一句「便隨妳的意吧」，闊步出了側殿。

那之後，只要康福來通傳說「陛下請柳姑姑過去問話」，碧蕪便曉得是什麼意思。

後來，碧蕪也曾想過為何會是她，得到的答案或許是因為她是如今剩下的，唯一個伺候過夏侍妾的舊奴吧。

銀鈴聽見動靜走過來，發現碧蕪已經醒轉，察覺到她後背濡濕，便讓銀鉤去提了熱水，幫碧蕪擦了身子。

更衣洗漱後，碧蕪半隻腳踏出門，警戒的往主屋的方向瞥了一眼，見那屋門緊閉，似是無人在內，才鬆了口氣。

因起得遲，等到了蕭老夫人那廂，卻撲了個空，蕭老夫人早已去了大殿，隨僧人們一道做早課了。

碧蕪百無聊賴的在四下閒走，忽而遠處有隨風飄飛的條條紅緞入了眼。

她早便聽說隆恩寺中有一棵百年銀杏，多年禪音浸潤，也通了靈，不少善男信女都會在樹枝上繫上紅緞子，借它來許願，不管是求姻緣還是求其他心願，都十分靈驗。

但她手頭並沒有紅緞子，只能巴巴的望著滿樹新新舊舊的紅緞，心下可惜。

銀鉤像是看出碧蕪的心思，在袖中掏了掏。「雖沒有紅緞，可奴婢剛巧帶了塊紅帕子，姑娘若是願意，正好也可以借此來許願。」

「那倒是正好了。」

碧蕪欣喜的接過紅帕子，行到樹下，雙手合十，將帕子壓在掌中，闔目靜祈。

旁的願望昨日已在大殿中求過了，眼前就只有一個心願，那便是應州一行平安順利，能讓她得償所願。

少頃，她才緩緩睜開眼，上前環顧了一圈，尋了根最低的枝椏，欲繫上去。

但到底是百年老樹，縱然是最低的枝椏，碧蕪也得踮起腳才能搆著。

一旁有塊表面平滑的石頭，想必就是墊腳用的，但碧蕪沒敢踩上去，怕摔下來出意外。

見她繫得艱難，銀鈴主動道：「姑娘，要不讓奴婢來吧。」

碧蕪笑著搖了搖頭，這祈願的紅帕子，若是讓旁人繫，怕是要不靈的。

她踮腳堅持了一會兒，然總差那麼一點，正想讓銀鈴、銀鉤幫著壓下樹枝，卻見一隻大掌猛然抽去她手中的紅帕子，輕而易舉的繫在枝椏上。

嗅著縈繞在鼻尖的熟悉氣息，碧蕪心下一跳，抬眸看了他一眼，下意識往後猛退一步。

看著她驚惶的模樣，喻景遲薄唇微抿。「本王是什麼洪水猛獸嗎？怎覺得二姑娘總是在躲避本王？」

碧蕪努力站住身，抬眸輕笑了一下。「譽王殿下說笑了，臣女只是性子拘謹，並無躲避譽王殿下的意思。」

前世為了保全自己，她早已習慣眼也不眨的撒謊。

這句自然也不是假話，她的確很怕他。

——誰能不怕前世殺了自己的人。

她深深記得旭兒死後的第二日，他命人來傳話，賜她為太子陪葬。那兩個宮人不由分說的架住她，撬開她的嘴，逼她飲下那盞鴆酒。

毒性發作得很快，五臟六腑似教人生剜了一般疼，她拚命掙扎著。她還不想死，她還要找到害死旭兒的人！可她只能眼睜睜的，感受自己的意識逐漸抽離而去，過往像回馬燈一般從自己眼前閃過，她到死都沒能閉上眼睛。

光是想像著那痛苦的場景，碧蕪的額上便不由得泛起絲絲冷汗。

喻景遲看著眼前女子倏然蒼白的臉色，劍眉微蹙。「二姑娘可是身子不適？」

耳畔響起男人低沈的聲音，碧蕪抬眸望去，便見他清雋的臉上浮現出幾分關切，可教碧蕪瞧著，總覺得虛偽得緊。

「無妨，只是昨夜不曾睡好，有些睏倦罷了。」她隨意敷衍著，將話鋒一轉。「昨夜，多謝殿下派人給臣女送炭爐來，倒解了臣女的燃眉之急。」

「一個炭爐而已，不值得二姑娘道謝。」喻景遲淡淡道。

他微微抬首，將視線落在那繫紅帕子的枝椏上。「不知二姑娘方才對著這神樹許了什麼願望，難不成……是求了姻緣？」

說罷，他定定的看向她，眸色意味深長。

姻緣？

碧蕪在心中哂笑了一下，她可不曾想過什麼勞什子的姻緣，不論這一世還是上一世，「姻緣」二字都注定與她無關。

「不過是求家中平安，祖母康健罷了。」

她並不願多說什麼，言畢福了福身。「臣女的祖母還在等臣女一道過去用早膳，臣女便先行告辭了。」

也不待他開口答應，碧蕪俐落的折身離開，唯恐他不放行。

重生一回，這一世她不想與他多有糾纏。

若按上一世那般，再過一月，皇家圍獵過後，蘇嬋計劃得逞，賜婚的聖旨便會下來。很快譽王府中就會有一位王妃。

屆時，不管那位蘇姑娘與府中寵妾如何爭鬥，皆與她無關。

亦和她的旭兒無關。

碧蕪並不知曉的是，在她身後，那雙漆黑的眼眸始終緊緊的鎖住她，直到再看不見她的身影，才轉而落在枝頭隨風飄飛的紅帕上，眸光逐漸深邃銳利。

第十一章

蕭老夫人做完早課回到寮房時，碧蕪已在屋內等她了，兩人簡單的用了早膳，就命人收拾一番，再同方丈大師捎了個口信，就此下山去。

馬車行到半途，碧蕪抓著機會，終於將準備許久的話道出口。「祖母，孫女好不容易回了家，想著正逢清明，應當去父母親墳前好生祭拜一番。」

躺在引枕上的蕭老夫人聞言微微將身子坐正了些。「妳的意思，是要去應州？」

碧蕪神色認真，重重頷首。「雖說對著牌位也可訴事，可到底去墳前祭拜更好些，孫女想要讓父母親親眼瞧瞧我，瞧瞧我如今生的是何模樣、過得好不好。」

她說著聲音哽咽起來，雖此行是帶著自己的私心，但方才的話也並無摻假。

蕭老夫人聽著眼也跟著紅了，須臾，低嘆了一聲。「也好，若妳父母泉下有知也能心安了，待回了府，我與妳哥哥好生商量一番，再安排妳回應州的事宜。」

「謝祖母。」碧蕪抽了抽鼻子，始終吊著的心終於安放了回去。

只要去了應州，如今的困頓定能迎來轉機。

回到安國公府後，蕭老夫人便派人喚來蕭鴻澤，與他說了此事，蕭鴻澤倒是沒反對，只是擔憂碧蕪的安全，琢磨著從昌平軍中調派幾個身手好的，隨行保護。

接著又問了碧蕪的意思，最後將出發的日子定在清明前幾日。

日子急，大小箱籠都收拾了起來，碧蕪卻嫌不夠快，眼巴巴扳著手指數日子，盼快些啟程，然還未到時候，宮中卻來了信，說是太后要她寒食那日進宮赴宴。

此事推脫不得，碧蕪只得前去。

那帖子邀的不只是她，還有蕭毓盈，但到了寒食節那日，蕭毓盈卻突然道身子不適，不能與她一道前往。

從周氏身側的嬤嬤那兒得到消息的時候，碧蕪無奈的嘆了一聲，獨自上了馬車。

她很清楚，蕭毓盈這回大抵不是身子難受，而是心裡不舒服。

先前外頭送來的那些禮，在問過蕭鴻澤的意思後，碧蕪都悉數收下了，還從裡頭挑了些好的，分別送去蕭老夫人、周氏和蕭毓盈處。

雖說蕭毓盈將東西收了，但聽聞大發了一通脾氣，甚至將周氏引了去，狠狠斥責了她一番。

碧蕪曉得，蕭毓盈是因為她不痛快，大抵是覺得自己的出現搶走了她的一切。

但她不知道，碧蕪眼中最珍貴的是這些失而復得的親人，榮華富貴對她而言都只是身外物罷了。

馬車在宮門外停下，和上回一樣，已有慈安宮的小太監在等了。

他簡單問了句蕭毓盈沒來的緣由，便領著碧蕪往御花園走。

今日的筵席，本就是太后想將人聚起來熱鬧熱鬧才辦的，因而並未大張旗鼓，只在御花園臨湖的遊廊下佈置了一番，同眾人一道賞花觀景。

碧蕪到時，太后正與身側人言笑晏晏，餘光瞥見她，一時笑得更歡了些。「小五來了，快過來哀家這兒坐。」

她緩步過去，瞥見坐在太后左側，那螓首蛾眉，雍容矜貴的婦人，不由得多瞧了幾眼。前世雖未見過，可看趙如繡坐在她身側，兩人關係親密，碧蕪便猜到她的身分。

想必應是趙如繡的生母，安亭長公主了。

名義上雖是長公主，但安亭長公主卻並非先帝親女。

安亭長公主原姓楊，是宣平侯楊武的么女，楊武雖是草莽出身，但因跟隨先帝多年，戰功赫赫，在先帝登基後被封了侯。後西南動盪，楊武自請鎮守邊關，帶著全家人前往靖城。

二十多年前，驍國蠻夷進犯，楊武誓死守城，城破後猶拚命抵擋，苦撐到援軍抵達，可惜的是，楊武最終還是因傷重失血過多而亡，其妻應氏為免受辱亦自行了斷，全府上下三十餘口被敵軍無情殘殺，只剩下一個五歲的幼女藏在地窖中躲過一劫。

先帝得知此事，悲慟萬分，憐此女孤苦，將其封為公主，養於皇后膝下，便是如今的安亭長公主。

雖是三十有四，可安亭長公主仍是嫵媚動人，風韻不減。

碧蕪在太后面前恭敬的福了福，才由太后拉著在另一側坐下。

「這便是蕭二姑娘吧。」安亭長公主笑意盈盈的看著她。「上回二姑娘在踏青時救了繡兒，本宮還不曾當面謝過二姑娘呢。」

碧蕪看了眼挑著眉頭朝她俏皮一笑的趙如繡，恭敬道：「長公主殿下言重了，打頭一回見面，趙姑娘便十分照顧臣女，臣女心下感激不盡，那日便是直覺護著趙姑娘。」

提起這事，太后忍不住拉住碧蕪的手，蹙眉擔憂道：「哀家聽聞此事可是嚇得不輕，幸得沒出什麼事，不然……」

太后說著，面上流露出幾分慍色。「寅兒那孩子實在是被慣壞了，陛下得知此事也是大發雷霆，如今正讓她待在殿中禁足反省呢。十三也是，著實太貪玩了些，鬧了這樣的亂子，這陣子怕是都得待在京郊的演武場出不來了。」

「都是孩子，貪玩些也是正常。」安亭長公主道：「等六公主再大點，嫁了人，性子自然也就收斂了。」

太后無奈的低嘆一聲，倒也順利被安亭長公主轉移了注意力，她看向碧蕪，笑得意味深長。「那日踏青，也見了不少人，同哀家說說，可有看中意的兒郎？」

碧蕪怔了怔，不想太后會問她這話，思忖半晌，只答道：「毓甯才回家不久，還欲在祖母膝下多伺候一段時日，暫且未想過其他。」

這番言辭顯然敷衍不了太后，太后不以為然。「這奉養祖母和嫁人也不衝突，縱然嫁了人也能常回家看望妳祖母不是，而且想必妳祖母和哀家一樣，都惦記著妳的終身大事呢。」

太后不知想到什麼，眉眼中都帶著幾分笑意，她湊近碧蕪，低聲道：「哀家聽聞踏青那日，遲……」

她話音未落，不遠處內侍尖細的聲音響起。

「太子殿下駕到——」

碧蕪抬眉看去，見一清俊的男子提步而來，二十八、九的模樣，儒雅矜貴，頗帶著幾分書生氣。

她忙與坐在廊下的女眷們一道起身施禮，少頃便聽一聲「平身吧」，再次看去，那人已行至太后身側，恭敬道：「孫兒見過皇祖母。」

「銜兒來啦，倒是好些日子不曾見過你了。」太后笑道：「聽聞你政務繁忙，今日怎的有空來御花園看看？」

「許久不曾去慈安宮同皇祖母請安，是孫兒之過，方才從父皇那兒出來，聽聞皇祖母今兒在御花園設宴，便想著來向皇祖母請安。」太子答道。

「哦？」太后挑了挑眉，神色曖昧。「你是來看哀家的，還是來看你繡兒妹妹的？」

太子愣了一下，旋即面露尷尬，他微微側眸看了眼趙如繡，見趙如繡似是羞澀般低下腦袋，便轉而對安亭長公主道：「姑姑也在。」

安亭長公主莞爾一笑。「是啊，今日是寒食，正好同繡兒一塊兒進宮陪陪你皇祖母。」

「銜兒啊，你與繡兒的事，也該早些提上日程了，畢竟這正妃的位置不能一直空缺著不是。」見太子並不正面回應此事，太后索性也不與他再兜圈子，直截了當道。

太子聞言強笑了一下。「皇祖母，倒也不是孫兒不願讓繡兒入東宮，只是太子妃故去還不到兩年，這麼快便……未免不妥當。」

「有何不妥當的！」太后面色微微一沈，語氣頓時厲了幾分。「是兩年，不是兩個月，你還想拖著繡兒到什麼時候！早些將事情定下來才是要緊！」

太子沈默了一瞬，拱手低聲道：「是，皇祖母，孫兒知道了。」

見他黯然神傷，太后的語氣不免軟下來。「哀家知道你覺得虧欠太子妃，可天家不比尋常百姓家，你又是太子，是儲君，需得為江山社稷考慮才是。」

「祖母教訓得是。」

見氣氛頓時僵下來，安亭長公主忙道：「太子殿下還未見過蕭二姑娘吧？今日蕭二姑娘可也來了。」

冷不防被提及，讓碧蕪猝不及防，她正盯著太子忖事，沒想到卻正與看過來的太子目光相接，心底驀然泛起幾分心虛。

幸得太子沒看出她的不自在，只柔和一笑道：「二姑娘生得果然與妳母親很像，若姨母在天有靈知道妳回來，定然十分高興。姨母生前便很疼本宮，看見妳就像是看見姨母了。」

碧蕪微微垂下眸子沒有說話，也不知該如何回應，還是太后制止道：「好了，好了，今日宴席高興，莫再提傷心事。太子既然來了，便一道用些青糰和烏稔飯吧。」

太子畢恭畢敬的應聲，在周遭尋了個位子坐下。

李嬤嬤奉了太后的命下去吩咐，很快就有宮人端著點心呈上來。

青糰是豆沙和芝麻餡的，宮中御廚手藝雖然好，但因碧蕪不喜甜食，吃在嘴中著實膩得慌。

她淺嘗幾口，餘光瞥見太子，又看看神色黯淡的趙如繡，不由得神遊天外起來。

前太子妃孫氏在兩年前因難產而亡，一屍兩命，如今陛下和太后屬意的太子妃人選正是趙如繡。

表面看來，太子遲遲不娶趙如繡的緣由或是因為與孫氏情誼深重，難以忘懷。但如今的碧蕪知道，根本不是因為如此。

前世太子謀反被擒後，其中一條罪名便是穢亂後宮，雖未言明對象是誰，但碧蕪猜測大抵是喻珉堯的後宮妃子。

當年喻景遲登基，她跟隨旭兒入宮後，聽聞過不少軼事，其中一件便是當年太子謀反案後幾日，住在偏遠宮殿的肖貴人突然被賜白綾自盡。

碧蕪又忍不住看了趙如繡一眼，想到她前世的結局，心中的難過如潮水般，一陣陣湧上來。

前世她不過是伺候在太子身側的一個奴婢而已，並無機會與趙如繡結識，可這世既成了好友，便再難做到冷眼旁觀。

如此想著，碧蕪放下青糰，一點胃口都沒了。

離宮時，趙如繡特意來送她，臨到馬車前，碧蕪終是忍不住將她拉到一側，遲疑半晌才道：「繡兒，妳需記得，這世上沒有什麼過不去的，旁人再重要，都沒有妳自己重要。」

趙如繡不明所以的眨了眨眼，不知碧蕪為何突然說出這話。「姊姊這是何意？繡兒不明白。」

「沒什麼意思。」碧蕪到底不能將前世所知告訴她，只拉住她的手認真道：「明日，姊姊便要前往應州祭拜父母親，許是……要好一陣子才能回來，心下有些擔心妳。」

「姊姊不必擔憂。」趙如繡笑道：「繡兒自會好好的，明日繡兒不能去送，望姊姊應州一行路途平安。」

「嗯……」

碧蕪點了點頭，依依不捨的拉著趙如繡的手好一會兒，才緩步由銀鈴扶著上了馬車。

鑽進車廂前，她忍不住回首望了一眼，便見趙如繡站在原地，一襲蓮紅對襟長衫襯得她嬌俏可愛，天真爛漫。見碧蕪看過來，趙如繡朝她招了招手，兩頰酒窩深陷，笑意更深，甚是可人，碧蕪強忍下心中苦澀，勾唇回以一笑。

但願，她能將她的話聽進去才好……

回到安國公府後，去應州的事宜已悉數準備妥當了，好幾個大箱籠堆在廊下，著實讓碧蕪吃了一驚。

問起才知道，多是些夏秋的衣衫和日常用具，蕭老夫人怕她沿途吃苦，事無鉅細，都替她備好了。

碧蕪掀開其中一個箱子瞧了眼，發現竟連銅鏡都有，既覺得好笑，心口又有一陣陣酸澀泛上來。

次日一早，天還未亮，酌翠軒的下人們都開始忙碌起來，碧蕪貪睡，一直到卯時末、辰時初才起了身。

蕭老夫人和周氏來送她都在碧蕪的意料之中，但看見蕭毓盈，碧蕪卻是有些意外。她頷首喚了聲「大姊姊」，蕭毓盈彆扭的撇開眼睛，點了點頭。

應州路途遙遠，蕭老夫人擔憂碧蕪，紅著眼睛殷殷同她囑咐了好些話。

「妳哥哥今日有要事，無法送妳，但他挑選的這些人，都是軍中好手，此行保護妳定當無虞。」蕭老夫人啞著聲音道：「在應州住個三、五日也就差不多了，記得早些回來，莫讓祖母擔心，知道嗎？」

碧蕪如鯁在喉，實在吐不出那個「好」字，此行她就是為了尋個遠離京城的地方，將孩子平平安安生下來，她根本做不到早些回來。

但看著蕭老夫人殷切的眼神，她還是違心的重重一頷首。

待上了馬車，放下車簾，碧蕪到底忍不住以帕掩面，掉起了眼淚。

若她重生的日子能早上三、五日，或許就能無憂無慮的伺候在祖母膝下，不必想這法子來欺騙她老人家。

可世事沒有如果，既做不到完滿，如今她就只能先護著腹中這一個，不讓她的旭兒再重蹈前世覆轍。

馬車行了小半個時辰，碧蕪突然喚了一聲，銀鈴掀開車簾問道：「姑娘有何吩咐？」

「叫車夫在前頭叫杏林館的醫館停一停。」

聽得「醫館」二字，銀鈎心一提。「姑娘可是身子不適？」

碧蕪笑著搖了搖頭。「我很好，只是去看望一個故人罷了。」

馬車穩穩在醫館前落停，銀鈴鑽入車廂，替碧蕪戴上幕籬，才將她小心翼翼的扶下來。

櫃檯前的夥計見幾人穿著不俗，忙放下帳冊，熱情迎上前，只聽為首的女子道：「敢問小哥，張大夫可在？」

「我家掌櫃的在屋內看診呢，想必很快就……」

夥計話音未落，就見東面的簾子一掀，張大夫恰好送客人出來。

待客人走後，夥計上前正欲說什麼，碧蕪已撩開幕籬一角，朝張大夫笑了笑，輕輕喚了聲「張叔」。

張大夫愣了一會兒，方才認出來人，不由得滿目驚詫。「碧蕪？妳這是……」

「我今日有事來尋張叔。」碧蕪警惕的環顧四下，低聲道：「可否借一步說話？」

見她鄭重其事的模樣，張大夫點了點頭。「進屋說吧。」

碧蕪吩咐銀鈴、銀鉤守在外頭，跟著張大夫進了東屋落坐。

見碧蕪這副打扮，張大夫滿腹疑惑，可不待他問，碧蕪先開口道：「張叔，我已不是譽王府的奴婢了，我尋到了家人，現在是安國公府的二姑娘……」

來不及細說，碧蕪略略同他解釋了來龍去脈。

張大夫恍然大悟，他思忖片刻，試探著問：「碧蕪，妳今日來找我，可是想讓我替妳保密，不向旁人洩漏妳在譽王府當過差的事？」

「雖可說是，但這倒不是最要緊的……」碧蕪咬了咬唇，露出猶疑的神色，少頃，似下了決心般道：「我今日來，是知道張叔您醫術高超，想問您討一樣東西。」

一炷香後，銀鈴和銀鉤才見碧蕪從東屋出來。

見自家姑娘似將什麼東西小心翼翼的疊好收進袖中，銀鈴與銀鉤對視了一眼，雖心生好奇，但到底什麼都沒有問。

碧蕪垂眸，有些心事重重，出了杏林館，正欲上車去，車道盡頭突然響起一陣馬蹄聲，她下意識轉頭看去，卻是一愣。

五、六人騎馬而來，為首之人手持韁繩，一身俐落的煙墨交領長衫，墨髮高束，英姿颯爽。

碧蕪一時生亂，忙不迭收回視線。

真是倒了大楣，在這醫館門口遇著誰不好，偏生遇到了他。

她脊背僵直，埋著頭一動也不敢動，只求這人千萬不要注意到她，趕緊過去才是。

然天不遂人願，只聽一聲「吁」，那人不偏不倚，勒馬在她身側停了下來。

「可是二姑娘？」熟悉的聲音旋即在她背後響起。

到此境地，碧蕪無奈的嘆了口氣，不得不轉過身去，徐徐走到那人前頭。

「見過譽王殿下。」

「遠遠就覺得這馬車有幾分眼熟，果真是二姑娘。」喻景遲抬首看了眼醫館紅底金字的招牌，似是無意般問了一句。「二姑娘身子有恙？怎的來了醫館。」

碧蕪心下一咯噔，真是怕什麼來什麼，她強忍住慌亂，告訴自己這人根本不記得那夜的事，也不會心生懷疑，而且等她去了應州，與他便沒有瓜葛了。

「多謝譽王殿下關心，臣女身子無恙，不過與這醫館的大夫相熟，正好路過，來打個招呼罷了。」

她打量著喻景遲這一身行頭，琢磨著他應是要外出辦差去。前世她懷旭兒的那一年便是這樣，喻景遲四處奔波，極少回府，縱然回了府也只會停留三、五日而已。

「殿下這是要去辦差？」碧蕪問道。

「嗯。」喻景遲答道。「奉了父皇的命，去一趟瑜城。」

碧蕪忙趁勢催他。「那殿下快去吧，莫耽誤了差事。」

喻景遲抿了抿唇，卻是沒動，只雙眸含笑直勾勾的看著碧蕪，看得她渾身不自在。

「既在這兒遇到了二姑娘，倒也省了本王去追趕二姑娘的工夫。」

碧蕪聞言蹙了蹙眉，不明就裡。「殿下這是何意……」

「怎麼，安國公沒同二姑娘說起？」喻景遲坐在棗紅色的駿馬上，居高臨下的看著她。

「瑜城與應州離得近，安國公放心不下二姑娘，昨日親自來託本王順路送二姑娘去應州。」

第十二章

在路上行了數日，眼看離應州就近了，然越往南，這天兒便越發熱起來。碧蕪坐在馬車上，倚著車壁，任由銀鈴搖扇子替自己搧風。

「姑娘，還悶嗎？」銀鈴問道。

碧蕪搖了搖頭。「好多了，辛苦妳了。」

可惜這身體的悶熱好解，心裡的煩悶卻是難消。

她伸手撩開車簾一角，便見前頭隊伍中，騎著馬，背影格外挺拔出挑的男人。

那人像是能感受到她的視線，下一刻身子微轉，顯然是要回過頭來看。

碧蕪心口一慌，忙伸手將簾子壓下來，旋即耷拉下雙肩，長長的嘆了口氣。

雖知兄長擔憂自己，卻沒想到他居然會託喻景遲順路送她，殊不知這位喻景遲才是她如今最最不想見之人。

自重生回來，碧蕪便覺得，或許老天爺是幫著自己的，可一而再、再而三與喻景遲偶遇後，她又不免生了懷疑。

尤其是應州一行出現這樣的變故，碧蕪更覺得老天爺莫不是在耍她。

她頭疼的揉了揉腦袋，便聽銀鉤道：「看這天兒陰沈沈的，像是快下雨了，雨前悶熱，難免身子不適，待雨落完，姑娘想是會覺得舒服些。」

銀鉤話音方落，就聽豆大的雨滴落在車身上發出答答的聲音，雨勢很快以迅雷不及掩耳之速大起來，四面八方密密的砸在馬車上，巨大的響動似利劍一般，要將車廂砍個粉碎。

外頭的馬蹄聲漸弱，馬車行駛的速度也慢了下來。

嘈雜的雨聲裡，碧蕪恍若聽見蕭鴻澤派來保護她的昌平軍將士劉翼喊道：「譽王殿下，雨這麼大怕是不能趕路了。」

喻景遲渾身亦被淋得透濕，他接過侍從遞來的蓑衣披上，隨手抹了把臉上的雨水，問：「離最近的驛館還有多遠？」

「大概還有十里路，但恐怕不能再走了。」劉翼擔心喻景遲趕路心切，又道：「這段路本就難行，現在道路泥濘，就怕馬車車輪一不小心深陷進去。屬下等人奉安國公之命護送二姑娘，必須考慮到二姑娘安危，還請殿下三思。」

他話音未落，喻景遲已喚來幾名貼身侍衛吩咐道：「去附近查探查探，可有落腳避雨的地方。」

幾名侍衛應聲散去，不消一盞茶的工夫就有人回來稟，說半里外有一個廢棄的破廟，大殿還算完整，正好可以讓眾人容身。

喻景遲便讓那侍衛領路，一行人往破廟的方向去了。

破廟前的道路狹窄，馬車駛不進去，等雨稍微小些，碧蕪才由銀鈴、銀鉤撐著傘疾步入了廟中。

雖是步子快，但架不住這滂沱大雨，渾身仍是濕得厲害。銀鈴忙取出厚外袍匆匆給碧蕪裹上，唯恐她受寒。

喻景遲的幾個侍衛、安國公府的三五家僕及昌平軍將士都在破廟的正殿歇了腳。碧蕪和銀鈴、銀鉤則單獨睡在破廟後院的一個小間。

蕭老夫人為她帶來的那些東西終是派上了用場，銀鈴、銀鉤將小間打掃佈置了一番，也勉強能住人。

碧蕪對住得好不好倒是不大在乎，畢竟從前也是吃過苦的，換下濕衣後，只匆匆吩咐銀鈴遣人去多煮些薑湯，分給眾人祛祛寒。

外頭的雨仍是下個不停，就像是天漏了一個洞，引得天河水傾瀉而下。

直到約莫大半個時辰後，屋頂上的動靜才逐漸小下去，這場雨總算是下累了。

碧蕪用了幾口晚膳，就早早在那張簡陋的木板床上躺下，然翻來覆去卻是怎也睡不熟。直到窗外的雨聲再也聽不見了，反有蟲鳴此起彼伏越發聒噪。碧蕪忍不住起了身，看了眼鋪了被褥躺在地上的銀鈴、銀鉤，輕手輕腳的推門而出。

她幽著步子入了大殿，便見眾人三五成群的躺在一塊兒，習武之人警覺，本倚著柱子的劉翼察覺動靜，倏然睜開眼，看往聲音傳來的方向。

碧蕪被他凌厲的目光嚇了一跳，旋即朝他笑了笑，打了個手勢，示意他繼續睡，自己只是出去走走。

劉翼不放心，抱起劍，本欲跟出去，但突然像想到什麼，起了一半的身子又緩緩落了回去。

大殿外是一個不大的庭院，庭中積水空明，倒映出一輪澄澈皎潔的圓月。雨後微涼的空氣撲面而來，碧蕪深吸了一口，涼意裹挾著草木香竄入五臟六腑，使她登時神清氣爽。

然心情還未好多久，她便倏然瞥見那纏枝錯節的青檀樹下，立著的一人。許是聽見動靜，那人折身負手看來。

碧蕪下意識想退，但還是忍住了，應州一行，她已竭力避開他，吃喝都在馬車上，入了客棧也幾乎不踏出門，不到萬不得已絕不與他見面。

可今日迎頭撞上了，若再避，未免有些欲蓋彌彰，惹他生疑。思至此，她稍稍挺了挺背脊，索性坦坦蕩蕩的過去施了個禮。

「二姑娘也睡不著？」喻景遲含笑看著她，聲音低沈卻溫柔。

「屋內悶得慌，便想著出來走走。」碧蕪無措的咬了咬唇，不知說些什麼，轉而看向天際。「今晚的月色倒是極好……」

雖是隨口說的，但月色確實是好。

近十五，月圓如盤，懸於當空，月華清冷灑落一片，將夜襯得越發寂靜純美。

喻景遲薄唇微抿，沒有說話，亦抬首賞起了月色。

四下的靜謐讓碧蕪的心也難得靜了下來，少頃，她才用餘光瞥了喻景遲一眼，看著他清俊的側顏，心底驀然生出幾分異樣來。

前世她並無資格與他並肩而立，十幾年來似乎總是在後頭望著他的背影，可如今不必再以奴婢的身分在他面前低三下四，她竟一時有些不適應。

思忖間，那人猝不及防的轉過頭，正與她視線交會，他雙眸漆黑如墨，神色意味深長，對視了片刻，他驀然開口道：「二姑娘可有什麼想對本王說的？」

碧蕪稍愣了一下，只覺這話很耳熟。

有什麼想對他說的？

當然有！

但那話又不能對他講，總不能告訴他，她一心盼著他趕緊走吧。

她想著隨意掰扯個話題，末了，腦子一熱，竟脫口來了一句。「上回那支鸞鳳釵，不知殿下那位愛妾可否喜歡？」

話一出口，饒是碧蕪後悔也來不及了，再一瞧，果見喻景遲笑意斂起，面色沈了沈。

碧蕪知他心生不悅，大抵是因自己隨意置喙他視如珍寶的愛妾，咬了咬唇，忙描補。

「殿下上次贈予臣女的棋具，臣女很喜歡，可那般價值連城的東西，殿下卻只拿走一支金釵交換，臣女與兄長心下始終過意不去……」

喻景遲聞言面色不僅沒有絲毫舒緩，眸光反更陰沈了，他薄唇微啟，似是想說什麼，但最後卻只輕飄飄道了一句。「應當喜歡吧。」

應當喜歡？

喜歡便是喜歡，哪還有什麼應不應當的！

見他再次抬首看向天際，沒了繼續說道的意思，碧蕪也懶得再問。

她收回視線，也跟著看向那輪圓月，許是這副場景有些眼熟，一段模模糊糊的記憶驀然從腦海中浮現。

前世的某一個中秋，她似乎也曾與他一塊兒賞過月。

那時中秋宮宴散後，已過亥時，碧蕪和東宮幾個宮人一塊兒宴飲罷，剛回了屋，就被康福派來的小太監喊了去。

她避著人偷偷登上宮裡最高的攬月樓，便見那人負手站在欄杆前，挺拔威儀，身上華貴的禮服都還未褪。

聽見聲響，他折身緩步走近她，替她解下玄色披風，低身湊近，笑了一聲，問她是否喝了酒。

碧蕪如實答了，他便將她一把抱坐到檀木圓桌上，俯身銜住她的唇，親自嘗了那桂花釀的滋味。

後頭的一切都不過是水到渠成，一個時辰後，他才抱著她坐在小榻上，同她一起賞窗外那輪似乎觸手可及的圓月。

那是碧蕪平生見過最美的月色，縱然裹著衾被，倚在男人胸口，渾身疲憊得厲害，她仍努力打起精神盯著窗外，眼也不眨，甚至都沒聽清他當時在她耳畔究竟說了什麼。

這一段深埋在腦海裡的記憶驀然翻湧出現，讓碧蕪略略有些懵。

前世對這個人的畏大於敬，無論他讓自己做什麼，她都帶著幾分服從命令的覺悟，不多加以深思。

因而不大會去記住這些相對而言還算溫煦的時刻。

回憶間，碧蕪只覺肩上一沈，側首看去，卻險些與低下腦袋的喻景遲鼻尖相撞，熟悉的氣息撲面而來，猝然與回憶中的前世畫面重疊。

碧蕪心下一顫，不自覺往後退卻。

看著她敏感的反應，喻景遲劍眉微蹙，須臾，只低聲道：「外頭涼，二姑娘仔細莫受了寒。」

看著男人面上的關懷，碧蕪怔了一瞬，可撞進他那雙漆黑深邃的眸子後，她又陡然清醒過來。

她脫下披在身上的那件寬大男衫，有禮的遞給喻景遲。「確實有些寒，臣女也該回去歇息了，多謝殿下的衣裳，也請殿下早些歇下。」

碧蕪淺笑著，恭敬的施禮而去。

然轉過身的一刻，唇角卻瞬間落了下來。

已是吃過一次苦頭的人，她不會再因他對自己假惺惺的好意便生出幾分錯覺，他的城府深重，心狠手辣，她最清楚不過。絕不能因從前當了十幾年的奴婢，就改不了在他面前戰戰兢兢、卑躬屈膝的模樣。

她已不是前世那個可以任他擺佈的柳乳娘、柳姑姑了。

回屋後，碧蕪悄悄躺回那張木板床上，輾轉許久才勉強睡了過去。

翌日一早，她是被外頭的動靜吵醒的。門板薄不隔音，家僕們搬運行李的聲音著實有些大，碧蕪睡不下去了，由銀鈴、銀鉤伺候著起了身。

她坐在榻邊，忽得聽見門外響起了熟悉又有些陌生的男音。

穿衣的動作一滯，碧蕪問道：「外頭可有誰來了？」

銀鉤答道：「回二姑娘，是十一殿下來了，似是連夜騎馬趕來，說有要事來尋譽王殿下。」

十一皇子……

碧蕪聞言秀眉微蹙。

今上的幾個皇子中，除了喻景遲，碧蕪最熟悉的就是十一皇子，即後來的趙王喻景彥。

當年沈貴人死後，年僅六歲的喻景遲被養在同住一個殿中的祺妃膝下。

十一皇子便是祺妃收養喻景遲那年所出。喻景遲和十一皇子自小一塊兒長大，兄弟感情甚篤，可以說喻景遲能順利繼承大統，很大一部分功勞來自於十一皇子。

喻景遲登基後，更是將十一皇子視為自己的左膀右臂，委以重任。

當然，前世，十一皇子也是旭兒經常掛在嘴上的，最敬愛的十一皇叔。

碧蕪穿著齊整緩步而出，果見殿中多了一人，十六、七歲的模樣，一身湛藍衣袍，腰佩長劍，眉眼清雋如畫，意氣風發。

她上前施了個禮。「臣女見過十一殿下。」

喻景彥聞聲看來，怔了一下，才忙不迭虛扶她一把，笑道：「二姑娘不必多禮，從前就聽鴻澤大哥說過有個丟失了十餘年的妹妹，我還曾好奇過。如今二姑娘能回來，實在是天大的好事。」

「多謝殿下。」碧蕪將視線從十一皇子身上挪開，轉而將詢問的眼神落在喻景遲身上。

喻景遲登時會意。「十一是有事來找本王的……」

他頓了頓，又道：「本王恐要先行一步，不能繼續護送二姑娘了。」

碧蕪聞言愣了一瞬，她張了張嘴，一時不知該說什麼。

他這是要走了？

那可真是……太好了！

雖不知到底是何等急事，但碧蕪猜測，大抵與聖上派下來的差事有關。

她也未多問，只道了幾句「路途平安」的話，到破廟門口送人。

上馬前，喻景遲遲疑半晌，自腰間解下一塊玉珮遞給碧蕪。「二姑娘若有什麼事，便遣人拿著玉珮到瑜城的天香酒樓找掌櫃的就行，自會有人將消息傳達給本王。」

碧蕪伸手接下，溫潤的觸感自指尖蔓延開來，她看著上頭熟悉的麒麟紋，不由得愣怔了一瞬，須臾，才福身道了謝。

好意她承了，但托人去尋他這事倒是不必。

眼看著幾人翻身上馬，疾馳而去，碧蕪看著積水的路面水花四濺，吊著的一顆心總算落了下來。

終於走了！

碧蕪長舒一口氣，便見劉翼上前恭敬道：「二姑娘，我們也趕緊啟程吧，若是快的話，應當能在天黑前趕到應州。」

「好，麻煩劉大哥了。」碧蕪點了點頭，由銀鈴扶著上了馬車，唇間笑意清淺，連步子都輕快不少。

那廂，喻景遲等人快馬行了十餘里，在一處溪水前停下歇腳。

喻景彥拿著一個裝水的囊袋，丟給喻景遲，到底還是忍不住，問道：「六哥，你同我說句實話，你向來不愛搭理京中那些貴女，這回怎大發善心，親自護送那位安國公府的二姑娘去應州？」

他挑眉看著喻景遲，眼神中帶著幾分曖昧。喻景遲淡淡掃了他一眼，並不正面回答他。

「傅昇那兒可查到了什麼？」

見他提及此事，喻景彥神色微肅。「按手下人所說，恐怕跟六哥猜想的一樣，傅昇那廝與當地鹽商勾結，假造運河之禍，再以官鹽充私鹽，貪贓枉法……」

他頓了頓，問：「餌已經撒下去了，六哥這回想如何處置？」

喻景遲俯身在溪邊淨了手，看著水下自在的游魚，眸色幽深。「不急，看看會不會有大魚跟著上鉤。」

喻景彥沈默的看了喻景遲半晌，若有所思。

外頭都道他這六哥平庸，陛下交代下來再簡單的差事也辦得緩慢。可他知道，他這位六哥才是真的雄才大略、經緯遠圖之人，才能並不在太子和承王之下。

之所以韜光養晦，收斂鋒芒，不過是想躲過朝中那些野心勃勃的豺狼虎豹的眼睛。

但這回……

「六哥。」喻景彥斂起笑意，正色道：「十一就想好好問你一句，那位蕭二姑娘，你究竟怎麼想？」

喻景遲回首，似笑非笑的看了他一眼。「你覺得我該怎麼想？」

喻景彥低嘆了一聲。「六哥也知道，如今蕭鴻澤兵權在握，太子和承王都想將他攬入自己麾下，最好的法子，便是結親。從前，被盯上的是安國公府的大姑娘，但現在安國公府正正經經的姑娘回來了，不知有多少眼睛落在她身上，在打她的主意……」

他薄唇緊抿，雙眉不由得蹙起。「六哥應該比我更清楚，離她越近，越容易惹禍上身，暴露自己。」

見溪邊人沒有反應，喻景彥往前走了兩步，驀然想起什麼，試探道：「還是說……六哥你是故意接近她的？」

喻景遲站起身，重新裝滿那一囊袋水丟回給喻景彥，他神色淡淡，讓人有些捉摸不透，少頃，他只道了句。「此事……我自有主張。」

那廂，壓在心口的石頭被挪走後，碧蕪整個人都鬆懈下來，昨夜本就未睡好，心一寬，睏倦便也跟著席捲而來。

上了馬車後不久，碧蕪就一直在睡，中途醒都不曾醒一次，若不是她面色紅潤，呼吸均勻，銀鈴、銀鉤都擔心她莫不是暈厥過去。

直到抵達蕭家老宅，兩人才迫不得已，小心翼翼將她喚醒。

碧蕪睡眼惺忪，抬手揉了揉，教銀鈴、銀鉤幫忙整理了衣衫，才緩步下車去。

府門前，早已有家僕得了消息在等，站在最前面的是一個容貌慈和的老翁，他身後還有個慈眉善目的婦人，眼見碧蕪出來，兩人皆是雙目一紅，激動萬分，險些掉了眼淚。

碧蕪猜到這兩人的身分，應是蕭家老僕張朝和他的原配朱氏，兩人在安國公府伺候蕭老夫人二十餘年，忠心耿耿。後歲數大了，又無兒無女，蕭老夫人便將蕭家老宅的事務交給他們，順道讓他們在此山清水秀之地養老。

看著碧蕪那張肖似清平郡主的面容，朱氏老淚縱橫，顫聲喚了句「二姑娘」，就再也說不出話來了。

碧蕪知他們對自己的父母情義深重，恭敬的喚了聲「張叔、張嬸」。

張朝到底是男人，雖心下激動，但還是強忍下。「二姑娘回來便好，回來便好，趕了這麼多天的路，二姑娘想必也累了，您那院子已經收拾好了，您快去歇一歇，一會兒啊老奴便讓人將晚膳給您送去。」

「多謝張叔、張嬸。」

碧蕪的確是累了，她本就是雙身子的人，哪禁得住這樣的顛簸。由朱氏安排的下人領著去了院中，她甚至都沒心思在屋裡好好看看，就倚在小榻上，闔眼小憩起來。

直到晚膳時分，她才稍稍恢復精神，就著些清淡的菜，勉強用了半碗飯。

飯罷小坐了一會兒，她隨銀鈴、銀鉤一塊兒在府內轉了轉，只當是消食。

再回到院中時，朱氏已然在等了，說是要和她商量祭拜之事。

碧蕪還累得厲害，雖說去陵園這事確實有些心急，但也得顧著身子，不能逞強。

她思忖半晌，最後就將去祭拜的日子定在後日。

朱氏走後，碧蕪讓銀鈴取來紙筆，修了封家書，信中所言，無非就是告知蕭老夫人自己已抵達應州，讓她放心爾爾。

末了，讓銀鈴差人快馬加鞭送去京城。

如今，萬事俱備，就只差去祖塋上墳，和上墳後那關鍵的一步了。

是夜，碧蕪躺在榻上暗暗的祈求，千萬別再生其他變故才好。

連著歇了兩日，碧蕪的身子總算是緩了過來，當日，她起了個大早，坐上張朝準備好的馬車，一路往蕭家陵園而去。

蕭家陵園建造在應州東面的青雲山上，幸得山勢平緩，還鋪了石階，倒沒費碧蕪多大氣力。

此番她不僅是去父母親墳前祭拜的，也代表蕭家眾人前來祭祖。這些事宜張朝都已替她準備妥當了，碧蕪在朱氏的提醒下跪了幾番，又上了幾炷香，便算了了。

祭祖完，墓園的守墓人才領著碧蕪往老安國公和清平郡主的墳前而去。

雖瞧見的只是一副冰涼的墓碑，但看見上頭的名姓，碧蕪緩緩跪下來，還是忍不住鼻尖一酸。

她似乎是天生與父母無緣，不論是養育她長大的芸娘也好，還是如今躺在這墓中，與她天人永隔的親生父母也罷，都無法讓她承歡膝下，好好奉養。

雖早已沒了與蕭轍和清平郡主相處的回憶，但從他們親自設計，為她建造的酌翠軒裡一草一木，她都能感受得出，他們生前定是很疼愛自己的。

碧蕪曾稍稍試想過，若自己當年沒有走丟，如今會是什麼模樣。也許她母親不會抑鬱而終，父親也不會隨母親而去，他們闔家安好，其樂融融。

可她想了很久，都想像不出那場景。因他們的面容是模糊的，身形也是模糊的，她不知道他們是什麼性子，會如何教養她長大，但她相信，那一定很美好吧。

回府的路上，碧蕪雖止了眼淚，卻一直將腦袋靠在車壁上，心情鬱鬱，直到下車前，才勉強想通了些。

逝者已矣，但她還有哥哥、有祖母，和她腹中的孩子，這一世，她想要盡力保護好她在乎的這些人。

第十三章

見碧蕪沒什麼胃口，晚膳朱氏特意囑咐大廚房熬了魚湯，說是讓她補補身。

銀鉤端著湯進來時，碧蕪正提筆伏在案前寫信，秀眉緊蹙，字斟句酌，有些苦惱。

雖說這封信簡單，簡而言之，就是今日去墳前祭拜，想起未曾在父母膝下侍奉過一日，便覺自責感傷，欲自請在應州為父母守孝兩年，望祖母應允。

但這封信碧蕪起草了兩遍，都覺言辭不夠懇切，藉口不夠充分，擔心被蕭老夫人駁回。她幽幽嘆了口氣，煩亂地將紙揉成團丟進簍裡，嗅見外間飯菜味飄進來，尤其是那股子濃重的魚腥氣鑽進鼻尖，胃裡頓時一陣翻江倒海，讓她忍不住蹙了蹙眉，忙捂住嘴。

「姑娘，這是張嬸特意命廚房給您做的魚湯，熬了好幾個時辰呢，奴婢聞著實在是香，您……」

銀鉤話音未落，一陣嘔吐聲陡然響起，她折身看去，只見她家姑娘面色慘白，正扶著桌角，乾嘔不止。

見此一幕，銀鉤嚇得險些將手中的湯碗摔在地上，慌忙小跑過去。「姑娘，姑娘您怎麼了。」

碧蕪嘔了好一會兒，才漸漸止息，她捂著胸口，無力的抬眼看向銀鉤。「沒事，許是這些天沒有休息好才會如此，妳給我倒杯水來吧。」

「誒。」

銀鉤正要去倒水，聽見動靜從外頭跑進來的銀鈴已快一步將杯盞遞到碧蕪手邊。「姑娘喝水。」

碧蕪將杯中水一飲而盡，總算將腹中的噁心感壓下去，可指尖微微的顫意卻止不住。

怎會早了那麼多！

前世，她是有孕近兩月才開始嘔吐不止，可如今才一月有餘，就有了這麼大的反應。

這該如何是好……

「姑娘。」見碧蕪蹙眉，一副憂心忡忡的模樣，銀鈴擔憂道：「奴婢去請大夫吧？」

聽到「大夫」二字，碧蕪猛然抬起頭。「不必了，不必去請大夫。」

她頓了頓，看向銀鉤，吩咐道：「我胃裡不適，這魚湯怕是喝不成了，倒了也浪費，妳端下去，讓院裡的人分了吧。」

「是，姑娘。」銀鉤應聲，遲疑著看了碧蕪一眼，才端起魚湯出去了。

銀鉤甫踏出門，碧蕪一把拽住銀鈴的衣袖，將她拉到身前，斂眉低聲道：「銀鈴，一會兒，妳悄悄替我去藥房抓副藥回來。」

見自家姑娘神色凝重，銀鈴疑惑的蹙了蹙眉。「姑娘，您莫怪奴婢多嘴，您身子不適，還是請大夫來瞧瞧吧，這藥可不行亂吃呀。」

「我自己的身子自己清楚。」碧蕪拉起銀鈴的手，靜靜的凝視著她。「銀鉤那孩子膽子小，這事我不放心讓她去辦，只能交給妳了，妳就當幫幫我吧。」

「姑娘這說的是哪裡話，銀鈴是姑娘的奴婢，姑娘讓銀鈴做什麼都是應該的。」

雖不知她家姑娘到底讓她去抓什麼藥，但銀鈴看得出來，她家姑娘似有什麼苦衷。做奴婢最首要的就是伺候好主子，而且她家姑娘待她們這麼好，無論做什麼她都甘願。

看著銀鈴神色堅定的模樣，碧蕪心下生出幾分感動，她若想避開人好好生下孩子，往後還少不了銀鈴、銀鉤這兩丫頭相幫。

如今看來，她們應都是值得信任的。

「也不是什麼都應該，我雖是妳主子，但妳的命是妳自己的。」碧蕪笑了笑，取出一直貼身藏著的藥方，遞給銀鈴，細細囑咐道：「去藥房時若人問起來，妳就說是給自家嫂嫂抓的藥，回府的時候……儘量小心些，莫要教人瞧見，知道了嗎？」

「放心吧姑娘，奴婢一定辦好。」銀鈴重重點了點頭，收好藥方，折身出去了。

小半個時辰後，銀鈴才自外頭回來，她垂著腦袋，神色有些難看，將湯藥遞到碧蕪面前時一副欲言又止的模樣。

碧蕪便曉得，這丫頭必定問了藥方的功效，許是關心她吧。她勾唇淡淡笑了笑，仰頭將湯藥一飲而盡。

無妨，或早或晚，左右也是要告訴她的。

不得不說，張大夫給的藥方很有效，碧蕪吃了幾帖，孕吐便好了許多。再加上銀鈴那丫頭聰慧，雖心照不宣，但每回去大廚房給她拿膳食，都挑著清淡沒腥味的，碧蕪就再沒像上回吐得那般厲害了。

但她喝藥的事到底沒瞞住，畢竟這蕭家老宅都是張朝手底下的人，那麼多雙眼睛，總是能看見的，不出三日，朱氏便親自來了她院中。

碧蕪本也沒想瞞得過去，見朱氏問起，坦然道：「不過是小病，怕張嬸擔心，便沒讓人提，想是初到應州，有些水土不服。再加上前兩日去了父母親墳前，難免傷感，這才……」

「二姑娘身子不適，怎能不同老奴們說呢。」朱氏滿臉自責。「若是二姑娘出了什麼事，老奴們如何跟老夫人交代，雖說藥是吃過了，但老奴覺得，還是請個大夫來給姑娘探探脈才好放心。」

碧蕪聞言，擱在膝上的手暗暗絞著帕子，面上還是一派平靜，少頃，她垂眸訕訕一笑。「請大夫，還是不必了……不怕張嬸笑話，我打小便怕看大夫，只要一瞧見那大夫啊，就心慌手抖，如今這身子既無大礙了，還是莫要請大夫來了……」

她這番模樣像極了怕吃苦藥的孩子，使得朱氏不自覺聯想起她家二姑娘小時候的情形，她無奈的笑起來，只得作罷，但還是勸道：「二姑娘可不能諱疾忌醫，若真不適，還是得請大夫來診脈的。」

「張嬸說得是。」碧蕪稍鬆了口氣，頓了頓，似是無意提起。「聽聞……明晚青菱河畔有花燈會？」

「怎的，姑娘有興趣？」朱氏笑道：「青菱河沿岸每年都有花燈會，吃喝玩樂的什物不少，甚是熱鬧，二姑娘既來了應州，不如去瞧瞧。」

碧蕪等的便是這話，她順勢點了點頭，暗暗垂下眼眸。

正如朱氏所說，她不可能一直不看大夫，然而一旦讓大夫診了脈，有孕之事必然露餡。需得尋個應對的法子才好。

離開京城的那日，除了向張大夫討要了那個藥方外，碧蕪還向他問及此事。張大夫予她一個住址，說他認識一人，是個婦科聖手，或有解決的方法。

那人便住在應州，青菱河沿岸。

她並非真對花燈會感興趣，不過以此為藉口，光明正大的去尋那位神醫罷了。

花燈會當日，碧蕪穿了身淺色的衣裙，裝扮素淨，帶著銀鈴、銀鉤一道去了青菱河。

河岸兩側燈火闌珊，遊人如織，五彩的燈火映照在河水中，被穿行的畫舫撞碎成點點星光，畫舫上絲竹悠揚，琵琶錚錚，歡聲笑語飄蕩在河面。

這一派繁華景象卻沒能引得碧蕪駐足，她戴好幕籬下了馬車，讓銀鉤守在原地，尋了個藉口與銀鈴一路往青菱河畔的一個小巷子裡去。

嘈雜聲很快被隔絕在深巷之外，碧蕪尋了好一會兒，才在轉角處一褪色的牌匾上瞧見

「如意堂」三個大字。

這個時辰，醫館早已打烊，銀鈴上前敲了許久，才有人將門開了小縫，不耐煩道：「醫館已經關門了，若要瞧病，明日再來。」

見他要閉門，碧蕪忙上前攔了他。「可是尹沉，尹大夫？」

眼前這位三十上下，面容沈肅，感覺有些不好接近的男人抬眼看向她。「是又如何，我已說了，要瞧病明日再來。」

說罷，作勢就要將門闔上。

「尹大夫，是京城的張煬芝張大夫讓我來尋您的。」

聽到這個名字，尹沉的動作一滯，沈默少頃，不情不願的將門敞開，隨意一抬手。「進來吧。」

碧蕪頷首道了聲謝，提步入內。

醫館內擺設簡單，瀰漫著一股淡淡的藥草香，尹沉在桌前坐下，碧蕪也緊跟著在對面落坐，在尹沉的示意下乖乖的伸出手，既來了這裡，自然是要診脈的。

尹沉將兩指搭在碧蕪的腕上，須臾，雙眉蹙起，他遲疑一下，問：「姑娘可成親了？」

碧蕪朱唇微抿，輕輕搖搖頭。

尹沉的眼神霎時變得古怪起來，但很快他撇撇嘴，露出一副無所謂的神情。

他行醫多年，什麼樣的人不曾見過，這樣的事也算不上多稀奇。何況作為大夫，他只負責滿足病人的需求，其他的一概管不著。

「那姑娘今日來我這兒，是想……」尹沉往碧蕪小腹飛快掃了一眼。「解決麻煩？」

「不。」碧蕪再次搖頭，微微傾身，神色認真道：「敢問尹大夫，可有什麼法子，能讓人探不出我的脈象？」

尹沉探究的看了碧蕪許久，忽而笑了笑。「姑娘若是同旁的大夫說這話，怕不是要被說無理取鬧，但姑娘運氣好，找對了人，在下確實是有法子，不過……那藥吃下去，脈象雖是探不準，可反應卻大，姑娘或許要吃不少苦頭。」

吃些苦頭碧蕪倒是不怕，她只關心一點——「那藥……可有害？」

尹沉稍愣了一下，搖搖頭。

碧蕪這才放下心來，笑道：「無妨，還請尹大夫給我開方子吧。」

聽她語氣堅定，尹沉不由得挑了挑眉，隔著幕籬看了她好一會兒。

尋常人家的姑娘若遇到這樣的事，定想方設法將孩子給墮了，以求不留後患。畢竟才一個月，旁人尚且看不出來，正是解決麻煩的最好時機。可沒想到，眼前這個姑娘，卻只想著怎麼保護好腹中的孩子，其他卻是無所謂。

倒是有些意思。

但別人家的私事，尹沉向來不會多問，他本也不接這樣的活，只聽說這人是自己的同門師兄介紹來的，才賣她幾分面子。

他提筆寫了張方子，囑咐了兩句，心安理得的收下了二兩紋銀，才將人給送走了。

出了如意堂，碧蕪將方子收進袖中，轉而看向身側愁眉不展的銀鈴，笑了笑。「妳就不想問問我，究竟是怎麼一回事？」

銀鈴抬眸看來，無措的咬了咬下唇，少頃，神色堅定道：「姑娘自有姑娘的主意，姑娘若不願意說，銀鈴便不問。姑娘放心，銀鈴嘴牢，定不會將此事透露出去半分。」

碧蕪沈默半晌，才在她頭上揉了揉。「左右也來了燈會，叫上銀鉤，一會兒我們去賞花燈，再買些糕食吃吃，可好？」

「奴婢都隨姑娘。」銀鈴答道。

主僕倆相視一笑，緩步出了巷子，離青菱河越近，繁華聲伴隨著璀璨的燈火越漸喧囂。

往馬車的方向行了一陣，迎面有一人跌跌撞撞而來，那人四十上下，衣著華貴，滿臉通紅，身邊圍繞著三五小廝，看樣子像是醉了酒。

碧蕪最怕這樣的醉漢，拉著銀鈴往一側讓了讓，卻不想那人不知發了什麼瘋，擦肩而過之際，猛然抬手將碧蕪頭上的幕籬給扯下來。

「哎呀。」銀鈴慌忙去擋，卻來不及了。

醉酒的男人兩隻眼睛直勾勾的盯著碧蕪瞧，目光如炬，神情猥瑣。

「好美的小娘子啊！」

他伸手就要來摸，碧蕪厭嫌的猛退一步，教他撲了個空。

那人雙眉豎起，登時生出幾分不悅，男人身旁的高個兒小廝見勢厲聲喝道：「可知我家大人是何許人，我家大人能看上妳，是妳上輩子修來的福氣，莫要不識抬舉。」

銀鈴一下護在碧蕪身前。「放肆，我家姑娘可是……」

「銀鈴。」碧蕪不想將事情鬧大，她戴好幕籬，抬首瞧了瞧，再往前走就是最熱鬧的青菱河街，馬車就停在那附近，她低聲道：「我們快走吧。」

銀鈴惡狠狠瞪了那人一眼，強嚥下這口氣，哪知才走了幾步，衣袂就教人給拽住。轉頭一瞧，便見那高個兒小廝神色囂張道：「走什麼，我家大人讓妳們走了嗎！」

碧蕪秀眉微蹙，索性折過身正視那醉醺醺的男人，刻意提聲道：「不知這位大人在朝中是何官位，任的何職，難道不知在大昭，當街調戲良家女子是何等罪名！」

這廂動靜不小，很快引來不少圍觀之人，聽得她所言，不由得指指點點，交頭接耳。高個兒小廝臉上一時有些掛不住，怒吼道：「都看什麼看！給我滾開！」

其餘幾個小廝也開始趕人。

醉酒的男子聞言不僅不懼，反有些惱羞成怒，他看著碧蕪，冷笑一聲。「是何罪名？本官告訴妳，就是應州知府也要賣本官幾分薄面，今日本官就是將妳在這街上給辦了，也沒人敢把本官怎麼樣！」

碧蕪心下微震，她本想讓此人自己心生退意，萬萬沒想到他竟借酒意肆無忌憚，口吐狂言。

她環顧四下，圍觀之人紛紛退卻，無一願上前相幫，許是聽了方才的話，怕此人真是在應州有權有勢之人，哪裡敢去招惹。

再看那人如餓狼般貪婪的盯著她，碧蕪頓生出幾分慌亂，為了不教人發現她偷偷去尋尹大夫，她只帶了銀鈴，何曾想會遇到這樣的事。

對方人多勢眾，她若表明身分，且不說這人會不會信，但看他連官府的人都不怕，誰知被逼急了會做出什麼來。

所謂強龍壓不過地頭蛇，她以身分相壓不一定有用，指不定對方知曉她的身分，唯恐她回去道上一嘴，給自己帶來禍患，反會選擇悄無聲息的解決掉她，不會輕易放她走。

這種瘋子，她並非沒有見過。

她不敢賭。

她暗暗攥住銀鈴的手，想著一會兒得趕緊跑才是，她不信這麼多人，他真的會猖狂到當眾逮她。

碧蕪做了決定，可還未待她退兩步，就聽一個清潤的聲音在背後響起。

「這不是傅大人嗎？真是好巧。」

聞得此聲，碧蕪詫異的轉過頭，便見一人身著月白長衫，笑意清淺，他緩緩將視線落在碧蕪身上，旋即露出吃驚的神情。

「呀，嫂嫂，妳怎的在這兒呢！」

眼前的不是旁人，正是十一皇子喻景彥。

但看他說話的口吻、相對樸素的衣著，顯然不是用真實身分。

「我……」

碧蕪一時不知該如何作答，就聽喻景彥自顧自道：「嫂嫂，妳這……莫不是尋我大哥來了？」

站在對面的傅昇瞇起眼，狐疑的在兩人之間看了看。「沈二公子，你認識這位姑娘？」

喻景彥畢恭畢敬答道：「傅大人有所不知，這位正是在下的大嫂，想必是來尋在下的大哥的，她今日這身打扮，倒教在下一時認不出來了。」

「哦？」聽聞碧蕪是已嫁之身，傅昇的囂張氣焰收斂了幾分，他盯著碧蕪看了半晌，笑道：「原是沈夫人，當真是誤會一場。」

他隻字不提方才冒犯之事，單用「誤會」二字，輕飄飄帶過了。

碧蕪雖不知此人的身分，但看喻景彥的態度，大抵猜到一些，此人怕是與譽王和十一皇子的瑜城一行息息相關。

兩人隱瞞身分，應就是為了喻珉堯派下來的差事。

十一皇子好意替她解圍，既入了這戲，再怎麼說也得演上一二才好順利脫身，碧蕪暗暗吐氣，下一刻，面帶幽怨的看向喻景彥。「你同我說實話，你大哥去哪兒了，今日莫不是背著我在哪兒快活呢？」

喻景彥稍愣了一下，反應卻快。「大嫂，妳可誤會大哥了，大哥出來就是正正經經談生意的，我可以為他作證，真的，大嫂妳，還是快些回府去吧。」

兩人一唱一和，碧蕪遲疑半晌，正想趁勢答應，卻聽傅昇的聲音突然傳來。「正好尊夫就在畫舫上，既然來了，夫人不若同我們一道乘船遊玩如何？」

喻景彥暗暗蹙了蹙眉，知傅昇這個好色的老狐狸是懷疑他們。

他本就是在街上無意撞見這一幕，為了幫這位蕭二姑娘解圍才隨意扯的謊，可不想拉她蹚入這渾局。

他忙滿臉為難道：「傅大人，您還是放過在下吧，若讓在下的大哥瞧見嫂嫂來了此處，怕不是要將氣撒在在下身上。」

傅昇卻像沒聽到喻景彥的話，只始終含笑看著碧蕪。「夫人不是來尋沈大公子的嗎？難道不想親眼瞧瞧他在做什麼？」

碧蕪緊張的抿了抿唇，她自然也看得出傅昇是在試探她，懷疑兩人說的話是真是假。

她佯作鎮定道：「還是罷了，奴家若親自去瞧，反讓夫君覺得奴家在懷疑他，豈不是讓我們夫妻離心離德麼。」

這番話應答得妙，喻景彥讚賞的看了碧蕪一眼，本以為這樣傅昇應當不會再繼續刁難，卻不想他是鐵了心不打算放過他們。

「夫人言重了，若是夫人能去，沈大公子定然十分高興，怎會離心離德呢，還是說，夫人之所以不去，是有別的難處？」

傅昇的酒此時像是全醒了一般，人都站得穩穩的，一雙眼睛發出銳利的光，似乎隨時等著扒去兩人的偽裝。

碧蕪悄悄看了眼喻景彥，知他如今定也有些為難。他冒著洩漏身分的風險，好心幫她解圍，若她執意要走，恐會壞了他們辛苦籌謀的大事。

她默了默，勉為其難道：「既然傅大人這麼說了……那好，奴家便前去瞧瞧吧。」

去畫舫的路上，碧蕪轉頭看了銀鈴一眼，因不能同她解釋，就只能囑咐她好生跟緊，莫要多言。

銀鈴點了點頭，她雖不大懂如今的形勢，但很明白自己不能給主子添亂。

傅昇身邊的小廝已快一步趕去青菱河邊，喊畫舫靠了岸，待碧蕪等人到河畔時，畫舫已然在等了。

第十四章

上船之際，喻景彥虛虛扶了她一把，乘機在她耳畔低低道：「給二姑娘添麻煩了，二姑娘放心，我和六哥定會護妳周全。」

碧蕪抿唇一笑，暗暗點了點頭。

這畫舫比尋常畫舫大上許多，其上雕梁畫棟，佈置陳設精美絕倫，一群男人圍坐在舫內飲酒作樂，還有幾個美豔的舞姬隨著琵琶聲樂妖嬈起舞。

甫一踏進去，就聽有人笑道：「傅大人，您不是醉酒回去歇息了嗎，怎又回來了？」

「本官在外頭吹了會兒風，酒便醒了，路上遇到了沈二公子，想著無論如何也得再回來喝上兩杯。」

碧蕪有些忐忑的跟在喻景彥後頭，倏然來了個戴著幕籬的陌生女子，舫內人的視線一時都好奇的聚集過來。

傅昇看向舫內一角，挑眉笑道：「沈大公子，您瞧，誰來了？」

坐在那廂的人聞言放下酒盞，幽幽抬眸看來。

喻景彥唯恐他那六哥弄不清現下的情況，一開口便露了餡，忙搶先道：「大哥，真不是我帶嫂嫂來的，我也沒想到，嫂嫂她竟會來這兒尋你……」

男人已然站起身，闊步往這廂而來。

打入了舫內，碧蕪第一眼便瞧見他，一身暗色長衫雖是低調，可俊美的面容，高華的氣度，仍令他佼佼不群，格外扎眼。

隔著層白紗，見他走近，碧蕪生怕他認不出自己，咬了咬唇，努力壓下羞窘，掐著嗓子嬌滴滴喚了聲「夫君」。

男人身子一僵，面色霎時沈冷下來。

站在一側的喻景彥只覺背脊一涼，抬眼看去，果見他家六哥眸色鋒利如刃，似要將他給活剮了。

他吞了吞唾沫，心虛的垂下眼睛。

他也不想帶蕭二姑娘來這種地方，可不知怎的，事情就莫名其妙發展成了這樣。

碧蕪本還有些擔憂，但看眼前人入戲極快，下一瞬，薄唇微抿，面上浮現一絲柔意。

「夫人怎麼來了？」

一隻略帶薄繭的大掌裹住她的柔荑，遒勁有力的手臂虛虛環在她的腰身上，即便隔著幕籬，男人熟悉的氣息仍然滿溢鼻尖，那是一股淡淡的青松香混著酒香。

碧蕪心下不自覺踏實了幾分，但還是身子發僵，任由男人牢牢牽著她在一側坐下。

舫中有人見此一幕，笑著調侃。「本還以為沈大公子不好女色，不願讓舞姬接近，原是家中藏了美人，怪不得這外頭的野花都入不了眼了。」

見碧蕪一副幕籬遮得嚴嚴實實，有人緊接著道：「沈大公子，這兒也無旁人，便讓我們瞧瞧尊夫人的真容，也長長見識，看看什麼樣的美人兒才能將沈大公子迷得神魂顛倒。」

「是啊，是啊！」

周遭人聞言都跟著起鬨。

碧蕪緊張的攥緊帕子，就聽耳畔男人低沈醇厚的聲音響起。「內子長居閨閣，面皮薄，難免怕羞，還請眾位大人見諒。」

話音方落，碧蕪就見一隻指節分明的大掌攏了攏幕籬上的白紗，將露出的縫隙又掩了回去。

他越是不讓看，舫內人便越是好奇。

雖看不清面容，可光從女子進來時，那婀娜妖嬈的身段、盈盈一握的腰肢，眾人都能想像到女子絕美的姿色。

這種朦朦朧朧、求而不得的感覺讓這些男人心生癢意，很快化作猥劣下流的眼神，似要穿過幕籬，扒去衣衫，將美人兒從頭到腳看個透澈。

碧蕪被盯得渾身不自在，甚至覺得噁心，止不住轉過頭去，往身側靠了靠。

須臾，只聽有人無趣的輕嗤了一聲。「沒想到沈大公子這般愛護尊夫人，竟一眼都捨不得旁人瞧。」

說話的是應州通判何闓，官位僅次於作為瑜城太守的傅昇。

他這話中透露出顯而易見的不悅，令舫中的氣氛一時有些沈。

眾人本以為到了這個分上，這個姓沈的商人多少會存幾分眼力，畢竟他如今的生意正是倚仗著眼前這幾位。

沒必要為了個女人招惹這些個大人物。

然而片刻後，卻見那位沈大公子淡然道：「何大人不知，都說女子善妒，在下看不然，若是讓旁的男人多看我家夫人一眼，在下怕是會妒火中燒，恨不得造個金屋將她藏起來。」

碧蕪聞言微怔，抬眸便見那人垂首看來，滿目柔情，一字一句道：「這樣便不會有人發現她、覬覦她。能讓她一輩子，從頭到尾只屬我一人。」

話畢，他緩緩抬首，唇間含笑，在舫內掃視了一圈。

分明是一番深情的言語，講的是金屋藏嬌，可眾人不知為何，只覺一股濃重的壓迫感撲面而來。

在座不少人脊背生涼，忍不住心虛的吞了吞口水，下意識以為生了錯覺。

一個小小的商人，何來這等氣勢！

只有坐在男人身側的碧蕪知曉，這不是錯覺，男人的笑意並未達眼底，方才他只是小小的撕開了偽裝，露出鋒利的獠牙。

見氣氛似乎更沈了，喻景彥連忙笑著打圓場。「各位大人不知道，在下這大哥是個癡情種，當年為了求娶嫂嫂，幹了不少傻事……」

他張嘴就來，眼也不眨的編起了故事，很快便惹得眾人開懷大笑，可算輕輕將此事揭了過去。

然而舫中，卻有一人始終未笑。

傅昇不快的將杯中酒水一飲而盡，重重砸在案上，隨手扯了個舞姬入懷，發洩般在她纖腰上狠狠掐了一把。舞姬嚶嚀一聲，媚笑著將一雙柔若無骨的藕臂纏在他的脖頸上。

縱然懷中有這般千嬌百媚的美人在，可傅昇一雙眼睛卻仍死死盯著某處，眈眈虎視。

一個時辰後，碧蕪才扶著她那位酒醉的「夫君」出了畫舫，踏上了岸，留下她那位「小叔」在舫內繼續陪眾人飲酒作樂。

已是夜深，青菱河沿岸的喧囂退去，人煙寥寥，連掛在兩側的燈盞都被吹熄了小半，隨風飄蕩。

離畫舫遠了，原醉得不省人事，站都快站不穩的男人，雙眸頓時恢復清明。

他整理了一番衣衫，又是那副光風霽月的模樣，側首帶著歉意同碧蕪道：「十一考慮不周，差點讓二姑娘身陷危險，本王替十一給二姑娘賠禮。」

碧蕪搖搖頭。「不是十一殿下的錯，殿下當時是想替臣女解圍，臣女該向十一殿下道謝才是。」

喻景遲劍眉微蹙，眸色沈了幾分。「傅昇那廝……可是當街冒犯了二姑娘？」

碧蕪聞言笑了笑，並不想多提，只道：「他倒是囂張，竟連官府都不怕……」

說罷她低身福了福身。「臣女的馬車就在前頭，臣女該回去了，今日多謝兩位殿下。」

她正欲離開，可還未轉身，就覺腰肢驀然被人攬住，整個人撞在男人堅實的胸膛上。

碧蕪雙眸微張，下意識要推開他。

卻聽一陣破空聲響起，似有羽箭自她耳畔飛速擦過，旋即傳來一聲慘叫。

碧蕪腦中一片空白，好一會兒才反應過來。

有人刺殺！

她抬眼看去，身後不知何時出現了五、六人，面露凶相，手持刀劍直指他們。

最前頭的地上還躺著一人，雙目圓睜，卻是沒了氣息，方才那箭正入他的心口，一箭斃命。

碧蕪疑惑的蹙了蹙眉，可喻景遲方才抱著她時並沒有動，那這箭又是從哪兒來的？

對於突然冒出來的箭，那群歹人亦愣住了，可畢竟都是在刀尖上過活的人，何曾懼過這些，相互對視一番，復又提劍，一擁而上。

銀鈴嚇得失聲尖叫，碧蕪亦是面色蒼白，可她面前的男人卻是鎮定自若，一動不動。

「殿下……」

她聲音都在顫，卻覺雙眼一熱，竟被大掌捂住了眼睛，耳畔響起男人安慰的聲音。「別怕。」

那些人沒能衝上來，似有人擋住了他們，兵刃交接的聲響和慘叫聲交融，在寂靜的夜裡格外清晰，令人毛骨悚然。

前世，碧蕪從旭兒口中得知，喻景遲秘密培養了一批暗衛，貼身保護他的安危，但碧蕪並不曾親眼見過。

如今聽到這動靜，碧蕪意識到定是那些暗衛所為。

頭頂響起一陣口哨聲，很快「噠噠」的馬蹄聲近，碧蕪只覺身子騰空，竟被一把抱上馬背。

喻景遲亦俐落的翻身而上，一手抱住她，一手拉緊轡繩，縱馬馳騁而去。

碧蕪像是想起什麼，驚慌的抓住喻景遲的衣袂。「殿下，我的婢女……」

「放心，會有人保護她。」

碧蕪卻是放心不下，她想起了前世與她一同在譽王府共事的小漣，小漣就是在一場刺殺中為了保護她和旭兒死的。

她頻頻回望，然馬馳得越來越遠，什麼都看不見了。碧蕪來不及擔憂，忽又從小道中竄出幾匹馬來，將他們團團圍住，徹底逼停。

喻景遲攬著身前人的手臂緊了幾分，眸色冷沈淡淡掃過幾人。「你們是傅昇的人？」

為首的黑衣男子不屑的冷嗤一聲。「沈大公子既然看出來了，不若乖乖將你懷中的女子交給我們，興許我們一高興，還會留你個全屍。」

碧蕪聞言雙眸微張，聽到「傅昇」二字，她原以為是喻景遲和十一皇子偽造身分的事情敗露，不承想竟是因為她！

震驚之際，只聽男人低沈的聲音在她頭頂響起。

「當街謀害性命，搶奪民婦，他傅昇真就無法無天了，不將官府、不將陛下放在眼裡了嗎！」

她抬首看去，便見喻景遲面色陰沈，眸中濃重的殺意，令他整個人猶如煉獄中走出的修羅，陰鷙冷厲，讓碧蕪不由得脊背發寒。

前世，碧蕪見過他這模樣兩次。

一次是在永安二十五年譽王府菡萏院，那場險些讓旭兒喪命的大火，還有一次便是喻景遲登基三年後，溫泉行宮之行，承王餘黨意圖綁架儲君，要脅天子。

這兩場變故都引得喻景遲震怒，不知有多少人受刑，乃至於血流成河。

「扯什麼官府和陛下。」然對面幾人卻並未將他們放在眼裡，反毫不留情的嘲諷道：「你一個商人，死了便死了，謀財害命的賊人多得是，誰會懷疑到我家老爺頭上。」

為首的還不忘一臉輕佻的看向碧蕪。「小娘子，這種都保護不了妳的男人有何用，不若跟著我家老爺，保管妳吃喝不盡，珍寶玉石戴也戴不完，過得比宮裡的娘娘還要舒坦……」

其餘人跟著猥笑起來，可方才笑了幾聲，其中一人的笑聲戛然而止，他抬手摸了摸，卻只摸到被羽箭穿透留下的血窟窿，他睜著眼睛，保持著難以置信的神情，下一刻在四濺的鮮血中從馬上跌落。

剩下幾人抬首看去，便見那個坐在馬上，看似手無縛雞之力的富商，此時脊背直挺，眸光銳利，不知何時掏出長弓，羽箭搭弦，蓄勢待發。

為首的黑衣男子這才察覺到不妙，正欲抬手示意同夥衝上前，卻聽接連兩聲慘叫，左右兩側之人皆已中箭，摔落下馬。

不過幾息的工夫，只剩下他一人。

方才還氣焰囂張的男人，望著這副場景，面色慘白，忍不住拉緊韁繩，往後退了退。

「沈崢，你……你究竟是何人？我家老爺懷疑得不錯，你果然有問題！」

「我是何人？」喻景遲冷笑了一聲，慢悠悠從箭袋中取出一箭。「這個答案，你自己下去問閻王吧。」

他緩緩拉開弓弦，目光如炬，全然不似踏青那日的生疏猶豫，箭刃在月光下閃著冷光，直指面前之人。

黑衣男人見此情形，一不做二不休，似是不信他的刀沒眼前這個人的箭快。

他猛夾馬腹衝來，一手抬刀直直劈下去。

碧蕪呼吸一滯，因刀落下的方向並非喻景遲，而是她。

她下意識閉上眼，驚叫出聲，然下一刻只覺一股濃重的血腥味在鼻尖蔓延開來，她大著膽子睜開眼，幕籬的白紗上濺了幾滴鮮血，一雙猩紅的眼眸正直勾勾的看著她，羽箭正中他的額頂，咽喉處還被插入了一把匕首。

他僵直著身子從馬上摔下去，發出「砰」一聲悶響。

暗處走出兩人，在馬前單膝跪下。「殿下，屬下來遲。」

「都處置了。」喻景遲淡淡道。

「是。」暗衛領命，熟練的處理起屍首。

碧蕪挪過眼不想去看，可即便看不見，那副血淋淋的場景仍在她腦海中揮之不去，將胃裡的噁心感復又勾了出來。

聽著懷中人略有些凌亂的呼吸，喻景遲劍眉微蹙，正想說什麼，卻見她驀然俯下身，不住的乾嘔起來。

他唯恐她摔下馬，伸手一把攬住她纖細的腰肢。

碧蕪覺得自己連胃都快嘔出來了，身子也越發軟弱無力。

少頃，頭上的幕籬被一把扯去，或許瞧見她蒼白的面色，男人的眉頭一時皺得更緊了。

碧蕪覺得頭暈眼花，甚至眼前有些發暗，她下意識攥住男人的衣襟，張嘴想說什麼，可還來不及吐出一個字，眼前一黑，徹底暈厥了過去。

她作了一個很長的夢，夢中小漣將她和七歲的旭兒藏在隱蔽的樹叢間，囑咐他們好生待在此處，莫要出聲。

碧蕪沒能拉得住轉身而去的小漣，只能聽她的話，一邊安慰旭兒，一邊心驚膽顫的等啊等，直到喻景遲親自帶著御林軍趕來，救下他們。

她將旭兒交給御林軍統領，心急如焚的在屍橫遍野中一聲聲呼喊小漣的名字，最後在角落裡聽見一個極其微弱的回聲。

那個與她一起共事六年，總脆生生叫她姊姊的姑娘，此時身中數箭，奄奄一息，鮮血將一身粉衫染得通紅。

但直到最後一刻，她還是艱難的笑著安慰碧蕪，讓她莫要傷心。碧蕪只能抱著那具逐漸冰涼僵硬的身體，哭得泣不成聲。

碧蕪醒來時，嘴上仍不停的喚著小漣的名字。睜開眼睛，透過嫣紅的床帳，便見坐在榻邊的男人清冷的面容，與她失去小漣的那一回，昏厥後醒來看到的場景一模一樣。

半夢半醒間，她猛然坐起身，一下拽住男人的衣襟，慌亂道：「小漣……不，不對，銀鈴呢，銀鈴呢？」

看著碧蕪滿頭大汗，神色驚慌的模樣，喻景遲反握住她冰涼的手，柔聲道：「別怕，她很好，並未受傷。」

恰在此時，銀鈴端著食案進來，看見碧蕪，不由得喜道：「姑娘，您醒了！」

見銀鈴平安無恙，碧蕪心下頓時一鬆，然瞥見食案上那碗黑漆漆的藥汁，她眸光顫動，這才想起最重要的事。

她下意識將手搭在小腹上，轉而小心翼翼的看向喻景遲。

看著他並無異樣的神情，碧蕪心下抱著一絲僥倖。外頭的天尚且有些昏暗，她不知自己睡了幾個時辰，可暈厥過去的時候，仍是深夜，興許根本請不到大夫。

至於這碗藥，也只是普通的補藥而已。

碧蕪正努力安慰自己時，卻見喻景遲緩緩將視線落在她的小腹上，低聲道：「孩子也沒事……」

他風清雲淡的一句話，卻猶如晴天霹靂，令碧蕪怔在那裡。

喻景遲靜靜的看著她，神色有些意味不明。

「或許，二姑娘有什麼想對本王說的嗎？」

第十五章

上一回聽見這話，碧蕪只覺得耳熟，如今再聽見，她才記起，相似的話前世他曾對她說過好幾次。

或是在交歡饜足後抱著她時，或是在她偶爾贏棋時，或者是在莫名其妙的境況下突然問出這話。

前世，他是高高在上的君王，碧蕪不敢揣測聖心，雖也猜過他到底想讓自己說什麼。是同他訴苦告狀，還是主動討要獎賞。

但不論是什麼，往往，她都只會恭敬而又無趣的道一句「奴婢沒有什麼想說的」。

可前世是前世，此時這個男人想要讓她說什麼，她很清楚，但碧蕪咬了咬唇，仍是故作茫然。「臣女不懂殿下是何意思……」

喻景遲眸色微沈，卻並未急著拆穿她，而是自銀鈴手中接過藥碗，遞到她手邊。「昨夜是本王不明情況，讓妳在馬上受了顛簸。如今妳脈象不穩，這是大夫開的安胎藥。」

碧蕪盯著那碗濃稠且散發著苦味的藥汁，一時不知該不該接，若她接了，便等於認了此事。

可她也明白，即便不認，她懷有身孕也是毋庸置疑的事實，不是她否認得了的。

她苦笑了一下，沒想到尹沉給她的藥方還來不及用，就這麼快被最不該發現的人給發現了。

碧蕪閉了閉眼，深吸了口氣，終是認命般接過藥碗，將苦澀的湯藥一飲而盡。

「這個孩子……」

見喻景遲薄唇微啟，正欲說什麼，碧蕪一下打斷他。

「孩子的事，可否請殿下幫臣女保密！」她看向喻景遲，露出幾分無可奈何的神情。

「不瞞殿下，臣女與孩子的父親兩情相悅，原打算等臣女認回安國公府，我們便成親，可誰承想孩子的父親卻出了意外……」

碧蕪自認撒謊的本事還不錯，竟然不打腹稿就將故事編了出來。她偷偷打量喻景遲的反應，卻見喻景遲劍眉微蹙，靜靜的看著她，眼神中透露出幾分古怪。

他灼熱的眼神令碧蕪脊背不自覺發僵，只能低下頭去，以防教他看出端倪。

少頃，才聽他問道：「孩子的父親……出了什麼意外？」

碧蕪聞言，逼自己抬首正視著他，須臾，暗暗咬了咬牙，幽幽吐出兩個字。

「死了……」

她儘量讓自己的語氣中帶著幾分傷感，而她的聲音聽起來確實帶著顫意，這當然不是因為難過，而是因為害怕。

畢竟孩子的父親正活生生坐在自己面前，用那雙幽沈深邃的眼眸鎖住她，而她還得煞有介事的，在孩子的爹不知情的狀況下將他咒「死」了。

喻景遲的眉頭蹙得更深了些，碧蕪總隱隱覺得他有幾分不悅。

沈默片刻後，他才又問道：「怎麼死的？」

死了便是死了，關心這麼多做甚！

碧蕪心下有些不滿，但男人身上的威儀之氣形成一股濃重的壓迫感，令她不得不佯作傷感，繼續編道：「病死的，原以為只是染上風寒，誰知連日高燒不退，日漸衰弱，就這樣沒了。」

說多錯多，為了防止喻景遲再問，末了，她還不忘哽咽道：「臣女好不容易忘卻此事，請殿下莫要再提了……」

她以手掩面，努力作出一副悲慟的模樣，可手掌心卻是乾的，須臾，她才聽男人的聲音傳來。「本王先走了，二姑娘好生休息。」

碧蕪張開手掌，從指縫中看去，只見喻景遲修長挺拔的背影。

直到他踏出外間，再沒了動靜，碧蕪才鬆下一口氣，倚著床欄，大口喘息起來。

不管他信不信，她這謊也只能這麼撒了，且此事與他無關，他應當不會太放在心上。

銀鈴行到碧蕪身側，滿目歉疚道：「姑娘，都是奴婢的錯，是奴婢沒能阻止譽王殿下請大夫來。」

「妳有何錯，別責怪自己了。」待平靜了一些，碧蕪才有心思觀察起她身處的這間屋子來。「銀鈴，這是什麼地方？」

「聽說是譽王殿下在應州住的一處別苑，這裡離青菱河近，姑娘暈厥後，便被譽王殿下帶到了此處。」

碧蕪像是想起什麼，猛一激靈，忙問道：「張叔、張嬸那兒呢？我一夜未歸，他們豈不是該擔心了。」

「姑娘不必擔憂。」銀鈴道：「將姑娘帶到這兒後，譽王殿下特意讓奴婢去尋銀鉤和車夫，讓他們回府裡傳話，說您今日走累了，在就近的客棧休息下了，明日再回。」

碧蕪本還擔心無法向張朝夫婦解釋，他倒是想得周到！

她透過雕花窗櫺看了看天色，見外頭已吐了白，雖還有些疲累，但還是支起身子下榻。「銀鈴，伺候我起身吧。」

「姑娘，您要不再歇息一會兒吧。」銀鈴勸道。

碧蕪搖搖頭，就算要歇息她也不在此處歇息，心驚膽戰的，如何睡得好。

見自家姑娘堅持，銀鈴無奈的嘆了口氣，出屋喚人打來熱水，再伺候碧蕪更衣。

碧蕪只草草梳洗一番，便託別苑的人帶話給喻景遲，說她怕府中老奴擔心，急著回去，就失禮不與喻景遲當面辭別，先行回府了。

她本打算讓銀鈴去叫輛馬車，可別苑的管事像是料到她會這麼快逃，已然準備好車馬，親自將她送回去。

碧蕪倚在車壁上，回想起昨夜過於曲折驚險的經歷，只覺腦袋有些亂，她迷迷糊糊閉上眼，在馬車晃晃悠悠中抵達了蕭家老宅。

聽到她回來的消息，門房趕忙跑去通知張朝夫婦，等朱氏匆匆趕到時，碧蕪正坐在圓桌前用早膳。

幸得方才在馬車上睡了一覺，此時她精神奕奕，加上特意讓銀鈴上了胭脂，倒不怎麼看得出病氣。

「張嬸。」碧蕪起身欲迎上去，卻被朱氏快一步壓坐下來。

「哎呀，我的姑娘，昨夜您那麼晚不歸，可擔心死老奴了。」朱氏眉頭緊皺。「姑娘就帶了這麼幾個人，可不敢在外頭過夜，若出了什麼事……」

碧蕪沒辦法安慰朱氏，因昨晚確實出了事，她只能笑了笑道：「實在是花燈會有趣，沿著青菱河來回走了兩趟，便走不動了，又覺得馬車顛簸，就在附近尋了家客棧歇下。是毓甯考慮不周，讓張叔張嬸擔心了。」

「姑娘沒事便好。」朱氏長嘆一口氣，還是那句話。「姑娘若有什麼意外，老奴們如何與老夫人交代。」

提到蕭老夫人，碧蕪才想起她寄出去的那封家書，算算日子，應當快到京城了。

她刻意在信中提到守孝兩年，就是想給此事留了個餘地，到時若蕭老夫人不同意，她便退一步，改作一年，想來她祖母應當更能接受一些。

而後幾日，碧蕪在蕭家老宅安安心心的住著，偶爾帶著銀鈴、銀鉤在應州城內逛逛，一點也無動身回京的意思，朱氏雖沒明著催，但時不時會提一嘴，說老夫人該想姑娘了。

碧蕪只勾唇笑笑，輕輕扯開話題，她想等守孝的事情定下來，再告訴張朝夫婦。

轉眼，她來應州也有七、八日了，是日，碧蕪正在屋內悄悄縫小衣裳，便見銀鉤疾步入內，說喻景遲和十一殿下來了。

碧蕪落針的手一頓，抬眸問道：「兩位殿下可有說為何而來？」

「說是在瑜城辦完了事，準備回京城去，順道來向姑娘辭行的。」

辭行？

碧蕪將手中的小衣裳放入繡筐裡，又往上頭蓋了些碎料子，這才吩咐道：「命人備些茶水點心，請兩位殿下去園中涼亭，我一會兒便去。」

「是，姑娘。」銀鉤應聲退下。

銀鈴伺候碧蕪整理了一番衣著，略有些擔憂的問：「姑娘，您說，譽王殿下會不會已經將那事告訴十一殿下了？」

「應當不會。」碧蕪想也不想道。

她對他的瞭解雖不算透澈，但也知道他並非好事和碎嘴之人，不會隨意向旁人透露她有孕之事。

畢竟此事還事關她的名節。

一炷香後，待碧蕪抵達老宅花園時，喻景遲和喻景彥已在亭中落坐，遠遠見碧蕪行來，喻景彥抬了抬手，提聲喚了句「二姑娘」。

目光觸及喻景彥背後的男人，碧蕪心下一緊，但還是緩緩在亭前福身施了一禮，邁上石階去。

「聽六哥說花燈節那日，二姑娘受了些驚嚇，如今身子可好些了？」喻景彥關切道。

「多謝十一殿下關心，臣女的身子已無大礙了。」碧蕪問：「兩位殿下既是預備回京城去，可是差事辦完了？」

「算是吧。」提及此事，喻景彥有些憤慨。「至少傅昇那廝是在劫難逃了，且不說他做的那些，就派人行刺皇親國戚一條，就夠定他的死罪，就是可惜……」

喻景彥說至此，驀然止了聲音，側首看了喻景遲一眼，又轉而笑著對她道：「二姑娘來應州也有段日子了，不如同我和六哥一塊兒回京城去，路上也好有個照應。」

碧蕪微微一怔，抬首看去，喻景遲也止了動作，向她看來。對視間，碧蕪眼神飄忽，有些心虛的垂下腦袋。

她絞了絞手中的帕子，佯作自然道：「應州路途遙遠，好不容易來一趟看望父母親，也不知何時能再來，臣女想多待些日子再回去。」

「這樣啊……」喻景彥垂眸思索半晌，驀然道：「左右我和六哥都不急著回京，要不也在應州多玩些日子，再同二姑娘一道回去，如何？」

他說罷，用腳尖暗暗踢了踢喻景遲，同他使了個眼色。

喻景遲看了他一眼，幽幽放下茶盞，抬眸看去，便見對桌的人也在盯著他瞧，她面色露出幾分為難，似在向他求救。

他抿唇淡淡笑了笑，沈默許久終是開了口，卻是對喻景彥道：「你不急，母妃可急了，她已有兩個月未見你，上一回還同我抱怨，說你連封信都不寄給她，莫不是將她給忘了。」

聞得此言，喻景彥眉頭一扭，恨鐵不成鋼的看著喻景遲。

他提議留下來，難道是為了自己嗎，當然是為了他這六哥，怎的他六哥這麼不開竅，還主動拆他的臺。

下一刻，只聽喻景遲又道：「二姑娘身子才好，我們既也來辭別了，趁著時辰還早，還是趕緊啟程趕路吧。」

說罷，他俐落的起身，同碧蕪道：「多謝二姑娘招待，本王和十一還要回京城同父皇交差，便先行離開了。」

碧蕪倒也沒有趕他的意思，但見他走得這麼爽快，難免心下歡喜，但她還是強壓下上揚的嘴角，畢恭畢敬的將兩人送出府。

喻景彥翻身上馬，笑著道：「相信很快我們便能在京城見面，到那時我請二姑娘去京城最大的茶館喝茶。」

碧蕪沒有應這話，只道：「望兩位殿下路途平安。」

她轉過視線，便見喻景遲朝她微微一頷首，似是意有所指般道了一句。「二姑娘保重身體。」

碧蕪勉強扯開嘴角笑了笑。「多謝譽王殿下。」

立在府門前，眼看著幾人縱馬絕塵而去，碧蕪將手覆在小腹上，一瞬間泛起些不明的情緒。

她一開始便做好了打算，等孩子生下來，就將他留在應州，這輩子都別與京城那廂有所牽連。

可若是如此，旭兒此生怕是與那個男人再無父子緣分。

碧蕪從袖中掏出那枚玉珮，摩挲著上頭精緻的紋路，旋即緩緩收攏掌心，將玉珮緊緊捏在手裡。

然與性命相比，所謂的父子緣分又算得了什麼。

若旭兒不是世子，亦不是太子，他的生活定然會平靜快樂很多吧。

喻景遲這廂離開了應州，也算讓碧蕪要做的事少了層阻礙，如今，就等著京城那兒的回覆了。

翌日一早，碧蕪又多睡了半個時辰才起，她揉了揉眼睛，艱難的起身梳洗。

正在用早膳，就見一人快步入了院子，將一封信箋給了銀鈴。

「姑娘，是京城寄來的信。」

碧蕪喝粥的動作一滯，稍稍有些詫異，以正常的速度，應不可能這麼快收到回信才是，她忙放下湯碗，迫不及待接過來，撕開信封，草草掃了一眼，不由得露出幾分失望。

信中都是蕭老夫人對她的關切之語，和望她早些回去的話，看樣子應當回的是她到應州那日寫的家書。

她放下信箋，卻見銀鈴神色猶豫的看著她，又道：「姑娘，門房派來的人還未走，說是有些話要同姑娘說。」

碧蕪納罕的蹙了蹙眉，看向竹簾外隱隱約約的身影。「讓他進來吧。」

銀鈴聽命打起簾子，朝外頭道了幾句，門房的人才垂著腦袋畢恭畢敬的進來。「小的孟五見過二姑娘。」

「聽說，你有話想對我說？」碧蕪問道。

那叫孟五的家僕遲疑了半晌，才道：「回二姑娘，方才驛使來，除了送信，還讓奴才們給姑娘傳話，說……說……」

見他吞吞吐吐的，碧蕪頓生出幾分不好的預感，催促道：「說什麼？」

「奴才說了，姑娘可別急。」孟五道：「那驛使說老夫人在姑娘走後就染了疾，這場病得有些厲害，口上還一直念著您，讓您快些回京城去。」

碧蕪聞得此言，只覺腦中「轟」的一聲，她猝然站起身，手邊的湯碗被掀得轉了個圈，險些落地。

怎麼會呢！

明明信中……難不成祖母是怕她擔憂，故意瞞著不說。

那這話又是誰讓傳的？蕭鴻澤還是周氏？

如今這些都不重要了，祖母病重，她無論如何都不可能坐視不理，她反握住銀鉤的手，甚至都沒有猶豫道：「快，收拾東西，我們午後便出發回京。」

張朝夫婦那廂也很快得了消息，兩人雖擔憂不已，但到底鎮定許多，調撥了不少下人，有條不紊的收拾起箱籠。

為了不耽誤行程，能不帶走的東西碧蕪都留了下來，兩個多時辰後，她便匆匆坐上了馬車。

碧蕪不捨地同張朝夫婦道了幾句，便命車夫快些出發。

她緊張得厲害，可是能做的也只是祈求祖母平安無事，連腹中的孩子一時都顧不上了。因出發得遲，離開應州十餘里，天便黑了。夜裡不好趕路，他們只得就近尋一個驛站暫時歇下。

銀鈴扶著碧蕪下了車，知她如今定是心急如焚，趁無人注意，在她耳畔低低道：「奴婢知道姑娘心急，可再急，也飛不去京城，姑娘且得保重身子。」

碧蕪曉得此話的意思，感激地朝銀鈴笑了笑，重重點了點頭。

她戴好幕籬，緩步入了驛站，卻聽背後倏然響起熟悉的聲音。

「二姑娘！」

碧蕪怔了一瞬，以為是自己聽錯，然回過頭，卻見喻景彥一臉驚喜，疾步跑了過來。

「二姑娘怎的在這兒，妳不是說還要再過兩日才回京嗎？」

碧蕪亦有些意外，她下意識的越過喻景彥看去，果見他身後，那人著月白直裰，玉冠束髮，清雅矜貴，負手緩緩而來。

瞧見她的一刻，他步子一滯，旋即抿唇笑了笑，朝她微微頷首。

碧蕪秀眉蹙起，卻笑不出來。

不應如此！

以他們騎馬的速度，這時候早就行了幾十里，遠遠將她甩在後頭才對，怎會還在應州城外。

甚至好巧不巧，還正好遇上了。

就好像，刻意等她似的。

碧蕪搖了搖頭，甩去這個荒唐的念頭，疑惑道：「兩位殿下不是昨日便出發了嗎，緣何還在此處？」

「這都要怪六哥的那匹馬，原好好的，不知怎麼就病了，沒有馬，自然行不了路，只能暫且在這兒停留，再尋一匹來。」喻景彥說罷，不忘又問：「二姑娘莫不是改變主意，打算提前回京去了？」

蕭老夫人的事本就沒什麼好瞞的，碧蕪如實道：「家中來信，說祖母重病，讓臣女快些回去。」

喻景遲已行至她跟前，聞言道：「蕭老夫人身子一向硬朗，京城也有名醫在，再不然也可請宮中御醫瞧瞧，想是不會有什麼大礙。」

雖知這只是尋常安慰的話，可碧蕪聽在耳中，心底確實寬慰了許多。他說得沒錯，京城是天子腳下，要什麼樣的大夫沒有，祖母定能順利挺過難關，和前世一樣活得長壽。

兩路人既然遇到了，目的地也一樣，就沒有不同行的理由。

碧蕪算是信了那句越躲越躲不過，索性也不再想法子避他。

或許考慮到碧蕪的急切，喻景遲在詢問過她後，選擇了走水路。

碧蕪本擔心船隻顛簸，會讓她的不適加重，可或是因為船大，加上順風順水，碧蕪在船艙中睡得還算穩當，安安穩穩抵達京城，還比去時快了三日。

喻景遲和喻景彥有事要辦，下船後便與她分道揚鑣，碧蕪坐上馬車，一路往安國公府而去。

守門的家僕見一輛陌生馬車駛來，正欲上前探個究竟，可乍一看見馬車上下來的人，不由得驚道：「二姑娘，您回來了！」

碧蕪來不及多說，急著問道：「祖母呢，祖母如何了？」

那家僕見她這副急切的模樣，不明所以，愣了一下，才答道：「老夫人在棲梧苑呢。」

他話音才落，便見那位二姑娘從他身側快步過去，往棲梧苑的方向去了。

銀鈴唯恐碧蕪動了胎氣，在後頭提醒了好幾聲，讓碧蕪走慢些。

入了垂花門，棲梧苑中灑掃的婢女瞧見她，亦是滿目詫異，忙放下笤帚，高聲喊道：「二姑娘回來了，二姑娘回來了。」

屋內的劉嬤嬤聽見動靜，忙打起簾子出來，瞥見外頭碧蕪氣喘吁吁的模樣，不由得怔了一下。「二姑娘，您怎麼……」

「劉嬤嬤，祖母呢？」

「老夫人正在屋內歇息呢。」

碧蕪疾步入了屋，透過垂落的紺青床帳，隱隱見一個身影坐起來，蒼老的聲音裡帶著幾分驚喜。「可是小五回來了？」

這聲音雖疲倦但還算中氣十足，碧蕪心下一鬆，鼻尖登時湧上一股酸澀。

她放慢步子，幽幽在榻邊坐下，撩開床帳，哽咽道：「祖母，是孫女回來了。」

「怎的突然回來了，也不同家裡知會一聲。」蕭老夫人拉起碧蕪的手，仔細端詳著，忽而蹙眉心疼道：「這才去了半個月，怎清減了那麼多，可是路上吃苦了？」

碧蕪搖了搖頭。「祖母身子可還好？孫女聽聞您病得很重。」

蕭老夫人靠在床頭，與劉嬤嬤對視一眼，卻是笑起來。「誰同妳說我病重的，不過是前幾日染了風寒，躺了一陣而已，算不得什麼大病。」

劉嬤嬤在一旁道：「老夫人的病雖是不重，但日日都惦念著姑娘、盼著姑娘回來呢。」

「可那口信……」

碧蕪疑惑的蹙眉，雖心有不解，但並未深思，覺得或許口信傳來傳去，中途出了差錯，少頃，她像是想起什麼，試探著問道：「祖母……收到那封信了嗎？」

「信？」蕭老夫人挑了挑眉。「妳是說給我報平安的那封信？怎的，沒收到回信嗎？」

碧蕪稍稍愣了一下，可看蕭老夫人的神情，並不像是在騙她。

但過了那麼多日，這信不可能還未送到才對。

見碧蕪一副失神的模樣，蕭老夫人低低喚了她一聲。「怎麼了，小五？」

「沒什麼。」碧蕪笑了笑。「看到祖母安然無恙，孫女便放心了。」

她微微垂下眼眸。

至於那信……沒送到也好，不然她也不知該如何當面與蕭老夫人說道。

只是，回到了京城，就怕再難回到應州去，失了這次機會，想安然生下孩子，她還得再另尋別的法子。

碧蕪在棲梧苑中坐了小半個時辰，才有些憂心忡忡的回了酌翠軒。

將她送出門後，劉嬤嬤回到內間的床榻前，遲疑半晌，低聲問：「老夫人，正巧，二姑娘從應州回來了，太后娘娘同您說的那事，您何時與二姑娘提起？」

蕭老夫人將引枕拉高了些，沈默半晌道：「再過段日子吧，小五才回家沒多少時日，早早將她嫁出去，我實在是捨不得。」

劉嬤嬤明白蕭老夫人的心情，但也不得不勸道：「老夫人別怪奴婢多嘴，太后娘娘是過來人，也是為了二姑娘好，若不是真心疼惜郡主，也不會特意為二姑娘挑了這個夫婿。」

「太后的心思我自然明白。」蕭老夫人長長嘆了口氣，面露無奈。「小五才回來，待她歇息好了，找個時候，我再同她說吧。」

在酌翠軒歇息了一日，好好養足精神，碧蕪便想著去周氏那兒請個安，畢竟同在一個府裡，回來了也不能不知會一聲。

方才說起這事時，銀鈴卻攔了她，她在府內的消息靈通，一早就將她們不在的這段日子發生的事情都打聽了個遍。

聽她解釋完，碧蕪這才曉得，二房那廂最近與蕭鴻澤鬧得不大愉快。

似乎是為了蕭毓盈的親事。

說是前陣子，蕭鴻澤說起翰林院有一位姓唐的編修，及冠之年，家世清白，性子也佳，當與蕭毓盈相配。

蕭鐸在翰林院上值，恰好知曉這位唐編修，的確是位品行極佳的後生，便做主應了這樁婚事。

誰知周氏得知此事，當即與蕭鐸大鬧了一場，說蕭鐸沒本事也就罷了，竟還將女兒許給一個七品的編修，要害苦她一輩子。

蕭毓盈更是哭鬧不止，甚至還跑到蕭鴻澤那兒，哭哭啼啼說他偏心云云。

碧蕪前世對蕭毓盈的親事不大瞭解，只勉強記得，她後來嫁的夫君確實是翰林院的，不過似乎很多年都未得擢升，直到蕭鴻笙被封侯後，他才因著這位小舅子得以扶搖直上。

既然兩邊鬧得這麼僵，碧蕪也不好上門去看她們冷臉，但因這次回京匆忙，也沒準備什麼，就讓銀鉤從庫房裡挑些好的，給周氏和蕭毓盈送去。

她回來的消息傳得倒是快，不出兩日，趙如繡便上了門。自是來找碧蕪玩的，興致勃勃問了她好些應州一行發生的趣事，順帶還提到了皇家圍獵，問她會不會去。

碧蕪倏然一怔，最近事情發生得太多，她都快將這一茬給忘了。

她記得，前世正是在這一場圍獵過後，蘇嬋才如願以償，得了賜婚給喻景遲的聖旨。

第十六章

所謂圍獵，不僅僅是帝王與眾大臣、皇子一塊兒去皇家圍場狩獵，而是借此彰顯大昭武力強盛，表現天子威儀，同時也可增進君臣、父子關係。因而除卻狩獵，不乏遊玩之意，前往圍場的大臣也允許攜帶幾位家眷。

作為安國公府的嫡女，照例碧蕪也該跟著蕭鴻澤一道去的，可聽見趙如繡問她，她卻有些吞吞吐吐，只含糊道了一句興許會去。

因她如今情況特殊，碧蕪心底實在不想去那般人員混雜之地，就怕一不小心便暴露了自己有孕之事。

趙如繡走後，碧蕪一直在心底琢磨著怎麼迴避這次圍獵。

然次日一早，就有家僕跑來請她去花廳，說太后身邊的李公公來了。

待到了花廳，見蕭老夫人也在。李德貴喝著茶水，顯然已經坐了好一會兒，見她過來，忙站起身。「二姑娘來啦。」

「李公公。」碧蕪朝他微微一福身。「公公今日來，可是太后娘娘有什麼要事吩咐？」

「倒也沒什麼要緊事。」

李德貴微微一抬手，朝門口兩個小太監使了個眼色，兩人很快就將門口的箱子抬進來，擱在碧蕪面前。

「太后娘娘聽聞二姑娘從應州回來了，特意命奴才送些東西來，都是今年蘇杭進貢的錦緞。太后娘娘說念您念得緊，但想到您才回來，旅途疲憊，便不召您進宮了，只等著圍獵那日見您呢。」

聽到「圍獵」二字，碧蕪面色一僵，不由得愣怔在那廂，蕭老夫人見她久久沒有回應，提醒道：「小五，愣著做什麼，還不快謝恩啊！」

碧蕪回過神，忙施了一禮。「多謝太后娘娘賞賜。」

李德貴看了眼那箱子，笑得有些意味深長。「二姑娘務必用這些錦緞做幾身衣裳，留著圍獵時候穿，才算不辜負了太后娘娘的心意啊。」

這話聽在碧蕪耳中多少有些奇怪，她琢磨不出其中意思，只能強笑道：「是，還請李公公替我謝過太后娘娘。」

李德貴走後，碧蕪盯著那幾疋錦緞若有所思，實在想不出個所以然，茫然間，一抬首卻見蕭老夫人愁眉緊鎖，一副欲言又止的模樣。

她總覺得祖母應當是知道些什麼，沈吟半晌道：「祖母可是有什麼想對孫女交代的？」

見她看出來了，蕭老夫人低嘆了一口氣，牽著她的手拉她在一旁坐下。

「小五啊……」蕭老夫人似乎不知該如何說，少頃，才道：「其實妳不在的那陣子，祖母曾被太后娘娘召進宮，說起了妳的婚事……」

碧蕪聞言秀眉微蹙，她不安的咬了咬唇，試探著問：「太后娘娘……可是為孫女相看好了人選？」

蕭老夫人默默點了點頭。

「是何人？」碧蕪覺得自己發出的聲音都有些顫抖。

她知道以她如今的身分，很多事都由不得她自己做主，但她沒有想到，太后居然這麼快便為她定下夫婿人選。

她緊張的盯著蕭老夫人，便見她祖母嘴唇合動了一下，緩緩吐出幾個字。

「是譽王。」

碧蕪腦中登時一片空白，她猜想過許多人，就是偏偏沒猜到是喻景遲。

可若她真的嫁給喻景遲，不就代表她如今做的一切都是白費力氣。

她略有些頭疼的揉了揉腦袋，須臾，似是想到什麼，整個人鬆懈下來。

不對，幸好是喻景遲！

她怎的忘了，就算太后決定了又有何用，畢竟她與喻景遲的事還未敲定，隨時可能有變數。只消過了圍獵，陛下聖旨一下，喻景遲便不得不娶蘇嬋為妻。

碧蕪雖明白太后的好意，只是太后期望的事，注定是要落空了。

但太后既派李德貴來說了這話，那圍獵碧蕪是不得不去了。

若真要推託，便只能告病，可碧蕪擔心，一旦告了病，萬一太后派御醫來給她診脈，那可就糟了。

雖說從尹沉那兒得了能隱藏脈象的藥，但所謂藥三分毒，那尹大夫雖說此藥無害，不到萬不得已，碧蕪實在不敢輕易服下。

而且她其實不大敢完全相信此藥的功效，若她賭錯了，便是滿盤皆輸。

這樣想來，最安穩的法子還是跟著去圍獵。

幸得這段日子暗暗吃著止吐的湯藥調理，碧蕪如今不會再輕易犯噁心，這趟圍獵之行，只要小心些，應當能順利挨過去。

圍獵當日，碧蕪唯恐誤了時辰，天還未亮便早早起了身，穿上用太后賜下的錦緞裁做的衣裙，與蕭毓盈和蕭鴻澤一塊兒往皇宮方向去了。

因是皇家圍獵，陣仗難免浩蕩，除了開路的宮人，陛下攜太后、皇后行在最前頭，後面依次是太子、眾妃嬪及皇子公主們。

碧蕪作為臣子家眷，自然行在最後頭，與蕭毓盈同坐在一輛馬車上。

打回到京城，碧蕪還是頭一次見蕭毓盈，見她冷著臉並不願意搭理自己，碧蕪想了想，還是主動倒了杯茶水，遞到她手邊，問道：「大姊姊可要喝茶？」

原倚在車窗前的蕭毓盈回首掃了她一眼，冷冷道：「見我這樣，妳是不是很高興？」

碧蕪秀眉微蹙，她知道蕭毓盈為何從第一次見面起便不喜她，這麼久以來還總給她冷臉看。但因著蕭老夫人之前說過要姊妹和睦的話，便一直沒有搭理此事。可如今鬧得這麼僵，她恐是不能再和稀泥，裝作視而不見了。

她定了定呼吸，一字一句道：「大姊姊那樁婚事與我無關，亦不該將氣撒在我身上。」

「如何與妳無關！」蕭毓盈聞言頓時激動起來。「自從妳回來，祖母、大哥哥他們都變了！他們都只喜歡妳，何曾再關心過我……」

碧蕪低嘆了口氣，就知道蕭毓盈是因此事得了心結。

她不在的十餘年裡，整個蕭家就蕭毓盈一個姑娘，所有人都圍著她轉，如今碧蕪突然回來，她的關注被分去幾分，難免心下落寞。

「大姊姊自是多想了，兄長和祖母對大姊姊依然如往昔一般疼愛，不過是因我才回來，這才多關心了我幾分。」

「怎麼可能和從前一樣。」蕭毓盈說著，委屈的掉了眼淚，抽抽噎噎起來。「我當然也知道，別人稱我是安國公府的大姑娘，但我跟安國公府並無關係，我父親又不是安國公，我們只不過是住在安國公府而已，妳才是正正經經的安國公府的姑娘，我這十幾年來不過是占了妳的東西……」

她邊哭邊嘴上喋喋不休的說著，碧蕪只靜靜的看著她，任她發洩積壓多日的情緒。

碧蕪知道蕭毓盈本性不壞，或是因為自己的到來，覺出了幾分威脅，乃至於自卑作祟，才對她冷眼以待。

許是哭聲太大傳了出去，車門倏然被敲了敲，銀鈴猶豫的聲音自外頭傳來。「姑娘，可是……出什麼事了？」

「沒什麼。」碧蕪淡然道：「不過是大姊姊看了話本子被戳到了傷心處，這才忍不住哭出來。」

或也是覺得她這藉口太荒謬，蕭毓盈驀然止住了聲，扁嘴瞪了她一眼，旋即背過身去擦眼淚。

碧蕪抿唇笑了笑，沒再說什麼，靠著車壁闔上了眼。

皇家圍場離京城並不遠，行了一個多時辰，浩浩蕩蕩的隊伍便在皇家別院停下。陛下和皇后、太后各自前往休憩的宮殿後，其餘眾人也在宮人的指引下，去了歇息的地方。

碧蕪和蕭毓盈自然分到一個院子，只是她沒想到蘇嬋竟也在此處。

乍一看見那個窈窕綺麗的身影，碧蕪著實愣了一瞬。

蘇嬋的反應倒是自然，朝她們頷首笑道：「沒想到大姑娘、二姑娘也住在這兒。正好，六公主殿下讓我去花園坐坐，兩位姑娘要不要一塊兒前去？」

蕭毓盈一雙眼睛尚且紅得厲害，她心情不佳，順帶著也擺不出什麼好臉色，冷冷吐出「不去」二字，提步自顧自回了房。

蘇嬋在碧蕪和蕭毓盈之間來回看了一眼，像是察覺出什麼，卻還是明知故問道：「大姑娘這是怎麼了？」

「大姊姊不善坐車，路上顛簸，身子略有不適罷了。」碧蕪答道。

「原是如此。」蘇嬋抿唇笑了笑。「那既然大姑娘不去，二姑娘便隨我一塊兒去吧，聽聞除了六公主殿下，譽王殿下、承王殿下還有幾個皇子可都在呢。」

碧蕪何曾聽不出來，蘇嬋是在試探她，尤其是提到喻景遲時，刻意觀察她的反應。

她淡淡一笑，正欲拒絕，就聽一聲脆生生的二姊姊，轉頭便見趙如繡提裙快步而來，一下子親暱地挽住她的手臂。「二姊姊原來住在這兒，可讓繡兒好找。今日花園熱鬧，聽聞置了好些茶水點心，二姊姊不如隨我一道去玩玩。」

趙如繡說著，在院中環視了一圈。「大姊姊呢？也一起去吧。」

「蕭大姑娘身子不適，只怕是去不了了。」蘇嬋開口道：「還是我們三人去吧。」

「身子不適，可需召個太醫來看看？」趙如繡擔憂的問。

「不必，就是馬車坐久了有些難受，興許睡一覺便好了。」

碧蕪往蕭毓盈那間屋子看了一眼，見她房門緊閉，微微蹙了蹙眉。

離開前，她拉住銀鉤，在她耳畔窸窸窣窣說了些什麼，銀鉤點頭道：「奴婢知道了，定將姑娘囑咐的事情辦好。」

碧蕪笑了笑，這才安心的離開。

這所皇家別院建在半山腰上，再往東便是圍場。別院雅致，花園雖沒有皇宮御花園大，但也是姹紫嫣紅，花團錦簇，風景極美。

三人到時，園中笑語喧闐，除卻幾位皇子公主，還有不少世家公子與貴女，煞是熱鬧。空處則擺著幾張桌椅，眾人或坐一塊兒談笑風生，或圍在棋桌前默默觀棋。

六公主喻澄寅遠遠瞧見蘇嬋行來，本因輸棋而耷拉下來的唇角頓時高揚，迫不及待的小跑到蘇嬋面前。「阿嬋姊姊，妳總算來了，快來下一局，替我出口氣！」

說罷，不由分說的將蘇嬋拉了過去。

碧蕪與趙如繡對視而笑，也往那廂去了。

坐在喻澄寅對頭的正是十三皇子喻景煒，見妹妹拉著蘇嬋過來，眼神忿忿，一副要找他報仇的模樣，喻景煒哭笑不得。「怎的回事，怎還帶拉人幫忙的，妳自己下不過我，就讓別人來同我下，不是耍賴是什麼！這麼想贏我，妳怎不找六哥呢。」

喻澄寅冷哼了一聲。「找六哥？就你這棋藝，找六哥不是在羞辱你，而是在羞辱六哥！你無論如何都贏不了六哥的！」

她這斬釘截鐵語氣倒是讓喻景煒頓生了幾分好勝心，他一拍桌子站起身，直勾勾盯著喻澄寅的眼睛道：「誰說我贏不了六哥的，若我贏了又如何，敢不敢同我賭一局！」

在一旁看著的十一皇子喻景彥聞言忍不住笑起來。「十三，別跟個市井混子一般，張口閉口就是賭賭賭，若讓父皇聽見了，怕是要重罰你。」

喻景煒卻是渾不在意，反理所當然道：「本就是麼，沒有賭注，光看輸贏有何意思。」

他轉而看向負手站在一側的喻景遲道：「你說是不是，六哥？」

喻景遲唇間沒甚笑意，反倒劍眉微蹙，沈聲道：「還賭？你倆是不是忘了上回踏青的教訓！」

一臉肅色的喻景遲沒了往日的溫柔，反突顯出為人兄長的威儀，令喻景煒心下不免生出幾分心虛。

他吞了吞唾沫，但到底是少年心性，說出口的話不肯輕易收回去。

「這回不賭活物……」他結結巴巴道：「就賭，賭……賭我若是輸了的話，回京後就再去演武場上待上一月。」

他說罷，微昂起腦袋看向喻澄寅，像是在激她。

喻澄寅哪裡受得了被人這般挑釁，想都沒想，脫口而出道：「好，若是你真贏了六哥，我便在殿內連做一個月的女紅！」

為了這場賭局，兩人可都下了最大的賭注，喻景煒一咬牙道：「一言為定，這麼多人聽著呢，妳可莫要反悔。」

「才不會反悔呢。」喻澄寅忙拉著喻景遲在梳背椅上坐下，信心滿滿道：「六哥，快給他點顏色看看，教他說大話，這下得去演武場受一個月的苦了吧。」

喻景遲低嘆了口氣，無奈的看了看這兩個還如孩童一般的弟妹，兀自將裝著黑子的棋盤挪到自己面前，風清雲淡道：「十三，想要我讓你幾個子？」

「誒，六哥，我可沒說就我一人同你下啊。」喻景煒抬首看向站在一邊的蘇嬋道：「蘇姑娘，要不要隨我一塊兒跟六哥下棋？」

蘇嬋稍愣了一下，還未作答，卻聽喻景彥道：「十三，你這便過分了，兩人對一人，可不公平！」

「誰說是兩人對一人。」喻景煒挑眉道。

他早就想過了，以尋常的方法根本贏不了棋藝高超的六哥，畢竟他六哥的棋藝是能同大昭第一國手都戰得旗鼓相當的水準，若他貿然對局，豈不是以卵擊石，自不量力。

要想贏，只能另闢蹊徑。

他兩眼一滴溜道：「六哥也可像我一般再尋一人對弈啊，不過那人棋藝不能太高，不然你們強強聯手，可就是欺負我們了。」

喻景遲聞言雙眸微瞇，似是看出了什麼，旋即抿唇笑了笑。「哦？那你覺得我和誰一道合適？要不……就和十一吧。」

「那可不行！」喻景煒忙阻止。「十一哥的棋藝可是與蘇姑娘相當。」

他倆一塊兒，他實在看不出自己還能有什麼勝算。

「那……便選寅兒吧。」喻景遲似笑非笑的看著喻景煒。「左右是她同你打的賭。」

「寅兒……也不行！」喻景煒面露難色，少頃，終是將心中想法道出。「六哥你一人便能抵我們十個，若真要公平，與六哥你一塊兒的，頂多只能懂個皮毛。」

眾人聞言一時有些茫然。

在場的世家公子和貴女們自小接觸的無非就是琴棋詩書，長期浸潤於此，對於下棋最多也就是不擅長，怎麼也不可能只懂皮毛。

碧蕪默默站在一旁，原只是當個熱鬧瞧，誰知，卻倏然覺得脊背一涼。抬首看去，便見眾人的目光不知何時都紛紛聚集在她身上。

她懵了懵，下一刻便驀然意識過來。他們眼中，最符合十三皇子所說的那人，可不就是她。

第十七章

碧蕪教他們看得不自在，尷尬的撇過眼去，只作視而不見。

眾人或也覺得這樣不好，皆紛紛將視線收回來，可偏生喻澄寅天生沒有這種眼力的，她登時不滿道：「不行，你耍賴，若讓蕭二姊姊同六哥一塊兒下，六哥指不定真的會輸。」

「怎的，妳怕了。」喻景煒道：「妳莫不是不敢賭了？」

「我……」喻澄寅一時語塞，她跺了跺腳，轉頭看向碧蕪，詢問道：「蕭二姊姊……從前學過棋嗎？」

碧蕪下意識往棋桌那廂看了一眼，那人也恰好抬眸看來，兩人四目交接，碧蕪頓時心虛的收回目光，答道：「臣女從前倒是愛看別人下棋，自己……不怎麼學過。」

她這般說，還真符合喻景煒的要求了。

不過碧蕪倒是不擔心，這六公主就為著不做一月的女紅，絕不會讓她與喻景遲一同下。她本胸有成竹，卻聽那廂蘇嬋驀然道：「臣女覺得，若是二姑娘能一塊兒來，這棋局定然會十分有趣。能與譽王殿下一道下棋的機會可不多，二姑娘不若考慮考慮？」

她笑意盈盈的看著碧蕪，讓碧蕪頭皮發緊，不知她又在打什麼主意。

緊接著，十一皇子喻景彥也笑道：「蘇姑娘說得不錯，若是讓六哥與棋藝不俗的一塊兒下，不就沒了懸念，反是二姑娘這般沒怎麼接觸過棋的，才能讓這場棋局變得更好玩些。」

喻景煒要的就是這樣，見眾人都同意，忙跟著附和。「是啊，棋局的精彩不就重在跌宕起伏，勝負難料。」

他看向碧蕪道：「今日的棋局雖說有賭注，但也只是玩玩，二姑娘不若賞個臉，與我們下上一盤。」

這位十三皇子殿下看似是在徵詢她的意見，可他身分在那兒，碧蕪不能不從，只得福了福身，恭敬的道了聲是。

入座前，趙如繡拉了拉她，在她耳畔道了句。「姊姊隨意下便是，莫要理會旁人。」

碧蕪朝她笑著頷首。

隨即有宮人端了把紅漆的檀木梳背椅來，碧蕪緩緩行至喻景遲身側，一抬眸，便撞進男人漆黑深邃的眼眸裡，她呼吸微滯，又是一福身。

「臣女棋藝不好，若拖累了殿下，還望殿下恕罪。」

喻景遲唇間含笑，將身側的椅子拉開。「無妨，倒是無故將二姑娘牽連進來，二姑娘莫要生氣。」

「殿下玩笑了。」

兩人一來一往寒暄著，喻澄寅卻是分外緊張，如今攔也是攔不住了，她只好湊到碧蕪耳邊悄聲道：「蕭二姊姊，妳可得努力下呀，我是真的不想做女紅，被那繡花針扎到可疼呢。」

碧蕪被她這番欲哭無淚的模樣逗得笑出了聲。「臣女必當盡力。」

她緩緩落坐，對面便是蘇嬋，此時這位蘇姑娘眉眼含笑，看似友好，可眸底卻閃著冰冷銳利的光，似已隨時準備好披堅執銳，殺她個片甲不留。

碧蕪看出她的心思，低嘆一聲，頗為無奈。

她是真無意與蘇嬋搶喻景遲，讓給她都來不及。

「六哥，要不我們來猜先吧。」喻景煒道：「既你同二姑娘一塊兒下，那我也不能占了六哥你的便宜不是。」

「不必。」喻景遲神色淡然，將裝著黑子的棋盒擱在他和碧蕪中間。「你們便執白子先行。」

「六哥這般有自信！」得了這麼好的機會，喻景煒自然不會推卻。「那十三就恭敬不如從命了。」

他看向蘇嬋道：「這第一手，不如就由蘇姑娘來下吧。」

蘇嬋恭敬的一頷首，自棋盒中捏起棋子，只思索了片刻，就將白子落在一處。

碧蕪知道，蘇嬋的才女之稱並不是浪得虛名，若非真有本事，也不會拿此在喻景遲面前顯擺。

碧蕪正盯著棋盤瞧，卻聽耳畔驀然響起低沈的聲音。「二姑娘先來吧。」

不止是她，眾人聞言都有些詫異，第一手的重要之處不言而喻，甚至會影響之後的所有佈局。

不知該說是喻景遲膽大，還是對自己有充足的自信，才會讓她落這關鍵的第一子。

碧蕪試圖去探他的心思，可看他含笑淡然的模樣，不像是在賭，更不像是隨意的決定。也許是為了更方便緊跟在後頭，收拾她製造的爛攤子吧。

碧蕪沒多說什麼，只視線在棋盤上掃了掃，然後猶豫的捏起了棋子。許是心中有顧慮，縱然有了打算，這枚棋子她仍遲遲落不下去。

她不知自己是該裝還是不裝。

遲疑間，便聽喻景遲又柔聲道：「二姑娘放心下，還有本王在。」

或是這話有幾分熟悉，碧蕪手指微顫，一瞬間有些恍惚，前世男人帶著笑意的聲音隔著悠遠的歲月彷彿又在她耳畔響起。

「大膽些，放心落子，朕也不會對妳怎麼樣……」

碧蕪側首看去，便見他用那雙黑眸看著她，含著幾分堅定，似在鼓舞她放心落子，自有他在。

她沈了沈呼吸，心當真定了幾分，思忖片刻，伸手將棋子落在一處。

周遭忙都圍過來看，看罷不禁露出或迷惑、或惋惜、或果真如此的神情。

蘇嬋盯著落在棋盤左上角的黑子，心下不免嗤笑起來，感嘆這位蕭二姑娘果真是個不懂棋的，凡是懂一些的，都不會落在這麼一個位置。

然她並未發現，此時，坐在她對面的喻景遲劍眉微蹙，盯著棋子落下的地方若有所思，似是有些意外。

下了二十餘手，喻景煒簡直欣喜若狂。

他選這位蕭二姑娘果真沒錯！

饒是他六哥棋藝再好，可和一個完全不懂棋的，也難力挽狂瀾。對面兩人你一子、我一子，卻像是在下兩局棋。

那位蕭二姑娘，完全不配合他家六哥也就罷了，她的棋，似乎游離於這場棋局之外，隨意落子，毫無關聯。

看來這一場，他是贏定了！

相對於他的興高采烈，一旁的喻澄寅泫然若泣，她從後頭朝蘇嬋擠眉弄眼，想借此讓蘇嬋幫幫她，蘇嬋卻只能無奈而歉意的朝喻澄寅笑了笑，轉而又投入在這場棋局中。

她可不打算輸，她不僅要向喻景遲證明自己，還要讓喻景遲看清這位蕭二姑娘不過是個皮相好卻無用的繡花枕頭。

只有她的才氣，當得起喻景遲的野心，配成為站在他身側的人。

外頭都說譽王平庸，可蘇嬋知曉並非如此，前年圍獵上，她曾親眼看見喻景遲俐落的射殺了一頭狼，正中其喉，卻未將牠帶走，反讓路過的承王撿了便宜，拔得了那年的頭籌。

那日喻景遲冰冷凌厲的眼神一直刻在蘇嬋心底，打那時她便知道，這位譽王殿下並非什麼庸碌之輩，而是一把真正收斂鋒芒，還未出鞘的利劍。能韜光養晦、忍氣吞聲那麼多時日，這樣的男人，注定能成大業，也是她該真正託付終身之人。

蘇嬋抬首偷偷看了喻景遲一眼，本以為他大抵會因這幾乎無法挽回的局勢而透出幾分厭煩，卻見他氣定神閒，似乎全然看不出這場棋局的垂敗。

她蹙了蹙眉，落子的攻勢頓時更狠了些。

看這局勢，眾人本覺得最多再下十手就得了結，卻不想竟捱過了四十手去。

在場之人感慨喻景遲棋藝高深的同時，看著這盤棋，不由得搖頭嘆息。

勝負已定！

一想到不必去演武場受苦，喻景煒笑意燦爛。「六哥，我瞧著這局棋也不必再繼續下了吧。」

喻景遲卻彷彿沒聽見，從容不迫的又捏了一顆黑子落下，淡淡道：「那可不一定。」

喻景煒只當喻景遲好面子，不願輕易認輸，忍不住勸道：「六哥，別再撐了，這局棋輸了情有可原，也不算丟人……」

他還未說完，就聽身側蘇嬋略有些驚慌的一聲。「殿下。」

喻景煒垂首看去，卻瞪大了眼睛，驚得差點站起身。

僅方才一子，所有的黑子在一瞬間形成一個完整的佈局，將白子完全困死在裡頭。他面色發白，瘋狂的在棋盤上尋找突破口，卻發現竟被堵得連一絲出路也無。眾人亦震驚於這突如其來的反轉，久久說不出話。

許久，就見喻景煒與蘇嬋對視了一眼，無奈抓了幾顆棋子，放在空處。

便算是投子認輸了。

原已不抱希望的喻澄寅愣了一下，旋即激動的抱住喻景遲。「六哥，你太厲害了！」

喻景遲沒說什麼，反是看向身側之人，靜靜打量著她，神色意味深長。

碧蕪眸光飄忽了一下，一瞬間有種被他看穿之感，畢竟她的棋藝正是被這個男人親手調教出來的，但她還是鎮定自若道：「譽王殿下棋藝高超，幸得臣女沒有連累殿下。」

喻景遲淡淡一笑。「若沒有二姑娘相助，只怕也成不了這局棋。」

他這話說得認真，可在場卻並無人當真，只以為這是維護這位蕭二姑娘面子的場面話罷了。

蘇嬋雖懷疑了一瞬，但很快便否定了自己的想法，下棋都能做到迷惑他人，不顯露真實水準，棋藝該有多高，當是她想多了。

那廂，喻景煒輸了棋，想到要去演武場再待上一月，便覺得心煩。偏偏喻澄寅還不留情的嘲笑他，兄妹倆便又開始拌起了嘴。

花園內，復又吵鬧起來。

恰在此時，就聽尖細的通傳聲音響起。「太后娘娘駕到。」

眾人一驚，忙低身施禮。

太后由李嬤嬤扶著過來，見這麼多人圍在一塊兒，不由得好奇道：「做什麼呢？這般熱鬧。」

喻景煒和喻澄寅可還沒忘記上次被罰的事，此時聽到問話，一個個噤若寒蟬，大氣都不敢出。

還是喻景遲道：「回皇祖母，孫兒們閒得無趣，正在對弈呢。」

「哦？」太后湊近來看。「這是誰和誰下的棋啊？」

「是孫兒與二姑娘，同十三與蘇姑娘一塊兒下的。」喻景遲答道。

「你和小五？這是下雙人棋啊！」太后略有些驚詫。「你們執的可是黑子？」

「是。」

太后站在棋桌旁，居高臨下的看了好一會兒，雙眸微張，旋即在喻景遲和碧蕪之間來回看了一眼，露出別有深意的笑。

「這局棋倒是有意思，若非兩人相輔相成，珠聯璧合，怕也不會有這麼精彩的棋局！」

碧蕪聞言心下一跳，太后欲賜婚她和喻景遲的事雖還未傳開，可碧蕪卻是知曉的，聽得此言，總覺得這話中有話，恐旁人也聽出話外之音。

她小心翼翼的往四下打探，看眾人皆垂著頭反應不大，這才放下心來。

正欲收回視線時，卻倏然觸及站在對廂的蘇嬋，此時她面色沈沈，唇邊一點笑意也無。

碧蕪忙垂下腦袋，只盼著這位睚眥必報的蘇姑娘千萬別聽懂才好。

太后在園中小坐了一會兒便回寢殿歇息了，眾人也陸續散去，碧蕪去趙如繡那兒用了晚飯，待回到院中，已過酉時。

蕭毓盈那屋的燈熄了，碧蕪回到房內，喚了銀鉤來問，銀鉤答道：「奴婢按姑娘的吩咐，去找了國公爺身邊的小廝趙茂，讓他以國公爺的名義給大姑娘送了些吃食。方才，奴婢也向大姑娘身邊的環兒打聽過了，說大姑娘晚間胃口不錯，吃得挺多的。」

聞得此言，碧蕪便放心了。

如今，就等著明日遊湖，蘇嬋自己謀劃的那齣好戲了。

因要在皇家別院待上三五日，除了圍獵，還安排了其他活動，遊湖便是其中之一。

在離皇家別院不遠處，有座被群山圍繞的湖泊，湖水清澈，倒映碧山翠樹，風景秀麗絕美。

遊湖當日，陛下和太后及眾嬪妃大臣被安排在一艘遊船上，而其餘的皇子公主和公子貴女們則乘了另一艘，連有了封號的幾個皇子都不例外。

按太后的意思，便是讓年輕人自己玩，跟著他們，反倒不自在。

今日遊船，蕭毓盈也一塊兒來了，雖不像先前一樣對碧蕪冷眼相待，但也不甚熱情，上了船，便兀自與相熟的貴女說話去了。

碧蕪一直與趙如繡待在一塊兒，遊船有兩層，兩人倚著一樓的欄杆看了一會兒景，便提裙想去二樓瞧瞧。

然才上二樓，碧蕪便見蘇嬋與喻景遲面窗並肩站著，她忙拉住趙如繡。「上頭人太多，似乎沒什麼可坐的地方，我們還是一會兒再來吧。」

趙如繡掃了一眼，心下納罕，分明這裡人也不算多啊，但見碧蕪不願待此，便順她的意一道回了樓下。

碧蕪是刻意避開這兩人，一來怕壞了蘇嬋的計劃，二也擔憂自己被牽連。

前世一開始，碧蕪只知蘇嬋在這場圍獵過後被賜婚給喻景遲，卻不知到底是何緣故。直到進宮後，結識不少宮人，才在其中一個當時就在遊船上伺候的宮婢口中得知，正是因為兩人雙雙落了水，喻景遲將蘇嬋救上船，與她肌膚相親，才不得不娶了她。

那宮婢還附在碧蕪耳邊悄聲告訴她，那日，她就在一邊，看得清清楚楚，喻景遲是被蘇姑娘故意拉下水的。

當年聽聞此事的碧蕪很是震驚，還告誡那宮婢萬不可將此事透露出去，以免惹來殺身之禍。

那時她萬萬沒有想到，自己居然能親眼見證這一幕。

暖陽照在波光粼粼的湖面上，似是灑下了一層閃閃發光的碎金，奪目耀眼。

眼見遊船掉頭，都準備回程了，碧蕪心下忍不住嘀咕，也不知這蘇嬋到底何時準備往下跳。

喻景遲自樓梯上下來時，恰好看見這一幕，美人倚欄而坐，將手搭在上頭，竹青的袖口往下落，露出一截淨白如玉的藕臂，秀眉微微蹙起，視線望著遠處，眉宇間攏著幾分愁雲。

他步子稍滯，眸色頓深了幾分，隨即含笑對身側的喻景彥道：「樓下觀景似也不錯，我們不若去坐坐。」

喻景彥早已順著他六哥的視線看過去，登時會意，笑著道了句。「好啊。」

「趙姑娘，蕭二姑娘，兩位姑娘是在這兒賞景嗎？」

碧蕪正愣神間，便見喻景遲和十一皇子闊步而來，還不待她有所反應，十一皇子已坐在趙如繡一側，而另一人則自然而然坐在她的身邊。

一瞬間，碧蕪腦袋一片空白，視線微轉，餘光正巧瞥見站在樓梯口的蘇嬋。

她本還以為，人是從二樓落水的，難不成，是在一樓？

看著身側的男人，碧蕪此時坐立不安，尤其是看見蘇嬋與她對視時，一閃而過的陰鷙目光，更加緊張。

她管不了太多，忙不迭道：「臣女有些口渴了，想去喝些茶水，殿下自便。」

她方才站起身，蘇嬋已行至他們面前，笑意溫婉道：「趙姑娘和蕭二姑娘當真是選了個好地方，難怪二位殿下也要來這兒，此處賞景最美不過。」

碧蕪敷衍的勾了勾唇，急著將自己這位置讓給蘇嬋，然才走了一步，赫然瞧見一隻繡花鞋橫到她面前。

她來不及躲閃，被猛地一絆，身子不受控的往前傾去。

想到腹中的孩子，碧蕪下意識伸手想抓住什麼穩住自己，千鈞一髮之際，有人抓住她的手臂，大掌落在她的腰上虛虛扶了一把。

碧蕪還未站穩，就聽耳畔一聲尖叫，旋即有人高喊。

「來人啊！蘇姑娘落水了！」

碧蕪赫然轉頭看去，便見湖中一個身影在掙扎。

收回視線，緩緩抬眸，那個扶著自己的男人此時面沈如水，眸色冷沈令人不寒而慄。

碧蕪垂首咬了咬下唇，她不知自己是否看錯，方才混亂之際，這人順勢用手輕推了蘇嬋一把，才導致蘇嬋跌在本就低矮的欄杆上，摔落水中。

第十八章

聽見呼救的聲音，眾人一時都圍攏過來，著急地倚著欄杆張望。

侍衛和宮人們跟下餃子似的一個個跳下船，去救在水中掙扎的蘇嬋。

碧蕪遠遠望著，卻見那游在最前頭的並非什麼宮中內侍，而是一個略有些熟悉的身影。因離得太遠，她並未認出來，直到那人費勁將蘇嬋救上船，碧蕪才看清正是她曾在踏青時見過一面的永昌侯世子，承王的表弟，方淄。

可看蘇嬋的模樣，似乎並不領這人的情，被方淄抱在懷中拖上來時，掙扎得比落水時還厲害，甚至還動手甩了方淄一巴掌。

這位永昌侯世子愣了一瞬，而後毫無憐香惜玉的將蘇嬋丟上船，濕著一身衣裳罵罵咧咧的走了。

蘇嬋一身衣裙盡透，春衫本就單薄，這麼一濕，貼在身上，其內光景便隱隱約約露了出來。

四面的目光有意無意的投了過來，蘇嬋何曾如此狼狽過，她一把抱住自己，猛然抬頭看去，眼神狠戾，低喝道：「看什麼看！」

聽聞蘇嬋落水的消息，喻澄寅疾步趕來，一把接過婢女手上的衣衫，給蘇嬋披上。「阿嬋姊姊，妳沒事吧？」
蘇嬋垂下腦袋，少頃，雙肩微顫，忍不住啜泣起來。哭了好半晌，她驀地抬首，面露委屈，顫聲道：「蕭二姑娘，我與妳無冤無仇，不過過來與妳招呼一聲，妳緣何要推我下水！」
碧蕪陡然一驚，她沒想到蘇嬋絆她在先，反自己遭了殃，如今竟還將罪名推到她身上。
她正欲說什麼，就聽一側蕭毓盈的聲音快一步響起。
她毫不留情道：「蘇姑娘這話可真有意思，分明是妳自己摔下去的，憑什麼將這個髒水潑在我家二妹妹身上。」
見蕭毓盈出面維護她，碧蕪有些驚詫，但很快便覺得正常。她這位大姊姊雖愛跟自家人嘔氣，可放在外頭，是絕對不允許旁人欺負家裡人的。
蘇嬋聞言冷笑了一聲。「大姑娘是二姑娘的姊姊，自然護著自己的妹妹，可若非二姑娘推我，好端端的我如何會掉下船去！」
方才那情勢趙如繡亦看在眼裡，也曉得是蘇嬋先使的壞，她不想多說什麼，可看此時蘇嬋咄咄逼人，只得委婉道：「蘇姑娘可要想清楚，方才二姊姊分明背對著妳，如何能將妳推到水中？」
蘇嬋聽得這話，不由得一愣。
入水前，她是真真切切感受到有一隻手推了她一下，她下意識以為是這位蕭二姑娘報復她的，如今聽到趙如繡這番話，才終於反應過來。

若不是這位蕭二姑娘，那會是……

她將視線緩緩落在碧蕪身側那人身上，瞥見他寒沈的目光時，雙眸微張，一瞬間恍然大悟。

下一刻，蘇嬋便聽他幽幽開口。「趙姑娘說得沒錯，本王瞧著，倒是蘇姑娘先無意抬了腳，差點讓二姑娘跌了跤，蘇姑娘摔下去時，二姑娘方才穩住身子。既是如此，她如何推得了妳？」

不知是落水惹了寒氣，還是男人陰惻惻的眼神令她脊背一陣陣發涼，蘇嬋止不住的顫抖起來，垂下腦袋，不敢再多置一言。

喻澄寅蹲在蘇嬋身側，也覺得她這位阿嬋姊姊有些無理取鬧，平時裡再溫婉不過的人，今日卻令她有些陌生。

可見她這副瑟瑟發抖的模樣，喻澄寅還是不忍心，試著打圓場。「阿嬋姊姊才摔下水，定是因驚嚇過度，以至於生了錯覺。」

她說著看向碧蕪，歉意道：「蕭二姊姊莫要在意。」

碧蕪有禮的一福身。「公主殿下言重了，臣女自不會放在心上，還是快些給蘇姑娘換身衣服，莫要受了寒。」

喻澄寅點了點頭，將蘇嬋扶起來，往船艙內去了。

遊船上的動靜很快便傳到了陛下和太后那廂，待船靠了岸，船上負責的宮人和侍衛都被問了責。

太后和皇后特地遣了人去蘇嬋屋裡問候，送了好些調理身子的藥材。

自從落水後，蘇嬋就閉門不出，她的貼身婢女說，蘇嬋受了涼，病得厲害，在榻上躺得起不來。

不過此事真假，眾人便不清楚了。只是當晚隔壁屋子傳來好幾次碎瓷聲和怒罵聲，銀鈴回來說，蘇嬋的兩個貼身婢女臉上都掛了彩，上頭紅彤彤的手掌印清晰可見。

然碧蕪並無心思去理會這些，因她又開始頭疼起來。

原以為喻景遲的婚事會完完全全按上一世發展，卻沒想到事情發生了變故，而她就是那個導致變故的最大緣由。

要想阻止太后賜婚，還得另尋法子。

翌日的圍獵，蘇嬋自然沒有參加，昨日丟那麼大臉的人，想她也不好繼續拋頭露面。

這圍獵，自然都是男人該幹的事，至於女眷們，都坐在圍場邊緣的一座小樓上，飲著茶，吃糕食點心，拉閒散悶。

趙如繡與長公主住在一處，消息自然也靈通，見到碧蕪，便忍不住悄聲同她道：「姊姊可知道，昨日遊船上不少人都被皇后娘娘召去問了話？」

碧蕪搖了搖頭，雖能猜到一些，但還是道：「皇后娘娘都問了什麼？」

趙如繡往四下看了看，湊到她耳邊。「自然是蘇姑娘的事，依妹妹看，恐怕那蘇姑娘是不得不嫁給永昌侯世子了！」

得知這個消息，碧蕪倒是沒太驚訝，畢竟縱然大昭民風再開放，可在水中摟摟抱抱、肌膚相親，那永昌侯世子定是要對蘇嬋負責的。

不然當初，蘇嬋也不會想了這麼個法子逼使喻景遲不得不就範。

「唉，原以為蘇姑娘那般愛慕譽王殿下，往後興許能成譽王妃，誰曉得世事無常。」趙如繡輕嘆了口氣，流露出幾分惋惜。「京城有名的才女卻要嫁給京城有名的紈袴，蘇姑娘這般傲氣的人，將來的日子恐怕是不好過了。」

那永昌侯世子方淄的紈袴之名，碧蕪從前便聽過幾分。

這人常年眠花宿柳，也曾為拍下妓子初夜，在京城最大的銷魂窟中一擲千金。若非他風流成性，前頭兩樁婚事不至於到最後沒了影，因人家姑娘以死相逼也不願嫁給他。

如今倒是好，若是聖上親自賜下的婚事，蘇嬋是無論如何也抗拒不了的。拒了便是抗旨。

當真是算計不成，還賠上了自己。

碧蕪垂眸思索間，忽覺手臂被人撞了撞，趙如繡朝她努了努嘴道：「姊姊想什麼想那麼出神，連皇外祖母叫妳都沒聽見。」

她抬首看去，果見坐在前頭的太后回過身來，眉目慈祥的看著她，朝她招了招手。「小五，過來。」

碧蕪有些不安，但還是起身乖乖過去了。

方才在太后身側坐下，便被牽住了手，太后笑意溫柔，在她手背上拍了拍。「打妳從應州回來，哀家還未找妳好好說過話。怎看著小臉瘦了許多，可是最近沒歇息好？」

「多謝太后娘娘關懷。」碧蕪畢恭畢敬道：「前陣子來回路途疲憊，這才瘦削了些，想是過段日子便能養過來。」

「那便好。」太后沈吟半晌，忽而湊近了些，緩緩道：「如今妳父母親那兒也去過了，他們若在天有靈，定然得了安慰，哀家覺得，妳也該考慮考慮自己的婚事了。」

碧蕪心下一咯噔，果真和她猜的一樣。

她張口正欲說什麼，卻聽太后緊接著道：「小五，妳瞧著遲兒怎麼樣？」

碧蕪自然知道，太后這話並非在與她商量，而是同她明示，為她選的夫婿便是譽王。

她掩在袖中的手稍稍蜷緊，少頃，終是無助的鬆開，低聲答道：「譽王殿下……很好，是個溫柔良善之人。」

太后聞言面上露出幾分欣慰。「遲兒是哀家看著長大的，性情如何，哀家最清楚不過，他這些年被陛下派遣著東奔西走的，也未將自己的大事放在心上，到如今正妃之位都還空懸著，哀家思來想去，終究是妳最合適。」

看著太后眼中的殷切，碧蕪不知該說什麼，她其實很清楚太后想將她指給譽王的緣由，便是想借此讓她躲過皇位爭奪的紛亂。然太后不知道，喻景遲亦有奪嫡之心，這份好意，並不會讓她有多太平，恐將來或多或少還會被捲到風口浪尖中。

恰在她不知所措之時，樓外驀然喧囂起來，是眾人圍獵回來了。

碧蕪居高臨下的看過去，一眼便瞧見那個提著弓箭的男人，他似有所覺，抬首看來，與她目光相交的一瞬，他輕抿薄唇，朝她淺淡一笑。

分明這笑容如春風般和煦，可碧蕪看在眼裡，卻頓生了幾分煩亂，她別過頭，垂手將帕子絞緊了幾分。

今日的圍獵，拔得頭籌的是太子，承王雖也收穫頗豐，但到底差了一些，他眼看著宮人清點時，神情明顯不甘。

緊跟承王之後的便是蕭鴻澤，他則有所收斂，並未徹底放開手腳，想是不願在這般場合太出風頭。

大多數人或多或少都有所收穫，就連被認為箭術不佳的喻景遲也獵得了一隻品相極好的白狐，那白狐還被皇后看上，特意討去，想給體弱多病的小公主做一件狐裘衣裳。

因晚間陛下還命人設了夜宴，圍獵過後，眾人都回住處準備，更衣梳妝。

然碧蕪回屋後，卻不忙著這些，反偷偷召來銀鈴，耳語了一番。

銀鈴聽罷，面色微變。「姑娘，這……」

碧蕪知道她在擔憂什麼，神色堅定道：「無妨，我都想清楚了，快些去吧。」

聽她這般說，銀鈴遲疑了一瞬，方才點頭出去了。半個時辰後，再悄悄回來，手上多了碗黑漆漆的湯藥。

銀鈴將湯碗遞給碧蕪，見碧蕪端過去，毫不猶豫就嘴要喝，還是忍不住出聲阻止。「姑娘……」

碧蕪朝她笑了笑，旋即強忍苦澀，仰頭將湯藥一飲而盡。

這藥不是旁的，正是在應州時她同那位尹沉尹大夫求來的，為以防萬一，來圍獵前，她特意讓銀鈴去藥店抓了一份。

今日的宴會，她是不會去的，不知為何，她今日眼皮跳得厲害，總覺得會有什麼事情發生。

或許太后會在宴上當著眾人的面宣佈她和喻景遲的婚事。

要想不去赴宴，她只能告病。而唯有喝下這湯藥，才可能應付得了太后派來的御醫。

她只能賭了。

賭那尹沉不是什麼江湖騙子！

雖不知這藥對隱藏脈象究竟有沒有用，但果真如尹沉說的那般，此藥反應極大。

不到一炷香工夫，碧蕪便覺頭暈得厲害，甚至連坐都坐不住，她一把抓住銀鈴的手臂，銀鈴忙扶著她上了床榻。

可還來不及躺下，胃裡又是一陣翻江倒海，她頓時扶著床欄乾嘔起來。

被差到外頭的銀鉤聽見動靜，忙跑進來，蹲在床畔不住撫著碧蕪的背，急得一雙眼睛都紅了。「方才還好好的，姑娘這麼突然是怎麼了？」

「我沒事，許是吃壞了什麼東西。」碧蕪聲音虛弱道：「離宮宴還有一會兒，我且睡上一覺，指不定便好了。」

銀鉤也不知發生了什麼，但聽碧蕪這般說，點頭道了聲「是」，便起身和銀鈴一塊兒伺候碧蕪睡下。

嘴上雖是這麼說，但碧蕪自然不是這麼打算，她不過想拖些時候，讓那藥能發揮效用罷了。

估摸著在榻上躺了小半個時辰後，眼見外頭天色暗下來，碧蕪才將銀鈴、銀鉤重新喚進來。

出了一身虛汗，衣衫都濕了，碧蕪讓銀鈴去備水，準備沐浴，而後讓銀鉤扶自己起身。從床榻到淨室的浴桶，碧蕪身子始終軟綿綿的，腳步虛浮，有若踩在棉花上。

銀鉤見她這副模樣，不待她開口，先勸道：「姑娘，您這樣，晚宴怕是去不成了，還是莫要勉強，到底身子要緊。」

碧蕪順勢點了點頭，吩咐道：「妳派人去大姑娘屋裡告一聲，就說我身子不適，晚宴便不去了。」

「是，姑娘。」銀鉤領命出了屋。

蕭毓盈身邊的貼身丫鬟環兒得了消息，告知了自家主子，正在梳妝的蕭毓盈聞言微怔，忍不住嘀咕道：「白日裡還好好的，怎麼突然就病了？這身子未免也太嬌弱了些。」

她拿起桌上的口脂在唇上點了點，收拾完備後，起身出了屋，卻步子一滯。

環兒看出自家姑娘的心思，問道：「姑娘，可要去瞧瞧二姑娘？」

蕭毓盈遲疑著往碧蕪那屋看了一眼，步子微微動了動，最後還是扭過身道：「不必了，快走吧，莫要誤了晚宴……」

走到院門處，蕭毓盈只聽身後「吱呀」一聲響，轉頭看去，便見躲了一日一夜的蘇嬋終於從屋內出來了。

她面色有些發白，但看起來精神並不算差。

蕭毓盈向來看不慣蘇嬋的裝腔作勢，淡淡掃了她一眼，便折身離開了。

蕭毓盈方才的冷眼，蘇嬋自然瞧見了，胸口的滯鬱登時化為怒氣，顯露在面上。

她煩透了蕭家人。

尤其是那個蕭二姑娘，若不是她橫空冒出來，插上一腳，那譽王妃之位早已是自己的囊中之物。又怎會落得如今的下場，要委身一個京城裡出名的混蛋。

她深吸了一口氣，餘光卻瞥見抱著衣裳從屋內走出來的小丫鬟，正是那位蕭二姑娘的貼身婢子。

銀鉤本想拿著自家主子換下的衣裳去洗，可沒想到，一出門，就撞見站在院中的蘇嬋。

見這位蘇姑娘面沈如水，似是極其不悅，銀鉤福了福身，問了句安，便匆匆離開。然還未出院門，銀鉤伸手摸了摸，卻發現換下的衣衫裡似乎藏著什麼硬邦邦的東西，她停下步子，翻了翻，竟翻出塊玉珮來，忙又折返回去。

蘇嬋還站在院中，因心情不快本欲回屋去，可見那小丫鬟忽又返回來，便用餘光瞥了一眼。

只一眼，她便看見了那小丫鬟手中拿著的玉珮。

一瞬間，蘇嬋整個人都有些站不穩了，她胸口快速起伏著，並非因為難受，而是因著強烈的憤怒。

那玉珮她認得，正是喻景遲一直貼身戴著的那塊。這些日子沒見著，她本還疑惑，不承想原是玉珮早已易了主。

她費盡心思都難以讓喻景遲多看她一眼，本以為是譽王府中那個妖精惹的禍，原來是早被蕭家這個小賤人捷足先登，勾引了去！

蘇嬋眸中燃著怒光，手握緊成拳，指尖深深陷入掌心中，幾欲掐出血來。

那廂，碧蕪沐浴過後，身子暖和了，也沒了胃裡的噁心之感，整個人都覺舒爽許多。因實在沒有胃口，碧蕪沒讓人去取晚膳，疲憊的在榻上躺下後，讓銀鈴、銀鉤出去了。

她盯著床帳，將手緩緩覆在小腹上，勾唇苦笑了一下，原以為重活一世，一切都會順暢許多，如今才發現，只要身為女子活著，注定身不由己，行事艱難。

她長嘆一聲，閉上眼過了好些時候，才迷迷糊糊的睡過去。

再醒來時，她只覺得分外的熱，遠處似乎有人在呼喊什麼，她掀起沈重的眼皮看清周遭的場景，嚇得登時清醒過來。

屋內不知何時燃起了火，火勢起自外屋，正在向內屋蔓延而來。濃煙嗆得碧蕪幾乎喘不過氣，她跌跌撞撞的爬下榻，卻周身無力，腿一軟，摔倒在地。

屋外傳來帶著哭腔的喊聲，像極了蕭毓盈的聲音。

「小五，小五，快出來！」

「大姑娘，火這麼大，您不能進去。」

碧蕪強撐著爬起來，依著從前在書中看過的法子，找了塊帕子捂住口鼻。

她一咬牙，正準備闖出去，卻見一根燒焦的橫柱驟然從頂上掉落。

幸得碧蕪躲得快，連退幾步，卻再一次跌坐在地上。

看著熊熊燃燒的火焰，前世經歷過的恐怖止不住的漫上心頭，再次浮現在眼前——

旭兒兩歲那一年，譽王府菡萏院中，一個伺候小公子的老僕因長期偷摸成性，手腳不乾淨，被府內總管發現，勒令離開王府。

而離開王府的當夜，老僕趁守夜的奴婢打瞌睡，故意打翻小公子屋內的油燈，想等火著起來，再將小公子救出，以此將功補過，留在王府。

然她沒想到，火勢蔓延得比她想像的還要快，老僕為保命，沒來得及救人，就嚇得逃了出去。

碧蕪那晚沒有輪到值夜，正在倒座房熟睡，聽到聲音，匆匆披了件外衫就趕過去。聽說小公子還在裡頭，她面色大變，當頭澆了桶涼水，就往屋內闖。那些救火的下人都說柳乳娘瘋了，命也不要就去救小主子。

可只有碧蕪知道，那不是什麼小主子，是她十月懷胎辛辛苦苦生下的孩子，是她的親生骨肉！

她不顧火星燒了衣裳，只一個勁地往裡去，甚至都不知是怎麼衝進去的。

進了內屋，她的旭兒正坐在床榻上害怕的哭，她一把將孩子抱起來，折身正要出去，燒垮的橫梁卻猛然掉下來，攔在他們面前，她便是在那時，被燃著火的木頭碎片燒了臉，毀了容。

濃煙迷了眼睛，也令她越發難以呼吸，甚至眼前都開始模糊起來。但她仍不顧疼痛，緊緊護著懷中的孩子。

碧蕪至今不知自己到底是怎麼出來的，只記得昏迷前在火光中，迷迷糊糊好像看到一個身影。

後來，她因受傷休養了好些時日，等痊癒後，想再打聽卻打聽不到了。

菡萏院除了她，所有的僕婢都被換了。聽聞那縱火的老僕被當眾杖斃，棄屍荒野，剩下的所有人都受了杖責，統統發賣。

也是在那之後，她和旭兒從夏美人生前住過的菡萏院，搬進了喻景遲的雁林居。

如今失火的事件再演，看著越發控制不住的火勢，一陣絕望漫上碧蕪心頭。

她那麼努力，難道重來一回，一切還要止步於此嗎？

恐懼間，她恍若聽見有人在喊她，那個聲音很近，且越來越近。

前世碧蕪並未看清那個救她的人是誰，可如今她卻真真切切的瞧清楚了。

她眼見那人疾步衝進來，見她安然無恙，顯然鬆了口氣，旋即低身將她一把抱起。碧蕪渾身顫得厲害，倚在他胸前，伸手死死拽住男人的衣襟，就像抓住一把救命稻草。

神志混亂間，她伏在他耳畔低低喚了聲「陛下」。

第十九章

男人身子微微一僵，旋即將手臂摟緊了幾分。

屋外，宮人們提桶來回奔走救火，亂作一團，可到底止不住這猛烈的火勢。看著都快被燒塌的屋子，蕭毓盈站在院中哭得嗓子都快啞了。

夜宴散後，她還未回到院子，遠遠便見這裡亮起火光。疾步跑過來，才得知她二妹妹還在裡頭沒出來。可屋內的火已大得闖不進去了，她只能一個勁兒的喊，可屋裡始終沒有回應。

一側，銀鉤被銀鈴拽住，坐在地上嚎啕大哭，還自責地猛摑了自己幾巴掌。

一炷香前，銀鈴怕自家主子夜半醒來餓著，就去了大廚房，想著取碗粥來，讓她家姑娘到時吃些墊墊肚。

銀鉤本在屋外守著的，可守了一會兒，隔壁蘇姑娘的兩個婢女來同她說話，說自家姑娘賜了好多吃食，拉她一塊兒過去。

銀鉤當即拒絕，可捺不住她們再三之邀，盛情難卻，想著姑娘睡了，一時半會兒也不會醒，且倒座房這麼近，應該沒甚關係，便猶豫著去了。

誰承想，過了沒一會兒的工夫，就聽外頭有人喊「走水了」，她心下一慌，跑出去看，卻來不及了。

火越燃越大，沖天的火勢很快將人都引了過來。

蕭鴻澤甫一跑進院門，便見蕭毓盈正站在院中不住的哭，慌忙環顧四下，卻沒發現要尋的人，一股慌亂陡然竄上心頭。

「盈兒，小五呢？小五呢！」向來鎮定的蕭鴻澤此時的聲音都帶著幾分顫。

「大哥哥……」蕭毓盈哭得幾乎說不出話來。「小五還在裡頭……」

蕭鴻澤面色大變，幾乎毫不猶豫的就往屋內衝，蕭毓盈想要拉他卻沒拉住。

她還未告訴他，已經有人快一步衝進去救了。

幸得蕭鴻澤還未入屋，便見一個高大的身影從滾滾濃煙中闖出來，懷中牢牢護著一人，正是碧蕪。

兩人皆是一身狼狽，男人的衣衫被火燒破了不說，還被煙塵染黑了。待他抱著人站到院中，蕭鴻澤仔細辨認後，才詫異的喚了聲「譽王殿下」。

喻景遲並未理會蕭鴻澤，他神色凝重，俯首看向懷中人，見她靠在他胸口瑟瑟發抖，似乎只是受了些驚嚇，並未有什麼傷痕，方才稍稍鬆了口氣。

蕭毓盈和銀鈴、銀鉤此時都心急如焚的圍過來，見碧蕪沒甚大礙，皆不由得喜極而泣。

然蕭鴻澤看著這一幕，卻是劍眉緊蹙，因起火時正在房中睡著，碧蕪此時只著了一層單薄的寢衣，她用手臂死死摟著喻景遲的脖頸，兩人正緊緊貼在一起。

雖說是迫不得已，但到底於禮不合，若讓旁人瞧見，怕是不大好。

「殿下，還是將臣妹交給臣吧。」蕭鴻澤說著作勢要將碧蕪接過來。

然一片衣角都未碰著，就見譽王殿下微微一側身，竟躲開他，神色沈冷威儀。

「二姑娘似乎嚇得不輕，還是先莫驚著她。」

蕭鴻澤聞言看去，果見碧蕪渾身發抖，面色白得厲害，額間的髮都被汗透濕了，雙眸黯淡無神，似是有些嚇懵了。

「小五，小五……」蕭鴻澤溫柔的喊她。「別怕，哥哥在……」

喚了好一會兒，碧蕪眸中才復又恢復光彩，瞧見蕭鴻澤擔憂的臉，想起方才發生的事，她止不住鼻尖一酸，哽咽著喚了一聲「哥哥」。

她掙扎著想下來，卻發現男人攔在她腰上的手倏然緊了幾分，她不由得尷尬的看了喻景遲一眼。「多謝殿下相救，還請殿下……放臣女下來吧。」

聞得此言，喻景遲才鬆開手，將她小心翼翼的放下，然而她身子無力，腳才沾著地，整個人便不由自主的軟下去。

幸得他眼疾手快，一把又將她扶站起來，碧蕪用手抵著喻景遲堅實的胸膛，被傳過來的滾燙熱意惹得耳根發燙，忙輕推一把，退開身。

蕭鴻澤抓住她的手臂，銀鈴、銀鉤也上前一左一右將她扶牢。

銀鈴啞著聲音，在碧蕪耳畔低低的問：「姑娘，您可還好？」

碧蕪勉強笑了笑，沒有說話。

若說好，受了這番折騰，她可是差點喪了命，可若說不好，至少人還活著站在這兒呢，且她也未像上一世那樣被毀容，總算是不幸中的萬幸。

院門外，倏然傳來內侍尖細的通傳聲，下一刻，便見太后由皇后扶著急匆匆而來。

見碧蕪站在院中虛弱的模樣，太后頓時驚慌不已，因著步子太快，還險些在門檻處跌了跤。

「小五，怎的突然？」太后一把拉住碧蕪的手，擔憂地上下打量。「人可有事？」

「回太后娘娘，臣女還好。」碧蕪努力扯出一絲笑。「幸得譽王殿下相救，臣女才能死裡逃生。」

「沒事便好，沒事便好。」見碧蕪身子虛軟，隱隱有些快站不住，太后忙轉頭吩咐李嬤嬤。「命人備一抬小輦，將二姑娘抬到哀家那兒去，再快些將秦院正請來。」

李嬤嬤應聲去辦，很快就有宮人抬來小輦，將碧蕪扶上去，送去太后居住的寢殿。

太后放心不下，草草同皇后交代了幾句，令她處置後續之事，也跟著回去了。

小院中，此時只剩下皇后、喻景遲、蕭鴻澤及蕭毓盈幾人。

皇后環顧四下，不由得疑惑道：「本宮記得，蘇嬋蘇姑娘也住在這院中，她人呢？可有大礙？」

她話音方落，便有一婢女顫巍巍上前道：「回……回皇后娘娘，我家姑娘運氣好，睡下沒多久便發現起了火，從屋裡逃出來了，如今應是去了六公主那兒。」

「去了六公主那兒？」皇后聞言面色有些難看，同個院裡的人尚且生死不明，她竟能心安理得，自己先離開了。

發現皇后神情不對，那婢女霎時察覺自己說錯了話，忙又道：「我家姑娘亦受了傷，疼得厲害，姑娘不肯走，是奴婢們硬勸著走的，她還說若蕭二姑娘有什麼消息，趕緊去通傳一聲，她好放心……」

小婢女話音方落，就聽一聲冷嗤，抬眼看去，便見那蕭大姑娘面露嘲諷。「什麼消息，我二妹妹死了的消息嗎？我二妹妹死了她才好放心是吧！」

皇后尚且站在一邊，蕭鴻澤唯恐蕭毓盈失禮，忙拉她一把，朝她搖了搖頭。

蕭毓盈還有一肚子的話未說，可見此也只能不甘心扁了扁嘴，將話又吞了回去。

皇后瞥了眼那垂著腦袋不敢再繼續說話的小婢女，少頃，側首對身邊的宮人道：「請個御醫去六公主那廂，好好瞧瞧蘇姑娘傷勢如何，若是傷得厲害，務必要好好治，知道嗎？」

那宮人會意點了點頭，躬身退下。

皇后又轉而看向蕭鴻澤，正色道：「也請安國公放心，這火若真不是意外，而是有心之人故意為之，本宮定也會秉公處置，不教二姑娘受了委屈。」

蕭鴻澤低身施了個大禮。「多謝皇后娘娘。」

皇后頷首，臨走前讓人將蘇嬋的那個小婢女也帶走了，說是帶去問問話，好生瞭解前因後果。

目送皇后遠去後，蕭鴻澤才看向這座已被燒得面目全非的院子。

屋子被燒塌了大半，火勢比之方才已減弱了許多。

蕭毓盈到底還是忍不住道：「大哥哥，你瞧瞧，這火分明是從蘇嬋的屋子裡燒起來的，她若一早便逃了出來，為何不去救小五，她分明是想乘機將小五給害死！」

「盈兒！」蕭鴻澤忙喝止她，提醒道：「妳不過臆測罷了，並無實質證據，且如今都知道妳與小五和那蘇姑娘有嫌隙，小心禍從口出！」

蕭毓盈微微張了張嘴，旋即煩躁的一跺腳，折身小跑著出了院子。

蕭鴻澤卻並未走，反提步往裡而去，在燒得最嚴重的蘇嬋的屋前止了步子。

這裡，還站著另一個人。

奪目閃爍的火焰倒映在那雙漆黑幽深的眸子中，他面沈如水，唇間沒有一絲笑意。只靜靜看著這一幕，若有所思，神情晦暗不明。

蕭鴻澤很少見到這樣的喻景遲，因母親的緣故，他自幼便時常進宮，與宮中的皇子公主們玩在一處。

他印象中的喻景遲，唇邊總噙著笑意，始終都是謙和有禮、和善溫潤的模樣，縱然因生母卑賤又早逝，常被承王等人欺辱，也永遠忍氣吞聲，垂首不言。

而此時站在他眼前的這個人，分明衣衫狼狽，可身姿挺拔如松，自內而外散發著不可侵犯的威儀，讓人不敢直視。

這還是蕭鴻澤頭一次，在喻景遲的身上感受到天家貴胄的高不可攀，望而生畏。

蕭鴻澤看著喻景遲的背脊沈默片刻，上前道：「殿下受傷了。」

自將他妹妹從火場中救出，喻景遲便一直背對著眾人，加上衣衫髒污，故而無人發現他受了傷。

喻景遲卻似乎不在意，聞言只抬手在背上摸了一把，看著掌心的污痕血漬，淡然道：「無妨，小傷罷了。」

蕭鴻澤是常年在戰場上摸爬滾打之人，縱然喻景遲這件衣衫的顏色深，他還是一眼就瞧出，鮮血已漫及大半個後背，怎可能是小傷，分明傷得不輕。

看衣衫破損的程度，怕是什麼東西砸下去，壓在他背上燒傷的。

「殿下是為了救臣妹……」

「此事……」蕭鴻澤方才出聲，就被喻景遲打斷。「不必告訴二姑娘了。」

喻景遲緩緩折身看向他，風清雲淡道：「救人本就是理所應當，若讓二姑娘知道，只怕心中有愧，還是罷了。」

那廂，太后寢宮。

碧蕪仰面躺在側殿的床榻上，雖面上平靜如水，可一顆心卻幾乎快要從喉嚨裡跳出來。

她偷偷瞥過去，隔著杏色的床帳，看向坐在榻邊正為她診脈的太醫院院正秦春林。

此時這位秦院正眉頭緊蹙，他隔著絲帕將手指搭在皓腕上，好一會兒，才緩緩鬆開，對著站在一旁的李嬤嬤道：「蕭二姑娘倒是沒什麼大事，只脈象有些紊亂，許是受了驚嚇所致，服幾帖安神藥便沒事了。」

碧蕪聞言長長鬆了口氣，慶幸自己賭對了，提前服下尹沉給的藥，這才將有孕之事瞞了過去。

銀鈴機靈，見李嬤嬤要差遣人去取藥，就主動說要跟著秦院正去。

銀鉤和太后宮裡的幾個婢女一道伺候碧蕪擦身沐浴，好歹洗去了她這一身狼狽。

正欲躺下，只聽外頭通傳說太后來了。

碧蕪強支起身子，想要施禮，卻被太后給按回去。「不必了，都是虛禮，妳身子要緊，趕緊好生躺下。」

太后親自扶著碧蕪在榻上躺好，還細心地替她掖了掖被角。「哀家今夜本不打算再來擾妳歇息的，可到底放心不下，還是想來看看妳。」

她面容慈藹，目不轉睛的靜靜看了碧蕪許久。

碧蕪曉得，太后也許看的並不是她，而是透過她，看她母親清平郡主。

太后對清平郡主的愛，並不亞於對她親生的兒女。

少頃，果見太后眼眶泛紅道：「聽聞妳院中失了火，妳不知哀家有多著急。妳母親已經沒了，妳好不容易尋回來，若再出什麼事，哀家實在受不住……」

太后這番情真意切的話，也惹得碧蕪不由得喉間發哽，低低喚了聲「太后娘娘」。

「不說這些了。」太后抬手抹了把眼淚，笑著看向碧蕪道：「妳方才說，是遲兒將妳從裡頭救出來的？」

忽聽太后提及喻景遲，碧蕪稍愣了一下，才微微頷首。

「這孩子……」太后的笑容頓時意味深長。「當初，他求到我面前，說想娶妳時，哀家還擔心那孩子是不是真心，如今看來，應是真的對妳上心了。」

「譽王殿下……主動求娶臣女？」碧蕪聞言面色微變，久久都反應不過來。

怎麼可能！

她和喻景遲的婚事，不是太后的主意嗎？

太后似是看出她所想，解釋道：「最開始，確實是哀家想促成這樁婚事，我將遲兒召進宮，欲與他商議此事，他卻先一步提出來，倒正好遂了哀家的意。」

碧蕪腦中仍是亂得厲害，須臾，她看向太后，問道：「譽王殿下……是何時向太后娘娘提的？」

太后思索了片刻。「哀家記得，似乎……是你們從應州回到京城的第二日。」

第二十章

從應州回來的第二日！

碧蕪雙眸微張，驚得差點坐起身來。

她不明白，那個男人究竟在謀劃什麼。在應州時，他分明就已經知道她懷有身孕之事，為何還要在回京城後特意向太后求娶她？

他到底有何目的？

見碧蕪神色有些恍惚，太后以為是疲憊所致，忙止了聲音，伸手捋了捋她額邊的碎髮，柔聲道：「不說了，想妳也累了，早些歇下吧。」

碧蕪微一頷首，示意身側的銀鉤將她扶坐起來，目送太后遠去。

盯著那緩緩闔攏的隔扇門，她心下突然燃起一個可怕的想法。難不成這一世的喻景遲知曉她腹中的孩子是他的了！

只是想著，碧蕪的呼吸便控制不住的凌亂起來，指尖不自覺揉皺了底下的被褥。

她很怕旁人知曉她懷孕的秘密，但最怕的終究還是他！

她不知若他知曉孩子的父親是他，會做出怎樣的事來，是會為了保全自己的名聲逼她打掉這個孩子，還是狠心將她的孩子給奪走。

或是像現在這樣，給她個名正言順。

可她最不想要的，偏偏是這個名正言順。

她不在乎什麼名分，只在乎旭兒生死，若她成了譽王妃，將來她的孩子定然會是世子，而後是太子。

那這一切，不就和前世一模一樣了嗎？

若她真的猜對了，她到底該如何是好，要繼續逃跑嗎？可又能跑到哪裡去？

心緒如一團亂麻，繞得碧蕪頭疼欲裂，恰在此時，「吱呀」一聲開門聲傳來，是銀鈴端著煎好的湯藥進來了。

碧蕪稍稍清醒幾分，尋了個由頭將側殿內的其他僕婢都遣了出去。

見銀鈴將藥碗擱在床榻邊的小几上，碧蕪環顧四下，指了指西南角落裡的雪松盆景。

「把藥倒在那兒吧。」

雖說是太醫院院正開的藥，可她亂了脈象，這藥中也不知放了什麼，到底不能亂喝。

銀鈴聞言遲疑地看了碧蕪一眼，卻不動，只俯身在她耳畔道：「姑娘，這不是秦院正開的藥。」

碧蕪瞥了眼那黑漆漆的藥汁，疑惑道：「這是何意？」

銀鈴往四下望了望，謹慎檢查窗扇是否關好，確認過後，才答道：「方才，奴婢正準備在側殿後頭煎藥，遇上了六殿下身邊前來打聽消息的康福公公。」

康福？

碧蕪蹙眉靜靜聽銀鈴接著道：「康福公公偷偷塞了包藥材給奴婢，說是姑娘您如今需要的，他還讓奴婢給姑娘帶了話……」

銀鈴頓了頓，將聲音壓得更低些。

「康福公公說，待姑娘身子養好了，就派人拿著玉珮去西街那廂最大的胭脂鋪，第二日譽王殿下會在觀止茶樓等您，殿下有事想與您商議。」

碧蕪聞言眉頭頓時皺得更緊了些。

以兩人如今的關係，他能與她商議什麼？應當只有太后賜婚一事。

既是要與她商議，或許他真的只是想從這樁婚事中有所圖謀。

碧蕪靠在引枕上，反覆琢磨著這話，不知為何，躁動不安的心反靜了幾分。

定是她想多了，他前世十幾年都不曾知曉的事，這一世怎會輕而易舉便得知呢。她努力安慰著自己，也算稍稍鬆了口氣，旋即側首看向几案上已然涼冷的湯藥。

銀鈴亦看過去，卻是擔憂道：「姑娘……要不還是將這藥倒了吧？」

「不了。」碧蕪伸手將湯碗端起，仰頭一飲而盡。

那人都冒死闖進火中救她了，想必她對他而言應是十分有用，既然如此，當不會用這藥害她。

本只有四日的圍獵，接連兩日又是有人落水，又是別苑失火，陛下敗了興致，或也覺得不吉，索性取消最後一日的圍獵，帶著眾人回返京城。

待碧蕪回到安國公府時，屋子失火的消息早已傳到了蕭老夫人耳中。蕭老夫人噙著淚，心急如焚的將碧蕪上下打量個遍，見她毫髮無傷，才稍稍放下心。

蕭鴻澤那廂，則是在暗暗查別苑失火一事，回府後，差人將銀鈴、銀鉤都叫去問了話。過了好半日，兩人才回了酌翠軒，銀鉤哭得涕泗橫流，跪在碧蕪面前不停告罪，說她那日不該擅離職守，輕易跟著蘇嬋的兩個婢女吃喝去，才讓自家姑娘遭了這麼大的罪，險些喪命。

碧蕪曉得，那兩個婢女所為大抵是蘇嬋指使，不出意外，那火也當是蘇嬋放的。前世便是如此，這位表面溫柔嫻雅的蘇姑娘，凡是沾上喻景遲的事情，就跟變了個人似的，手段殘忍毒辣，令人驚懼。碧蕪在譽王府中待的那些年，就有不少只因多看了喻景遲兩眼，就被生生折磨死的奴婢。

每每聽聞這些事，碧蕪都很慶幸，因自己毀了容貌，怎也不會被蘇嬋疑心上，才能在譽王的院中照顧旭兒那麼多年還得以保全性命。

雖曉得銀鉤是為人利用，但碧蕪還是狠心讓她自領杖責三十，罰俸半年。銀鉤也是個聰明的丫頭，曉得碧蕪此舉其實是在保她，感激的重重磕了兩個頭，含著眼淚下去受罰了。

雖這場火沒讓碧蕪受什麼傷，但到底受了驚嚇，再加上那日服了尹沉的藥，始終提不起什麼力氣，不得不在酌翠軒中休養了好幾日。

尹沉開的藥方只能保證三日的藥效，為防蕭老夫人突然為她請大夫來，碧蕪快一步讓銀鈴去杏林館請張大夫。

張大夫與她本就熟識，碧蕪相信他的為人，不會將她有孕的事說出去。如今，也只能能瞞一時是一時了。

她養病期間，太后派人送來不少補身子的東西，周氏也隨蕭老夫人來了幾趟，卻一直未見著蕭毓盈。

直到碧蕪身子好得差不多了，才聽銀鈴來稟，說大姑娘來了。

碧蕪正躺在窗前的小榻上看閒書，聞言忙道：「快請進來。」

酌翠軒這地方蕭毓盈還是頭一遭來，她不住打量著秀麗的院景，驚嘆不已，好一會兒，才緩緩邁進主屋。

見她那位弱柳般的二妹妹支起身子，似要起來，她趕緊道：「都生病的人了，好生躺著就是，我坐一會兒便走。」

碧蕪聞言勾了勾唇，復又躺回去，眼神示意銀鈴上茶。

蕭毓盈在小榻邊的紅漆雕花矮凳上坐下，理了理衣衫，有些拘謹，少頃，才低咳一聲，問道：「身子恢復得如何了？」

「託大姊姊的福，好多了。」碧蕪含笑凝視著蕭毓盈，問道：「大姊姊來看妹妹，是不與妹妹置氣了？」

蕭毓盈聞言面上一窘，一時舌頭都打結了。「胡……胡說，我同妳置什麼氣，什麼時候同妳置氣了！」

見碧蕪笑而不語，朝她挑了挑眉，蕭毓盈橫她一眼，亦忍不住笑出聲，須臾，卻低嘆一口氣。

「我也算是想通了，妳先前說得沒錯，大哥哥和祖母並未對我不好，確實是我太敏感，還總覺得是妳搶了我的。」

蕭毓盈說著，微微垂眸，神色黯淡了幾分。「可那哪裡是我的呀，不管是大哥哥，還是太后娘娘的疼愛，本就是妳的東西，不是我該肖想的……」

「大姊姊……」

碧蕪笑意微斂，正欲說什麼，卻聽蕭毓盈又道：「沒事，老占妳的我也過不去。既沒有這份福氣，往後啊，我就等著享笙兒的福，等我親弟弟將來出息了，也跟著沾沾光。」

蕭毓盈說這番話，不免讓碧蕪生出欣慰，她與眼前這位大姊姊及西院的二叔母本也沒什麼齟齬，何必鬧得如此難看，畢竟都是一家人。

「大姊姊的願望定是能成的，笙兒往後會比哥哥更出息，光宗耀祖呢。」

碧蕪神色認真，因前世的蕭鴻笙確實如此，年僅二十便被破例封了侯，給蕭家帶來滿門榮光。

蕭毓盈啜了口茶水，笑看她一眼。「承妳吉言。不過先不說笙兒了，我自己的婚姻大事可還等著解決呢。」

碧蕪微微坐直了身子。「先前哥哥說的那樁婚事，大姊姊……」

「還未應下。」蕭毓盈擱下茶盞，神色認真。「不過，我仔細想過了，既是大哥哥說的人，定然是有可取之處的，我告訴父親，後日約在觀止茶樓，想與那人先相看相看。」

觀止茶樓……

碧蕪垂首，眸子微微轉了轉，旋即看向蕭毓盈道：「先看看倒也好，若是模樣性情不合意，也來得及推拒……只是姊姊後日既然要出門，可否帶妹妹一塊兒去，自從圍獵回來，妹妹在院中實在憋壞了。」

蕭毓盈聞言，上下打量了她一眼，面上顯出幾分猶豫。「妳這身子，能走動嗎？」

「好得緊，不信妹妹給姊姊走兩步。」

見碧蕪作勢便要下榻，蕭毓盈忙將她攔了回去，無奈道：「好了好了，當真怕了妳了，去便去吧，去茶樓散散心，聽聽曲兒也挺好。那後日辰時，我在門口等妳，妳莫要睡迷了，誤了時辰，到時我可不管妳，自己先走了。」

「多謝大姊姊。」

碧蕪殷勤地將榻桌上的桂花糕往蕭毓盈面前推了推，心下已有了主意。

蕭毓盈走後，碧蕪召來銀鈴，在她耳畔低語一番，偷偷塞給她一樣東西。

銀鈴重重點了點頭，領命下去了。

出行那日，受罰休養了好幾日的銀鉤又重新開始伺候碧蕪，只是話較之從前少了許多，想來是經過這遭，吃了教訓。

蕭毓盈本以為自己來得早，不想碧蕪比她來得更早。兩人上了馬車，一路往觀止茶樓的方向而去。

茶樓的雅間是那位與蕭毓盈相看的唐編修昨日便定好的。

蕭毓盈被夥計領到雅間門口，身子卻有些僵，末了，緊張地回頭看向碧蕪道：「要不，妳陪我一塊兒進去？」

碧蕪見狀，止不住笑出了聲。「這個，妹妹可幫不了大姊姊，沒事，只是來相看，又不是來成親，那麼緊張做什麼。若真不合眼緣，回去告一聲，想來叔父也不會真逼妳。」

「什麼成親，盡取笑我。還有，誰緊張了。」蕭毓盈扁了扁嘴，旋即深吸了一口氣，推門進去了。

碧蕪眼看著門闔上，眸中不由得流露出幾分羨慕。不管怎麼說，對於婚事，至少蕭毓盈還有得選，而她根本無法選擇。

少頃，她對守在門口的婢子道：「大姊姊想來也要待一會兒，我去下頭聽聽戲，若大姊姊出來了，妳派人來尋我便是。」

見那婢女應聲，碧蕪才領著銀鈴、銀鉤往樓下去了。

下到二樓的樓梯口，便見一人站在那兒，長相清秀，白面無鬚，朝她躬身施了一禮。

「二姑娘，我家主子恭候多時了。」

此人不是別人，正是喻景遲的貼身內侍康福。

碧蕪稍稍點頭，跟隨康福而去，入了二樓角落一個不顯眼的雅間。

這雅間不比三樓的大，但關上門也算清靜，碧蕪在房間內環顧一圈，卻未看見喻景遲的身影，只有中間的檀木案桌上擺著一只散盡餘溫的茶盞，一側的紫金香爐燃著嫋嫋的香煙。

碧蕪疑惑不已，轉而將視線落在西面的花梨木六扇雕花螺鈿屏風上。

她提步緩緩走近，試探著喚了聲「殿下」。

須臾，便見一個身影從屏風後出來，天青長衫，玉冠束髮，仍是那副清雋儒雅的模樣。

可見到他的第一眼，碧蕪卻秀眉微蹙，他面色有些蒼白，更有幾分憔悴，像是生了什麼病。

可下一刻見他薄唇微抿，自然的走到她面前，碧蕪又覺得是自己多想了。

他常年習武，一向身子硬朗，前世那麼多年，她甚至都未曾見他召過幾回御醫，又能得什麼病。

「臣女見過譽王殿下。」碧蕪低身施了一禮。

「二姑娘坐吧。」

喻景遲在那張梳背椅上坐下，還順手取了兩個杯盞，添了茶水。

碧蕪遲疑了一瞬，才恭敬的道了聲是，緩緩落坐。

看著坐在對面的人，她驀然有些錯亂，好似這裡不是什麼茶樓，而是皇宮御書房。而她正與眼前人面對面坐著，小心翼翼觀察著他的神色，考量下一步的棋子該落在何處——

可再仔細看那人溫潤清雋的面容，碧蕪又很快從回憶中抽離出來，眼前的，並不是她記憶中端肅威儀的陛下，而是那個仍覆著假面，遮掩鋒芒的喻景遲。

她沈了沈呼吸，開口道：「那日，多謝殿下救了臣女性命。」

喻景遲飲茶的動作一滯，旋即風清雲淡道：「舉手之勞罷了，二姑娘不必放在心上。」

舉手之勞？

當時的火勢那麼大，若不小心，只怕會葬身火海，那可是攸關性命的事。

她咬了咬下唇，暗暗打量著喻景遲的神情，本想等他先行開口，可等了半晌，卻見他幽幽地品著茶，不急不緩，未有絲毫動靜。

碧蕪到底忍不住先出聲。「聽康福公公說，殿下有事要吩咐臣女，不知……」

那人聞言終於抬眸看來，眸色漆黑，深沈如墨，他凝視了碧蕪許久，才道：「本王府中缺一位王妃，覺得二姑娘最為合適。」

碧蕪心下猛然一驚，真被她猜中了！

原以為這人會拐著彎子委婉的同她商量，不承想，他竟這般直截了當，打了她個措手不及。

她局促不安地絞著袖中的帕子，思量片刻，問道：「京中溫良賢慧的貴女那麼多，殿下為何要選臣女？您分明知道，臣女……」

碧蕪止了聲，垂眸看向自己的小腹，又抬首去觀察喻景遲的反應。

喻景遲順著她的視線亦往她平坦的小腹上看了一眼，像是無所謂般笑了笑。「恰是因為如此，本王才會選擇二姑娘。」

他身子微微前傾，伴隨著濃重的壓迫感令碧蕪呼吸微滯。他用那雙深邃不見底的眸子看著她，神色難以捉摸，片刻後，薄唇微張，一字一句道：「本王想與二姑娘做個交易。」

第二十一章

聽得「交易」二字，碧蕪秀眉微顰。

果真如她所想，喻景遲在這樁婚事中有所謀求。雖猜到了一些，她還是露出迷惑不解的神色，明知故問道：「臣女不懂殿下的意思？」

喻景遲淡淡笑了笑，沒有言語，只靜靜看著她，令碧蕪脊背發涼，坐立難安，好似那臺上的戲子，拚命努力，卻只讓人看到拙劣的演技。

片刻後，才聽男人幽幽道：「這些年皇祖母一直在為本王挑選合適的王妃，卻屢屢被本王推拒，因本王想要的並非心高氣傲、精明能幹的妻子，而是一個安安分分，絕不會插手本王之事的王妃。」

喻景遲的話只說了一半，便停下來，雖未挑明，碧蕪心下也算明白了七七八八。

在她之前，太后欲指給喻景遲的王妃應當就是蘇嬋了。

「心高氣傲」、「精明能幹」的確是蘇嬋的脾氣秉性，也難怪喻景遲不喜。畢竟譽王府後院裡，還養著個受盡榮寵的夏侍妾。

前世蘇嬋入府後的那段日子，可謂鬧得雞飛狗跳。夏侍妾也是個恃寵而驕的，或正因屢屢與蘇嬋作對，還在喻景遲面前哭訴告狀，最終惹惱了這位新入府的譽王妃，落得個慘死的下場。

如今喻景遲想求個安安分分、不管閒事的王妃，到底也是在為那府中美人考慮，不願新王妃因爭風吃醋，讓夏侍妾受到搓磨。

這樣想來，她果真十分合適。

何況是天家賜婚，碧蕪縱然想違抗也違抗不得，畢竟她已不是如先前那般孤身一人了，她身後還有安國公府，稍有差池便會連累她的家人。既是無可奈何，不若在聖旨下來前，與喻景遲說清楚，對她也有好處。

只是……

碧蕪抬首看去，眼神堅定道：「臣女的確能應殿下所求，可既是交易，殿下又能給臣女什麼呢？」

見她答應得爽快，喻景遲面上露出一絲滿意的笑。「旁的本王不好說，不過本王能給二姑娘如今最想要的東西。」

說著，他垂首將視線定在一處。

碧蕪下意識將手覆在小腹上。

的確，她如今最想要的，便是她腹中的孩子能順順利利的出生。

可若是生在譽王府……

或是見她神色猶疑，那廂又幽幽開口道：「皇祖母賜婚，縱然不是本王，也會是旁人，可二姑娘如今懷有身孕，又能逃到哪裡去？或者說，二姑娘能保證永遠不被發現嗎？」

碧蕪咬了咬唇，看向面前溫潤如玉的男人，他說話的聲音低柔，可卻句句命中要害，言出她最擔憂之處。

他說得不錯，自應州回來後，她便失了最好的機會，如今怎麼偷偷避開人生下孩子，確實是最令她煩心的。

她是未嫁之身，若教人發現她懷有身孕，事情只怕會更加棘手。

若是嫁予旁人……肚子裡孩子的月分是無論如何都解釋不清的。她要是撒和對喻景遲一樣的謊，又以什麼理由不說出孩子父親的名字呢，就算瞎編一個，到時候查無此人，不僅無法圓謊，還會讓事情更糟糕。

她再次抬眸看向喻景遲，自重生後的第一日起，她就認定只有躲開這人，才能避免旭兒前世的命運。

可如今被逼到了死角，退無可退，再去看待此事，才發現或許最危險之處，便是最安全的。

「好，殿下的提議臣女答應了。」沈默許久，碧蕪終是點了頭，她挺了挺背脊，旋即正色道：「成婚後，臣女定不會插手殿下後宅之事，但也請殿下保證……莫要……莫要與這個孩子有太多的牽連。」

喻景遲劍眉微蹙，捏在杯盞上的力道重了幾分，旋即似笑非笑的看著她，唇邊露出些許嘲意。「怎麼，二姑娘是怕，他非本王親生，本王會害了他？」
碧蕪暗暗別過眼。
是，這確實也是她擔憂之處，但她到底不能這麼說。
「殿下多想了，臣女只是不想混淆皇室血脈。待孩子生下來，若是女孩也就罷了。可若是男孩……還請殿下莫要賜他世子身分。」
這個要求對碧蕪而言，是她保護旭兒的第一步，可對喻景遲而言不過是理所當然。並非他所出，又何來的資格被冊封為世子。
雖她是以王妃的身分嫁入王府，孩子生下來便是嫡長子，世子之位按理非旭兒莫屬。但在大昭，為防止諸王世子夭折，大抵長到十歲上下才會冊封，且需上呈陛下降旨。前世，旭兒三歲被封世子，正是喻景遲在將旭兒養在蘇嬋名下後主動請的旨。
今上喻珉堯本就對喻景遲不大在乎，只消喻景遲不主動提，不立世子的事就不成問題。
再者，大昭立賢不立長，待喻景遲榮登大統之後，大可以選他和夏侍妾所生下的孩子。
而她和旭兒，若將來有脫身的法子，也沒打算在他身邊留得太長久。
她本以為喻景遲會很快答應，不承想，過了好一會兒，才聽他道：「本王知道了。」
碧蕪一顆心落了落，朱唇微張，還欲再說什麼，只聽「咚咚」兩下扣門聲，銀鈴的聲音緊跟著傳來。「姑娘，大姑娘那兒似是相看完了……」
這麼快！

她蹙了蹙眉，朝外頭道了一句。「知道了。」

碧蕪說罷站起身，徐徐施了一禮。「臣女今日是借著大姊姊相看的名頭出來的，不便與殿下多言，就先告辭了。」

她轉身走了兩步，卻又止住步子，回首遲疑的看了喻景遲一眼，一副欲言又止的模樣。

喻景遲卻彷彿知道她想說什麼，了然一笑。「二姑娘放心，妳擔憂的事，本王自會處理好。」

見他這般胸有成竹，碧蕪也不好再說，只微微頷首，正欲離開，那低沈熟悉的聲音復又響起。

「有一事，本王好奇許久，一直很想問問二姑娘……」

碧蕪納罕地眨了眨眼。「殿下請講？」

他緩緩自梳背椅上站起來，隔著那張檀木案桌，笑意清淺，似是隨意問道：「二姑娘的棋究竟是誰教的？」

碧蕪心下一咯噔，垂在袖中的手不自覺握緊。

果然，她騙得了所有人，卻唯獨騙不了眼前這人。

她究竟會不會下棋，他一眼便知。

碧蕪驀然想起先前閃過的念頭，頓生出一個主意來，她垂下眼眸，面上露出幾分感傷，隨即低低回答。「是……孩子的父親。」

喻景遲明顯愣怔了，許久，唇角勾了勾。「是嗎？他……倒是將二姑娘教得不錯。」見他沒甚大的反應，語氣也平靜得很，碧蕪鬆了一口氣，又是一福身，才推門離開。然她並未看見的是，在她轉身離開的那一刻，男人溫潤的笑意盡散，面色一瞬間寒沈下去。

出了雅間，碧蕪佯作自然的上了三樓，便見蕭毓盈站在樓梯口，正欲下來，見著她，不由得嗔怪道：「妳跑到哪兒去了，怎都尋不到妳？」

「戲太好看，便倚在角落裡，一時看入了迷。」碧蕪踮腳往三樓張望，面露調侃。「那位唐編修呢？大姊姊瞧著，可合妳的意？」

蕭毓盈聞言面上一赧，耳根子都紅透了。「說翰林院還有事，急匆匆回去了，生相……倒是不錯，可惜是個榆木腦袋。」

瞧著蕭毓盈這番女兒家羞澀的情態，碧蕪曉得這事大抵是成了，看來這位唐編修應當就是蕭毓盈前世嫁的人。

就是不知，為何這麼個為差事勤勤懇懇之人，那麼多年未得擢升，當真是有些奇怪。

難得出來一回，出了觀止茶樓，蕭毓盈帶著碧蕪去京城最大的酒樓大快朵頤。

在外頭玩了好幾個時辰，直過了未時，兩人才坐著馬車回返安國公府。

周氏已在府門口等待多時了，見她們回來，心急如焚的上前。「兩個祖宗，總算是回來了，快些進去，陛下身邊派來傳旨的公公都等了好半天了。」

傳旨？

碧蕪稍愣了一下，便見周氏拉住她，替她整理了一番衣裙，正色道：「一會兒啊莫要慌了手腳，就跪在下頭好生聽著便是，曉得嗎？」

聽到這話，碧蕪哪還不明白，「嗯」了一聲，重重點了點頭。

等她們趕到正廳時，蕭鐸和蕭鴻澤已然在座，因是陛下賜下的聖旨，非同小可，蕭老夫人一早便命家僕將兩人喚了回來。

陛下身邊的總管太監李意雖等了許久，倒也不急，慢吞吞喝了兩盞茶，吃了些點心，待人都來齊了，才宣讀起聖旨。

至於聖旨上的內容，在場所有人都心知肚明，並無絲毫意外。

李意宣讀罷，笑咪咪將聖旨合攏，遞給蕭鴻澤道：「奴才恭喜安國公，恭喜蕭老夫人，很快二姑娘便是譽王妃了。」

蕭鴻澤起身恭敬的接過，道了句。「多謝李總管。」

他側首往後看了一眼，候在一旁的趙茂立即捧著個蓋著紅綢布的托盤過來。

「一點心意，李總管莫要嫌棄。府中有喜事，您只當討個喜頭。」蕭鴻澤笑道。

「安國公太客氣了。」李意雖這樣說著，還是眼神示意身後的小太監將東西收過去，旋即客客氣氣道：「奴才瞧著，這大婚的事宜安國公也該差人準備起來了，畢竟這大婚就在四月二十，急得很，沒剩多少日子了！」

「四月二十！」

不只是蕭鴻澤，正廳中凡是聽到這話的人都不由得驚了驚。

尤其是碧蕪，還一度覺得是否是自己聽岔，若真是四月二十，那就只剩半個多月了。

按正常的婚習來，從納采、問名、納吉……到最後親迎，最少也需三個月，半個月未免也太草率了。

哪個皇子的婚事會辦得這麼倉促！

李意似是看出眾人的疑惑，解釋道：「這是欽天監監正尹大人，在合了譽王殿下和二姑娘的八字後，夜觀天象，特意選出來的吉時。尹大人說，這般好日子，若要再遇上下一個，恐怕要等到後年去。」

他繪聲繪色道：「陛下憂心譽王殿下婚事已久，想著怎麼也不能拖上兩年，不若讓禮部在這半月裡抓緊一些，趁早將婚事給辦了。」

這話說得倒是有條有理，可聽在碧蕪耳中，只剩「荒唐」二字。

天子身邊的內侍從來都是人精，定不可能全然說實話。光陛下憂心譽王婚事這句，就實在難令人信服。

若他真關心這個兒子，不至於讓喻景遲已二十多還未有正妃。至於陛下為何答應這個婚期，許是還有其他緣由在。

多半與那個尹監正脫不了干係！

說來，碧蕪是曉得此人的。

因為前世，喻景遲登基後，尹正亦是天子以「順應天命」之名操縱朝局的一把好刀。只是她沒想到，居然在這個時候，他就已經是喻景遲的人了。

碧蕪想起方才在酒樓時，喻景遲信誓旦旦的話，不由得秀眉蹙起。

他也知道她的肚子等不了太久，可他竟在陛下下聖旨前便開始籌謀此事。難道他從一開始便確定她會應下這樁兩人各取所需的婚事？

蕭家眾人雖心有疑惑，然畢竟是聖旨，違抗不得，只能著手準備。

不過這廂就算再忙，到底也比不過禮部那裡焦頭爛額。納采、納吉、納徵都趕在了一塊兒，想是他們也未經歷過這麼倉促的婚禮。

這賜婚的事一傳開，賀喜的也紛紛登了門，喻景遲在朝中雖沒什麼權勢，可到底也是皇子，碧蕪嫁過去，也算正式成了皇室中人，身分地位自不能與從前一概而論。

該巴結自然得巴結。

然這些都與碧蕪沒甚大關係，人情應酬一概都有蕭老夫人和周氏在主持，而她只需像蕭老夫人說的那般，高高興興的做新娘子。

然高興二字，對碧蕪而言，實在是談不上。

且不說這樁婚事並非她心甘情願，就是光做準備，也將她累得不輕。

聖旨下來後不久，太后特意派來個教授規矩的嬤嬤，讓她好生學學宮裡的禮儀。

說是往後成了譽王妃，操持的事大不相同，但總是要時常進宮參宴的，若不懂些規矩，只怕往後教人挑著錯處，背地笑話。

其實前世在宮中待了十數年，那些繁瑣的規矩碧蕪早已爛熟於心，但太后既派了人來，她也不能推拒，不僅如此，還得刻意裝出一副生疏的模樣。

她本就是雙身子的人，來來回回折騰了幾日，便有些累得受不住，只得讓銀鈴請了張大夫來。

幸得張大夫機靈，在蕭老夫人面前道，是碧蕪前陣子失火受驚還未好全，這陣子勞累過度，才導致又倒下了，若不在榻上好生休養，只怕病情還會加重。

蕭老夫人聞言擔憂不已，恐碧蕪大婚那日真病得起不來身，忙命人去宮裡稟了一聲，說了這事。

學規矩固然重要，但太后到底更心疼人，很快就將那嬤嬤給召了回去，還送來不少補身的藥材。

碧蕪總算是鬆了一口氣。

因是安國公府嫡女，碧蕪的嫁妝本就豐厚，再加上太后、蕭老夫人和周氏那廂都陸陸續續添了妝，更是多得令人瞠目結舌。

只是碧蕪沒想到，皇后竟也派人送了禮來。

幾大箱子擺在碧蕪的院子裡時，著實讓她驚了一驚。作為皇后，掌管三宮六院，為皇室子嗣延綿盡心盡責，給她這個將來的譽王妃送些東西倒也無可非議，可若是單純慶賀她大婚之喜，備得未免也太多了些。

她百思不得其解，可待到晚間，她那位兄長便給了她答案。

蕭鴻澤來時，碧蕪正在用晚膳，對於這位突如其來的客人倒是有些意外，站起來迎道：「哥哥怎麼來了，用飯了嗎，可要一起吃些？」

「不了，我已吃過了。」蕭鴻澤瞥了眼桌上的菜色，劍眉微蹙。「吃得這般清淡，身子如何恢復得好。」

「素來吃慣清淡的菜，葷腥重了反覺得胃裡不舒服。」

左右這飯也吃得差不多了，碧蕪抬手命人撤下碗筷，上了清茶，這才抬首問道：「哥哥今日來酌翠軒，可是有什麼話要說？」

蕭鴻澤骨子裡是個循規蹈矩、刻板守禮之人，礙著男女有別，就算是親妹妹的院子，也幾乎不曾踏入過，今日突然前來，恐怕是真的有事情。

果然，只見蕭鴻澤薄唇緊抿，將手擱在桌上，指節在案上輕輕扣了扣，遲疑許久，才緩緩道：「小五，妳我是兄妹，此事我也不想瞞妳。圍獵失火之事，刑部已給出了結果。」

看著自家哥哥凝重的神色，碧蕪微微垂眸，猜到幾分。

「是意外？還是……誰有意為之？」

蕭鴻澤倏然抬頭，面露詫異，深深看了碧蕪一眼，隨即低聲道：「說是那晚，蘇姑娘身邊的奴婢收拾東西時，一時疏忽，將替換下的衣裳擱在燈盞旁，忘了拿走，衣裳意外引燃，這才……」

果真如此，和她猜想的一樣。

碧蕪唇角微抿，露出一絲嘲諷的笑，她張了張嘴，本欲問那婢女的事，但最後還是什麼都沒有問。

即使是無意，但引發了這麼大的火，那個婢女不可能還有命在。

那場火究竟是不是衣裳引燃的，碧蕪不知道。但她知道，那婢女不過是做了個替罪羊，此事定與蘇嬋脫不了干係。

可那又如何，即使查到些蛛絲馬跡，堂堂鎮北侯之女也絕不可能獲罪。

鎮北侯蘇徵鎮守西北多年，一生戎馬倥傯，抵禦外敵，盡忠盡責。

其妻李氏，即蘇嬋的生母，當初被敵所擒後，不願屈服受辱，選擇自戕而亡，留下與鎮北侯的一兒一女。

長子蘇麒亦在邊塞陪父抗敵，為保幼女平安，鎮北侯將當年才四歲的蘇嬋送到京城。

若蘇嬋縱火之名坐實，定不可能逃得了重罰。然而一旦這位鎮北侯疼愛有加的嫡女出了事，西北或許會隨之陷入大亂。

碧蕪總算曉得，皇后送來的禮為何會這般重，原是因不能給她個公平公正，而藉此賠罪罷了。

或者說，不是皇后，而是陛下。

想必那些心安理得處死小婢女的人還覺得，用一條奴婢的命交換大昭邊境安穩，盛世太平，也算是死得其所了。

見碧蕪垂首久久不言，蕭鴻澤擔憂的喚了她一聲。

碧蕪這才回過神，平靜的笑了笑。「能這麼快有個結果，也算是好的。」

只可憐那個奴婢，這般白白送了性命。

蕭鴻澤薄唇微張，神色暗淡幾分，他正想說什麼，卻見碧蕪倏然道：「哥哥今日就是來同我說這些的？我還以為，哥哥是親自來給我送新婚賀禮來的呢。祖母、二叔母，還有大姊姊都給了，難道哥哥還想賴了去？」

聞得此言，蕭鴻澤愣怔了一瞬，鬱色頓時消散幾分。「定不會少了妳的，過兩日便給妳送來。」

「那便好，我可盼著呢，哥哥送來的東西可不能比祖母的差。」碧蕪扁了扁嘴道。

難得看見自家妹妹的俏皮模樣，蕭鴻澤抿唇而笑，重重點頭，道了聲。「好。」

坐著說了好一會兒話，蕭鴻澤才起身離去，步子顯然比來時輕鬆了許多。

碧蕪送他到垂花門邊，看著他遠去的背影，笑意漸散。

她曉得，不能為她求一個公道，蕭鴻澤心下定也很自責愧疚，可那又能如何，安國公府權勢再高，都不可能駁逆天子的決定。

這世道，不論身居高位，還是深陷泥沼，其實都身不由己。

這一世，有人願意為她求公道，碧蕪已很感恩。反過來，她也想好生保護自己最珍貴的家人，以求家宅太平。

第二十二章

半月轉瞬而過，除卻中途和趙如繡出府散心，出嫁前最後幾日，碧蕪一直待在安國公府沒有外出，閒暇則陪蕭老夫人一塊兒坐著喝喝茶、禮禮佛，盡些孝心。

大婚前一晚，她也在棲梧苑坐到快過戌時。

而她才說了要告退的話，蕭老夫人一把攥住她的手，雙眸頓時紅了。那張佈滿皺紋的臉不捨地看著她，哽咽著一時什麼都說不出來。

碧蕪見狀，亦是鼻頭一酸，啞啞喚了聲「祖母」。

蕭老夫人伸手摟住她，在她頭上輕輕撫了撫。

「家裡幾個孩子，就妳在外頭吃了最多的苦，在家的日子也最短，我還想著怎麼補償妳，沒想到妳便要嫁人了。」

「嫁了人也沒什麼不一樣的。」碧蕪靠著蕭老夫人的肩膀，抽了抽鼻子。「只要祖母不嫌棄，孫女定會時常回來看您。」

「傻孩子，哪能一樣。」蕭老夫人低嘆了口氣。「明日妳便是譽王府的人了，若受了委屈，祖母也再看不到，幫不著妳了。我也沒甚奢望，只希望我們小五往後能過得平安順遂，少些磨難，與譽王殿下長相廝守，白頭終老。」

碧蕪垂下腦袋，強忍下淚意，沒有應聲。

蕭老夫人的心願確實簡單，可注定要落空。

她與喻景遲雖是陛下賜婚，可根本不過是各取所需，實在算不得數。何況，她也不會同喻景遲白頭終老，如今雖沒法，可待喻景遲登基，大權獨攬，還怕結束不了這樁婚事嗎。

屆時，她就帶著她的旭兒遠走高飛，任憑喻景遲與他那美人纏纏綿綿，兩兩廝守。如此，既讓她得償所願，也算是全了喻景遲上輩子的遺憾。

雖是準備得倉促，但到底是王府娶正妃，該少的禮儀規矩是一樣都不能少。

大婚當日，天還未亮，碧蕪便被宮中來的嬤嬤們喚起來梳妝更衣，繁複貴重的佩飾一件件壓下來，直讓她覺得脖頸肩背發沈。

裝扮完了，這一日才剛剛開始。

雖碧蕪的生父去世得早，可還有蕭鴻澤這個長兄在，按例，得去祭拜宗廟先祖。

碧蕪蓋著蓋頭，也不甚明白整個流程，只能聽著耳畔嬤嬤的指揮，乖乖的屈膝行禮，跪拜磕頭。

祭拜過後，便是靜靜的等，待吉時前後，喻景遲前來親迎。碧蕪被扶上花轎，往皇宮方向而去，朝見太后、皇后及諸位嬪妃，請安跪拜。

朝見過後，還需再到陛下處叩拜，末了，才能出宮到譽王府。

被扶著在床榻上坐下的那一刻，碧蕪才算舒了口氣，這一日渾渾噩噩，也不知彎了多少腰、施了多少禮，到最後都有些昏頭轉向了。

她從不知道，原來成婚竟是這麼累人的。

除了午時勉強嚥了些糕食，這一日她都沒怎麼吃過東西，如今靜下來，便覺胃裡空蕩得厲害。不能隨意掀蓋頭，碧蕪只得伸手招了招，輕輕問了句。「銀鈴，可有吃的？」

還未聽到銀鈴回答，碧蕪便先聽到湯匙碰到碗壁發出的清脆聲，一碗白粥緊接著出現在她的眼前。

「王妃餓了一日，胃裡虛弱，先喝碗清粥墊墊吧。」

聽到這蒼老卻有些熟悉的女聲，碧蕪愣怔了一瞬，旋即就聽那人介紹自己。「老奴是王爺身邊的舊僕，從前在宮裡也伺候過沈貴人的，王爺出宮建府，便將老奴也一併帶了出來，王妃若不嫌棄，喊老奴錢嬤嬤就是。」

碧蕪不由得抿唇笑起來，她自然知曉錢嬤嬤，前世她在喻景遲的雁林居照顧旭兒時，錢嬤嬤就曾幫過她良多。

後來喻景遲登基，念及錢嬤嬤年邁，便賞了她一大筆銀錢，派人送她回鄉養老去了，那之後，碧蕪便再未見過她。

如今再遇，心下不免泛起些許親切感，她接過那碗清粥。

粥還溫著，入口不燙不涼，倒是正好，碧蕪實在餓久了，也沒力氣說話，直到吃下小半碗，稍稍恢復過來，才對錢嬤嬤道了聲謝。

「王妃這聲謝老奴可實在受不起。」錢嬤嬤道：「這些都是王爺提前安排好，讓老奴送來的，但看王妃吃得這麼香，一定能為王爺生下個健健康康的小公子來。」

聞得此言，碧蕪心下一震，手上的湯碗差點沒有拿穩。

似是看出碧蕪的驚慌，錢嬤嬤連忙解釋。

「王妃放心，屋內沒有旁人，王妃和王爺的事情，老奴知道一些。老奴嘴牢，定然不會說出去。」

錢嬤嬤這話，碧蕪還是信的，她也能理解為何喻景遲將她有孕之事告訴錢嬤嬤。畢竟往後要在這裡生活，若沒個府中的人掩護幫襯，的確不好行事。

但她還是試探著問道：「殿下……是怎麼同嬤嬤說的？」

錢嬤嬤低笑了一下，或也不知怎麼答這話合適，少頃，才緩緩道：「王爺說，和您在應州時一路相伴，日久生情，這才……」

應州……

倒是個好藉口。

碧蕪勾了勾唇，忽而露出一絲嘲諷的笑。

只是把假的說成真的，把真的說成假的，如今這真真假假的混雜在一塊兒，連她自己都快有些迷糊了。

見碧蕪端著湯碗，指腹不住的在碗壁上摩挲。

錢嬤嬤以為是她面皮薄，覺得不好意思，便又道：「這男女之間，總難免有情難自禁的時候，王妃不必太放在心上。只如今王妃是雙身子的人，月分也小，今夜……恐是得仔細一些。」

碧蕪原未對錢嬤嬤的話有多大反應，可聽到最後兩句，才當真是又羞又窘。

明知什麼都不會發生，但碧蕪心下卻又亂了幾分。

恰在此時，她聽見外頭婢女喚道：「見過譽王殿下。」

碧蕪背脊一僵，頓時緊張的攥緊了手底的衣裳。

不多時，只聽門扇被推開的聲響，旋即是有些雜沓的腳步聲湧進來。

錢嬤嬤已快一步將碧蕪手上的湯碗接去，候在一旁。

眼見一雙大紅的男靴落於眼底，碧蕪呼吸稍滯，就聽喜婆提聲說了兩句吉祥話，長杆一挑，蓋頭倏然被掀開來。

突如其來的光亮讓碧蕪瞇起眼睛，有些不適應，過了好一會兒，才看清眼前站著的人。

他一身紅色的袞冕之服，與平日素淨的裝束截然不同，可這豔麗的顏色似乎更能襯出他的俊美之姿，顯得他越發挺拔威儀。

此時他含笑看著她，讓碧蕪驀然有些恍惚，因前世她也曾見過他身著此服的模樣。

那是在喻景遲與蘇嬋大婚當夜，旭兒不知為何啼哭不止，她左右哄不好，只能抱著他在院中那棵香樟樹下不停踱步，恰在那時，遇上了提步入內的喻景遲。
他就穿著這身衣裳，或是聽見了啼哭聲，轉而向這廂走來，一把將孩子接過去。說也奇怪，旭兒一到喻景遲的懷中，便止了哭泣，三個多月的孩子眨著烏溜溜的眼睛，好奇地看著自己的父親，不一會兒就打了個呵欠，很快就睡著了。
如今再看到這身衣裳，她無論如何也不會想到，竟是因為自己嫁給了他。
待兩人相對而坐後，喜婆又命人呈來同牢肉。
這肉煮得半生不熟，又未加什麼佐料，實在是腥氣，碧蕪嚼了一口，便覺腹中噁心感泛上來，費了好大的勁才勉強嚥下去。
同牢肉倒還不算什麼事，看到那合卺酒，碧蕪才真真頭疼。有孕之人決計不能沾酒，何況還是烈酒，可屋內這麼多人瞧著，她也不能真的不喝。與喻景遲交換了杯盞後，她遲疑的用嘴唇在杯壁上沾了沾，眼見喻景遲飲盡杯中酒，將杯盞放回托盤，她也想蒙混過關，卻不料一旁的喜婆卻出了聲。
「王妃，這酒當是得喝完才行。」
碧蕪露出一絲為難的神情。「這酒太辣，實在喝不下去。」
「這是規矩。」喜婆也有些無奈。「若是不喝完，怕是不吉利。」
碧蕪捏著杯盞，看著杯中清澄的酒水有些猶豫，只得抬首看向對面。見她那雙瀲灩的眸子裡透出幾分無助，活像隻被獵戶圍殺，逼得走投無路的小鹿，喻景遲不由得薄唇微抿。

「一杯酒而已，本王替王妃喝了便是。」

「這……」那喜婆顯然不是個通情達理的。「殿下，這是合巹酒，王妃的那杯需得她自己喝才是，不然不成規矩……」

她話音未落，碧蕪手中的杯盞已然被一隻指節分明的大掌奪去，她眼見他仰頭將酒水一飲而盡，驀然抬眸向她看來。

那眸光灼熱，令碧蕪心猛地跳了一下，下一刻，便見那人倏然傾身，用大掌捧住她半邊臉，濃烈的酒氣撲面而來。

屋內頓時響起一片抽氣聲，婢女婆子們見此一幕，皆紅著臉將頭別過去，哪裡敢看。

碧蕪一顆心亦跳得厲害，尤其是對著男人那雙漆黑幽沈，恍若深不見底的眸子，更是呼吸都凝滯。

他雖未真的親她，可粗糙的指腹抵在她的唇心，還有縈繞在鼻尖的醉人酒香，都令碧蕪有些醺醺然了。

片刻後，他露出一絲淺淡的笑，方才放開她，看向那喜婆，輕描淡寫的問道：「如此，也算王妃喝了吧？」

那喜婆為貴人們主持過不少婚儀，卻著實未見過這般大膽的。但到底是喜事，夫妻恩愛總也沒錯，便紅著耳根，低咳一聲道：「算，自然是算的。」

這酒的事勉強算是糊弄過去，喜婆又命人上了剪子，令兩人各自剪下對方的一綹頭髮，用紅繩綁在一塊兒，便是結髮禮。

她又碎碎說了好些吉祥話，碧蕪也沒怎麼聽進去，只耷拉著腦袋，覺得睏倦得厲害，直到聽見「禮成」二字，整個人才頓時清醒幾分。

喜婆帶著幾個僕婢端著東西退下去後，錢嬤嬤才招呼著屋內的人伺候主子梳洗。

碧蕪累得一根手指都不願動彈，起身時，整個人都有些晃，幸得身側人攬住她的腰扶了她一把，才不至於讓她跌倒。

「王妃可得小心。」他抿唇似笑非笑的看著她。

聽到這個稱呼，碧蕪有些不大習慣，忙拘謹的退了一步，低低道了聲謝。

銀鈴、銀鉤和府內安排的幾個丫鬟伺候碧蕪解了釵鬟，去了妝，將嫁衣換作寢衣，才將她扶到內間的床榻上。

碧蕪在屋內環視了一圈，隨口問道：「殿下呢？」

一側候著的婢女答道：「回王妃，殿下去側臥更衣去了，殿下向來不喜人伺候。」

喻景遲不喜人伺候這點，碧蕪知道，從前便是如此，甚至在他登基後也未有例外。

前世她每回被召幸，他都不願讓她為他更衣，多數時候都是自己取了衣裳入了屏風後更衣，實在不便才將康福召來。

因得如此，當年的皇帝寢宮和御書房幾乎沒有伺候的婢女，殿內殿外只有大大小小的內侍。

這些內侍相對而言還算嘴牢，才得以讓她偷偷進出御書房那麼多年，都不曾被當時的皇后發現。

案上龍鳳花燭已燃了小半，時不時爆出幾朵燈花，濃重的倦意讓碧蕪的眼皮沈若千斤。可喻景遲還未回來，她自是不能先行睡去，只得轉頭問銀鈴。「幾時了？」

「回王妃，快到亥時了。」

亥時……

碧蕪默默盤算著時辰，估摸著應當也差不多了。

夏侍妾那兒也該鬧起來了吧。

前世，蘇嬋和喻景遲的大婚之夜過得並不順利。

因禮成後不久，夏侍妾那廂便以身子不適為由，命人將喻景遲請了過去，甚至將喻景遲留了整整一夜。

也因著此事，蘇嬋與夏侍妾結怨頗深，在後來的三個月中，不住對其刁難搓磨。

不過今世，自然不會發生這樣的事，碧蕪反倒盼著夏侍妾趕緊派人來，將喻景遲請走。也好讓她安安靜靜的，將這一夜給過了。

然她強撐著精神，左等右等，沒等來想等的人，卻見已洗漱完的喻景遲著一身單薄的寢衣，提步入了內間。

她身子微微僵了僵，便聽他低聲道：「都下去吧。」

屋內人聽命魚貫而出，一時只餘下他們二人，碧蕪在床榻上坐立難安，見他走近，連忙轉身從裡側抱出一床被子，站了起來。

他是喻景遲，才是這王府的主人。她自是不能主動開口趕他的，既得如此，她讓還不行麼。

碧蕪才走了幾步，就被他高大的身形擋住去路，手上的被褥一下被抽了去，頭頂響起男人含著笑意的聲音。「新婚夜，王妃想趕本王去哪裡睡？」

她看著空蕩蕩的手，正欲解釋，然環顧之下，卻錯愕的發現，屋內居然沒有可供休憩的小榻。

「縱然只是交易，若讓旁人發現端倪，只怕不好。」

碧蕪抬首看去，便見喻景遲微微斂了笑意，神色認真，他將被褥放回床榻上，面上露出幾分倦色。

「王妃今日也該累了，就此將就一宿吧。」

眼見喻景遲淡然的上了榻，碧蕪在原地站了半晌，只得無奈的在心下低嘆一聲，慢吞吞挨著榻邊坐下。

喻景遲說的倒也不錯，既是要裝，自然是得裝得像。何況兩人本就有所約定，反正是逢場作戲，她又怕什麼，他還能欺負一個懷有身孕的女子不成。

如此想著，碧蕪才安心的在榻上躺下，她側眸看了一眼，便見喻景遲背對著她，呼吸均勻，似是睡了過去。

她驀然覺得有些好笑，敢情是她思忖太多。

也是，喻景遲如今雖與她同床共枕，指不定心下想的念的都是菡萏院那位。

反是有些被逼無奈了。

碧蕪放心的闔上眼，一日的疲憊很快若潮水般湧上來，幾息的工夫，就沈沈睡了過去。

這個覺睡得十分安穩，碧蕪還久違的在夢中見到了長大的旭兒，他站在御花園的那棵青松下，身姿挺拔，含笑喚她乳娘。

碧蕪心滿意足的醒來，那張與旭兒有五、六分像的臉倏然映入眼簾，碧蕪半夢半醒，尚且有些迷糊，忍不住伸手順著男人的輪廓細細描畫著。

直到指腹觸及男人的鼻尖，溫熱且真實的觸感才讓碧蕪清醒過來。

她面色微變，慌忙收回手，卻見那緊閉的雙眼緩緩睜開，漆黑幽深的眸子讓碧蕪心下一震，慌忙將身子往後移。

然腰肢被大掌緊緊壓著，根本動彈不得，碧蕪這才發現自己居然被喻景遲抱在懷裡。

昨夜入睡時，兩人間分明隔了不小的距離，怎地一覺醒來就睡一塊兒去了呢。

她疑惑不已，正欲說什麼，卻見喻景遲微微挑眉，快一步道——

「王妃怎跑本王懷裡來了？」

這話一下噎得碧蕪啞口無言，好像是她故意往他懷裡鑽似的。

她不悅的擰了擰眉，然細細一瞧，卻傻了眼。她明明記得很清楚，他們昨夜分明各自睡了兩床衾被，怎的如今，她睡得這麼裡頭，正裹在喻景遲那床被褥中，而她自己那床被卻不翼而飛了。

碧蕪不解的想起身查看，然身子方才挪動了一下，就聽耳畔傳來男人的一聲悶哼。她倏然抬頭，正撞進喻景遲黑沈如墨的眼眸裡，他定定的看著她，薄唇緊抿，神色盡是隱忍。

若是不曾經歷過人事，碧蕪或還不大明白，可怎麼說，她都是當過娘的人了，又與這個男人在前世糾葛不清了十餘年，哪會不曉得發生了什麼。

滾燙的熱意登時從雙頰蔓延到耳根，碧蕪往他胸口輕推了一把，忙坐起來。然好巧不巧，寢衣被壓在男人的肩膀下，她倉皇的一起身，連帶那層薄紗一併被扯落，露出光潔白皙的玉肩。

她自己自是看不見，卻不知這一幕落在喻景遲眼中有多香豔，她半坐在床榻上，滿頭烏髮如瀑般垂落，襯得她肌膚越發欺霜賽雪，內裡的小衣壓根兒遮不住她的豐腴，偏她還咬著朱唇，雙眼濕漉漉的，紅得跟兔子一般，楚楚可憐，更能讓人生出欺侮之心。

見男人喉結微滾，眼神越發灼熱，碧蕪狼狽的抱住自己，羞窘得厲害，也不知哪裡來的膽子，沈聲朝喻景遲低吼了一句。「不許瞧！」

喻景遲稍稍愣了一下，或是覺得她這模樣有趣，唇角微抿，露出些許戲謔的笑，旋即起身扯過一旁寬大的衣衫，罩在碧蕪身上，將她裹了個嚴嚴實實。

「好，不瞧。」

外間傳來「咚咚」兩下敲門聲，候著的奴婢許是聽見裡頭的動靜，小心翼翼的問道：「王爺王妃可起了？」

喻景遲垂首看了眼羞得蜷縮著身子，低頭埋著腦袋的碧蕪，眉眼彎了彎，提聲道：「進來吧。」

聽見門扇被推開的聲響，碧蕪才倏然想起什麼，匆忙在床榻上尋找起來，直到在角落中瞥到那方白花花的帕子，才有些犯愁的看向喻景遲。

先不說他們圓未圓房，碧蕪根本不是完璧之身，何來的落紅，這元帕要如何交代。

喻景遲順著碧蕪的視線看去，卻是淡然，只伸手撈過那方帕子，旋即竟從床榻邊上摸出一把匕首來。

碧蕪瞠目結舌的看著他用匕首在手臂內側輕輕抹了一下，將血擦在元帕上。

「殿下！」

碧蕪驚慌的出聲，卻被喻景遲眼神制止，他朝碧蕪輕輕搖搖頭，面不改色，從容不迫的掀開床帳出去了。

片刻後，在外間準備妥當的奴婢進屋道：「王妃，奴婢們伺候您起身吧。」

碧蕪瞥了眼那方沾了血的元帕，不動聲色的裹進被褥中，道了聲「好」。

任由他們伺候著更了衣，碧蕪才在西面的妝檯前坐下，透過那枚折枝海棠鑲寶銅鏡，瞥見兩個婢女從被褥中取出什麼，匆匆送出門去了。

碧蕪緩緩收回視線，才打量起屋內的下人來，除卻銀鈴、銀鉤和她自安國公府帶來的一個婆子和婢女外，其他都是譽王府安排的人。

確認沒有一個熟面孔，碧蕪才稍稍放下心。

她當初在譽王府待的時間雖然不算長，又只是個灶房的雜活丫頭，但府內小半的人都是見過的。

雖說她如今身分不同了，可若是碰見了，到底還是麻煩。

碧蕪盯著澄黃的鏡面若有所思，今日晨起還要去宮中向太后和陛下請安，得空，需好生解決此事才行。

喻景遲再踏入屋內，已然穿戴齊整，只髮梢濕漉漉的，似乎是淨過身了。

方才梳妝時，碧蕪就聽到康福在外頭喊，說什麼要涼水。大清早的用涼水沐浴還能為了什麼，碧蕪很清楚。

她撫了撫額間的碎髮，尷尬的撇過眼，但還是忍不住往喻景遲手腕處看了一眼。

及至吃早膳的時候，見喻景遲拿筷子行動自然，她才放下心來。

雖是不大習慣與眼前這個人同桌而食，但她自不會與吃食過不去，畢竟腹中還有一個。

不過她今日胃口倒是不錯，加上菜色清淡好下嚥，配著小菜喝完了一整碗清粥，又吃了兩個雞蛋。

拿第二個雞蛋時，卻有一隻手快她一步將蛋拿了起來，抬眸看見喻景遲的臉，碧蕪只得訕訕將手縮了回去。

然沒一會兒，卻有筷子將剝好的雞蛋放入她的碗中，碧蕪微怔了一下，可見喻景遲若無其事的模樣，想著許是演給旁人看的，便低低道了聲謝，心安理得的吃下了。

飯後，兩人便乘坐馬車一路往皇宮的方向而去。

入宮後，先由宮人領著去拜見陛下。

喻珉堯方才下朝，他坐在御書房的那把楠木椅上，邊批閱奏摺，邊敷衍的說了幾句，按例賞賜了些東西，甚至沒什麼抬頭。

途中碧蕪忍不住看了喻景遲一眼，便見喻景遲神色自若的叩拜謝恩，不知是已經習慣，還是真的對喻珉堯這態度渾不在意。

出了御書房，碧蕪跟著喻景遲又去了太后和皇后那廂。

皇后恰在太后宮中請安，正好也省得他們再多跑一趟。

看見碧蕪，太后喜笑顏開，拉著她在身側坐下，但見她面色有些發白，不由得擔憂道：「怎麼了，可是哪裡不舒服，要不要請個太醫來看看？」

「不必了，皇祖母。」碧蕪趕緊搖頭。「只是昨夜沒有睡好罷了。」

她本是無意尋的藉口，可這話一出，殿內人皆是一愣，笑意很快意味深長起來。

太后笑眯了眼，拉著碧蕪的手輕輕拍了拍，旋即看向喻景遲，嗔怪道：「遲兒，雖說你和小五新婚燕爾，愛鬧些也是尋常，可小五到底身子弱，你得顧及點，小心收斂才是。」

碧蕪這才反應過來自己說了什麼惹人遐思的話，她尷尬的看向喻景遲，卻見喻景遲坦然道：「皇祖母教訓得是，孫兒明白了。」

他說罷，還含笑看了碧蕪一眼，惹得碧蕪雙頰發燙，忙將視線別過去。

坐了一個多時辰，見快到正午時候，太后便順勢留兩人用膳，備膳時候，隨意尋了個由頭，將喻景遲差出去，拉著碧蕪說體己話。

碧蕪原本還以為太后會說什麼早日綿延子嗣云云，卻沒想到居然是問起喻景遲府菡萏院那位，問她可否安分。

聽到這話，碧蕪如實道：「臣……孫媳早上忙著進宮向皇祖母請安，倒是還未見過呢。但從昨日入府到現在，未聽聞她做出什麼出格的事。」

太后輕輕點了點頭，眸中閃過一絲輕蔑。「妳沒入府前，哀家便敲打過遲兒了。那不過是個登不了大雅之堂的，自不必放在心上，若是覺得礙眼，尋個由頭趕出去便是。有哀家護著妳，看誰敢說什麼，左右就是個賤妾罷了。」

分明是替她撐腰的話，不知為何，碧蕪卻心下發苦，有些笑不出來。

對太后而言，她方才說出的這番話不過是理所當然，可落在碧蕪耳中，卻不禁讓她想起前世為奴為婢的日子。

在主子眼中，他們便是如此卑賤的存在，如地上的螻蟻，縱然踩死了，也是無關緊要，畢竟誰會去關心一隻螻蟻的生死呢。

她勉強笑著點了點頭。「孫媳知道了。」

第二十三章

從宮裡出來，已近未時，喻景遲似還有要事要辦，未與她一塊兒回譽王府，只在一處街口與她分開。

臨走前，還對她說了一番奇奇怪怪的話，說最近恐要勞她辛苦一番，未多做解釋，轉而騎馬往西側而去。

碧蕪迷惑不解的回了譽王府，在床榻上午憩了一會兒，方才起了身，就聽錢嬤嬤說，齊管事來了。

她惺忪的眸子瞬間清明了幾分，思量了片刻，才讓將人請進來。

得了傳喚，齊驛才躬著身子入內去，踏過門檻，瞥見圓桌旁的裙襬，忙畢恭畢敬的施禮道：「小的齊驛見過王妃。」

「起來吧。」

聽著這如清泉般悠揚婉轉的聲音，齊驛才稍稍抬起頭，然而只瞥了一眼，他便倏然愣怔在原地。

看著齊管事詫異的目光，碧蕪落在膝上的手微微握緊，但她還是佯作自然的笑道：「齊管事怎麼了？可是本王妃生得面容可怖？」

齊驛倏然回過神，忙將視線收回來。「小的失禮，還請王妃恕罪。」

他今日來，是因著喻景遲的吩咐，怕新王妃進府不瞭解府中情況，特意來交代事務的。可誰承想，這位新王妃的模樣，竟令他覺得有幾分眼熟。

像極了譽王府內的一個逃奴。

然這大不敬的話，他到底是不能說的，堂堂譽王妃，安國公府嫡女，怎能與一個奴婢相提並論。

見齊驛這番態度，碧蕪稍稍鬆了口氣，當初在譽王府中做事，自然是與這位齊管事打過照面的，以他一府主管的能力，應當是記得她的。

可記得又如何，如今她是主子，只要她不承認，他也不敢將他記憶中的人與她擺在一塊兒。

「無妨。」碧蕪神色淡然的啜了口茶，問：「齊管事今日來，可是有什麼要事？」

「小的拿來了王府近兩年來的帳簿，請王妃過目。」

齊驛說著，朝身後的小廝招了招手，小廝立即抱著沈甸甸的帳簿進來，在桌上疊成了厚厚的三摞。

「這麼多！」

碧蕪還未說什麼，她身後站著的銀鈴看著這些帳簿，忍不住脫口而出。

齊驛卻是笑了笑。「稟王妃，府內最近在對帳，這些只是一半罷了，仍有一些還未整理完呢。」

「對帳？」碧蕪秀眉微蹙，也不是什麼年關，怎麼突然對起這麼多帳來了。「可是帳目出了什麼問題？」

「是。」

齊驛又忍不住抬眸看了這位新王妃一眼，好半晌，才有些猶豫道：「不瞞王妃，兩個月前府內逃了個奴婢，還盜走了夏侍妾的飾物，王爺下令徹查此事，沒想到拔出蘿蔔帶出泥，發現府內不少僕婢手腳都不乾淨。王爺一怒之下，便命小的將府內所有僕婢都換了一遍，發賣的發賣，趕出府的趕出府，再加上招了新的僕婢進來，事情一下多了許多，帳房那廂便有些焦頭爛額了。」

碧蕪隨意翻看帳簿的手在聽到「府內所有僕婢都換了一遍」時，頓住了。

這麼巧！

這一世竟也全都給換了！

前世在她第二次逃跑被抓回來後不久，夏侍妾也以相似的原由，幾乎換掉了府內所有的僕婢，只留下幾個老僕。

或許為了掩飾將有孕的她關在偏院之事，也方便後來桃僵李代，奪走她生下的孩子。

不過這一世，碧蕪卻不明白夏侍妾為何要這麼做，她想盡法子換掉府內僕婢，難不成是怕梅園那晚的秘密被誰洩漏出去？

雖心有不解，但碧蕪並未再繼續深思，若只是為了如此，夏侍妾此舉倒是正稱了她的心意，解決了她不少麻煩。

「原來如此。」碧蕪看向齊驛，心不在焉道：「齊管事可還有其他要說的？」

見碧蕪這副模樣，齊驛有些疑惑，若放在別家府邸，女主人入了門，定是急著接管府內中饋，早日在下人們面前立威的。怎麼他們這位新王妃毫無興趣不說，似乎並不大願意搭理這些事。

可喻景遲的命令齊驛不能不從，即便這位新王妃不願，他還是得硬著頭皮，將府內外的事務一一交代了。

碧蕪倒也沒顯出不耐煩，只靜靜聽他說完，才道了一句。「我剛入府，這些事情也不大懂，既然從前都是齊管事負責的，往後便也要繼續煩勞齊管事了，若真有什麼解決不了的大事，再來同我請示便是。」

齊驛聞言稍愣了一下，恭敬的應了聲「是」。

見齊驛一頭霧水，碧蕪朱唇微抿，輕輕笑了笑。

這府內事務，她並不打算插手太多，畢竟一旦插手多了，往後便難以脫身。不如從一開始就不管，置身事外，將來也能走得灑脫些。

她本欲讓齊驛退下，卻倏然想起什麼，問道：「不知府中，可有一個叫小漣的婢女？」

齊驛稍稍思索了一下，才答道：「回王妃，府中似乎並沒有叫這個名兒的婢女。」

沒有嗎？

碧蕪垂眸頓生出幾分失望。

倒也是，小漣當初被派到雁林居時，已是菡萏院那場大火之後，她也曾對她說過，自己進府的時間晚。

如今這個時候，恐還流落在哪處受搓磨呢。

見碧蕪神色有些黯淡，齊驛忍不住問：「王妃尋這婢女……」

「沒什麼。」碧蕪笑了笑。「先前在街上遇到個伶俐的小婢子，說她是王府的，我還想著是不是譽王府的，如今看來，京城王府眾多，她應當是在別的王府做事呢。」

這本是碧蕪隨意尋的藉口，可落在齊驛這個管事耳中，就不能不多想了，他唯恐自己事情沒辦好，忙問道：「王妃若是覺得院中伺候的婢子不夠稱心，小的再為您換一批手腳麻利的便是。」

此言一出，屋內站著的幾個小婢子皆面色微變，戰戰兢兢的看向碧蕪。她們都是才入府不久的，若是這麼快就遭了王妃厭棄，被攆出這雨霖苑，往後在這府中該如何處事。

這些小婢子的反應，碧蕪都看在眼裡，她勾唇道：「那倒不必，她們伺候得都很好。府內事務繁忙，齊管事若無旁的事要稟，便先退下吧。」

齊驛在屋內看了一圈，遲疑片刻，才應聲緩緩退下。

待人走後，碧蕪命錢嬤嬤將雨霖苑中的僕婢都召集起來，一一認了名字，又各自賜了些賞錢。原還有些驚惶不安的幾個小婢子攥著碎銀，看著眼前面容和善的新主子，連連謝恩，一顆心才算定下來。

碧蕪又給她們重新安排了活計，原在屋內做事的，都一概調到外頭去，只餘下銀鈴、銀鉤和錢嬤嬤貼身伺候。

散了院中的僕婢後，碧蕪方在屋內坐下，就聽人進來稟報，說夏侍妾那廂派人來了。

聽到「夏侍妾」三個字，碧蕪秀眉微蹙，本還有些擔憂，待人進來一瞧，才發現是個不認識的小婢子。

那婢子入了屋，顫巍巍在碧蕪面前施了個禮。「稟王妃，我家主子今日身子不適，恐過了病氣給王妃，特意讓奴婢過來稟一聲，說待身子好了，再來向王妃請安。」

碧蕪聞言微微挑了挑眉。

這番說辭落在她耳中多少有些熟悉，想起當初夏侍妾為了不去向蘇嬋請安，似乎也是這麼命人去通傳的。

既然要好了才會來，那估摸著夏侍妾這「病」，應當是不會這麼快好了。

「好，我知道了。」碧蕪隨意抬了抬手，讓那小婢女退下了。

她雖未說什麼，銀鈴卻扁了扁嘴，先替她鳴不平。「王妃，那夏侍妾分明是尋了由頭，故意不來向您請安，您今日若輕易放過她，往後只怕她更不將王妃放在眼裡。」

「是啊，王妃。」銀鉤也附和道。

碧蕪看著兩個丫頭為她著急的模樣，笑道：「隨她去吧，何況我嫁進王府第一日，若以此為由朝她發難，反而讓人說我刁鑽刻薄了。」

夏侍妾要便讓她病著，兩相不搭理，反能讓這日子安安穩穩的過下去。

若與那廂有太多牽扯，碧蕪也怕她腹中孩子的事會因此暴露。尤其是夏侍妾身邊那個張嬤嬤，可是個難處理的大麻煩……

見她一副無所謂的樣子，銀鈴、銀鉤雖心急如焚，但也無可奈何，只得作罷。

喻景遲那廂，也不知是否政事太多，晚間並未回府用膳，但還是命人回來通稟了一聲，說他可能要遲些回來。

碧蕪得了消息，只淡淡點頭。用過晚膳，坐在窗下做了一會兒孩子衣裳，便召來銀鈴、銀鉤梳洗更衣。

銀鈴鋪整完被褥，看自家主子一副要睡下的模樣，忍不住問道：「王妃……可要等一等王爺？」

碧蕪自然知道銀鈴在想什麼，可那個人說是會晚歸，可沒說會來她房裡，昨夜他已是在這兒將就了一宿，今晚恐是迫不及待要去安慰他的美人了。

既得如此，她也不必做戲等著，腹中孩子要緊，還是早些歇下得好。

但看著銀鈴關切的模樣，她也不忍心說實話，只能道：「王爺也不知何時才回來，天兒這麼晚了，我著實也累了，就算提前歇下，想來王爺也不會怪罪。」

聞得此言，銀鈴沒再多說什麼，只微微頷首，小心翼翼伺候碧蕪睡下。

她輕手輕腳的放落床帳，吹熄周遭的幾盞燭火，只留下一盞小燈擱在床頭，方便主子起夜。

處置完了，銀鈴幽著步子，推門出去。

雖嘴上沒說，但其實她心裡多少有些替她家主子難過。她是主子身邊唯一知曉她有孕，且這孩子並非喻景遲所出這個秘密的。

可如今她家主子既成了譽王妃，她還是希望主子能和譽王殿下好好的，畢竟這孩子的父親已經沒了，只要她家主子有意，定然能得到譽王的心。

可怎的她家主子，竟一點也無所謂呢。

銀鈴低嘆了口氣，正欲闔上門，卻見背後倏然伸出一隻大掌，抵在門扇上，將她攔了下來。

此時，碧蕪正在床榻上迷迷糊糊的躺著。她向來極易入睡，只要沒什麼心事壓著，闔了眼，很快便能睡過去。

然半夢半醒間，她彷彿聽見外邊傳來「吱呀」一聲門扇開闔的響動，那聲音很輕，能感受到推門人動作的克制。

碧蕪下意識以為是銀鈴忘了東西，折回來取，便翻了個身面朝榻內，並未理睬。

然少頃，她只覺床榻微微一沈，似是有人在她身側坐了下來，她才不得不睜開眼，緩緩回身去看。

屋內的燈光昏黃幽暗，映在男人俊美的容顏上顯得格外靜謐，碧蕪睏倦得厲害，乍一瞧見坐在床榻邊凝視著她的男人，竟依稀想起了前世相似的一幕。

那時是寒冬臘月，她因在外頭受了寒，起了高熱，在榻上躺了好幾日都沒能起來。一日夜裡昏昏沈沈的難受，就看見有人坐在她的床榻邊，用冰涼的大掌蓋著她的額頭。

她自然認出了他，只是那時病得厲害，渾身都不舒服，她便懶得喚他，遑論恭敬的去迎他，只當作一場夢，任他坐在那兒，也不知坐了多久。

事後他未提起此事，她自也不會問，只後來聽說那夜他特意跑去東宮檢查太子功課，或是突然想到許久不見她，才順道來看她一眼吧。

就像現在這樣，會不會也是順道來看她的。

「殿下。」碧蕪半撐起身子坐起來，揉了揉惺忪的眸子，問道：「殿下怎麼來了？」

聽得此言，喻景遲劍眉微蹙，旋即低笑了一下。「王妃便這麼不歡迎本王？」

碧蕪眨了眨眼，有些莫名。

說什麼歡不歡迎的，他們先頭既已說好了，他本可以不來的，但他既來看她一眼，保她幾分面子，她也是感激。

既然兩人都心知肚明這樁婚事不是真的，如今四下沒人在，也沒必要裝什麼。

她索性道：「這大婚也辦完了，殿下若是要去旁處，臣妾自不會攔著。」

她自認這話說得合情合理，畢竟婚前，在觀止茶樓，她就答應過眼前這人，當個不會多管閒事、安安分分的王妃，那不管他去哪兒過夜，她都不會反對。

可也不知是哪裡出了錯，話音方落，卻見喻景遲面色微沈，眸中閃過幾分晦暗。若是對他不熟悉，碧蕪一定以為是自己看錯，可她對他到底有幾分瞭解，看到他這樣的眼神，心下一咯噔，知他是生了怒。

正欲再說些什麼找補，就見喻景遲的神色復又柔和下來。「皇祖母白日才提醒過，若今晚我們便分房而睡，只怕……」

經他這般提醒，碧蕪驀然明白過來。

也是，太后白日才說過為她撐腰的話，這婚後第一夜，喻景遲就撇了她去別處，萬一傳到太后耳中，惹得太后大怒，吃苦頭的可就是菡萏院那位夏侍妾了。

為了保護那位寵妾，喻景遲當真是費盡了心思。

碧蕪張了張嘴，欲說什麼，就聽外間門倏然被敲響，康福的聲音傳來。「殿下，水備好了。」

喻景遲深深看了她一眼，未置一言，起身出去了。

碧蕪看著床榻，無奈的嘆了口氣。早知道這般，她就該命人搬張小榻進來，看來今夜，又得將就一宿了。

她從榻內抱了床衾被出來，又往裡挪了挪，讓出一大片空位，這才翻了個身，面對榻內躺下。

原打算等喻景遲回來了再睡，可懷有身孕本就睏倦，碧蕪到底沒有挨住，閉了眼，很快沈沈睡了過去。

待第二日醒來時，她不知何時已是面朝外而躺，身側空空蕩蕩的，只餘下一條凌亂的衾被，喻景遲已然走了。

她也沒甚在意，只召來銀鈴、銀鉤給她更衣梳洗。

兩個小丫頭打進了屋，面色便都不大對，相互對視，一副欲言又止的模樣。

碧蕪也不是個傻的，待洗漱完，坐在妝檯前，才對著銅鏡問：「怎麼了？說吧。」

見被看穿，銀鈴擰了擰眉，這才如實交代。

「王妃，夏侍妾來了，已在院外等候許久了。」

第二十四章

倏然聽見「夏侍妾」三字，碧蕪不由得愣了一下，片刻後，才問道：「何時來的？」

銀鈴與銀鉤對視了一眼，低聲答道：「快有……半炷香的工夫了。」

聞得此言，碧蕪蹙了蹙眉，再看鏡中這兩個丫頭垂著腦袋，一副做錯事的模樣，便知是她們自作主張了。

應當是想替她這個性子軟弱的主子，給府中跋扈的寵妾一個下馬威。

看她們生怕被責罰的模樣，碧蕪哭笑不得，只道：「讓人站在院中到底不好，快請進來吧，叫人奉茶。」

「是，王妃。」銀鉤應聲出去了。

銀鈴見碧蕪對此事似乎並不大在意，以為她也是存了教訓夏侍妾的心，便自妝奩中挑了一支華麗繁複、做工精緻的步搖，試探道：「王妃，今日這髮髻可要做些不同的樣式？」

銀鈴的心思簡直是昭然若揭，碧蕪無奈的笑了笑，知她們也是為她好，不好拂了她們的意，便道：「妳瞧著怎麼好看，便怎麼來吧。」

「誒。」銀鈴重重一點頭，鼓起一口氣，神色都認真了幾分。

待碧蕪自內間出來時，便見一人坐在一側的太師椅上，正低頭與身側的婆子說著什麼。

許是聽見動靜，那人抬首看來，只對視了一眼，便讓碧蕪霎時愣了神。

算起來，自前世夏侍妾死後，碧蕪也有十數年未曾見過她了。如今再見，早已在記憶中模糊的容顏又一瞬間清晰起來。

眼見著一身桃紅花羅衫子的女子，妖妖嬈嬈的起身對她施了個禮，碧蕪不得不在心下感慨，果然受寵是有受寵的理由。

這夏侍妾生得確實是美豔至極。

外頭人或許疑惑，這位夏侍妾不就有一副好皮相，緣何就能如此囂張。但碧蕪覺得，正是這副皮相，才讓夏侍妾有恃無恐。

因她生得屬實是美，美得都有些不真實，連碧蕪這個女人都忍不住想多瞧兩眼。

且不說一身欺霜賽雪的皮膚，那雙微微上挑、天生含情的眼眸，也極易令人迷失其間，此時夏侍妾正輕咬著朱唇，一副被欺侮的委屈模樣，用嬌滴滴的嗓子道：「妾身見過王妃。」

瞧著她這副熟悉的惺惺作態，碧蕪在上首緩緩落坐，才不鹹不淡道了句。「起來吧。」

「謝王妃。」

見夏侍妾直起身子，恭恭敬敬的站在那兒，碧蕪倒覺得有些彆扭了。

因她印象中的夏侍妾在蘇嬋面前似乎總是趾高氣揚、不可一世的模樣，似乎隨時準備與蘇嬋鬥個不死不休。

才會在新王妃進府後，只過了那麼一段時日就遭了算計。

雖如今成了王妃的是她，不是蘇嬋，但兩人間也並無什麼衝突，沒必要結下仇怨。

「夏侍妾坐吧。」碧蕪淡淡道。

她緩緩將視線落在夏侍妾身側的婆子身上，那婆子似有所覺，偷偷抬眸看來，卻面色大變，忙又將頭低了下去。

這人不是旁人，正是當初在梅園發現並威脅她的張嬤嬤。

她顯然是認出碧蕪來了。

那日在梅園與喻景遲發生意外後，碧蕪不知所措，慌慌張張想要逃跑，誰知才打開門，便遇上前來替夏侍妾送東西的張嬤嬤。

張嬤嬤怕她是想借此法子，勾引主子上位，就將她拉走，在偏院中關了三日，直到喻景遲離府後才將她放出去。

其實在前世第一次逃跑被抓回來後，碧蕪才真正被送去菡萏院見了夏侍妾。

在此之前，兩人並未有過照面，因而並不擔心此時的夏侍妾認得她。反是這個張嬤嬤，知道的實在有些多了。

可縱然她認得，碧蕪也不可能承認。何況張嬤嬤不是什麼傻子，若真為了自個兒的主子好，也絕對不會將此事洩漏出去。

碧蕪定了定神，神色自然道：「聽聞夏侍妾身子不適，可恢復好了？」

聽得這話，夏侍妾方才坐下的身子微微一頓，旋即飛快的以帕掩唇，連連咳了好幾聲。

「多謝王妃關懷，不過是偶感風寒，王爺也特地請了大夫來給妾身瞧過了，較之昨日已是大好。」她隨即滿臉自責道：「只昨日沒來向王妃請安，還望王妃莫要怪罪。」

這話聽著沒有問題，可答話便答話，還刻意提了喻景遲，就難免有些意味深長了。

銀鈴、銀鉤面色頓時都有些難看，碧蕪卻是恍若未覺。「那便好，身子不適也是沒有辦法，我又豈會怪罪呢。往後都是要一同伺候王爺的，夏侍妾也得養好身子才是。」

碧蕪說著，看向銀鈴。「去庫房取些上好的藥材，一會兒讓夏侍妾帶回去。」

這話不僅讓銀鈴愣了愣，坐在下頭的夏侍妾亦是一怔，少頃，才推拒道：「多謝王妃關懷，只是……只是王爺平日賞下了不少好藥材，妾身那兒的庫房都快要堆不下了，恐是不能再接受王妃的賞賜。」

她露出一副為難的模樣，卻讓銀鈴氣得牙癢癢，心下直嘆這個夏侍妾「不識好歹」，正欲開口譏諷兩句，卻見她家主子淡然一笑道：「哦？看來夏侍妾平日裡是常生病的？」

聞得此言，夏侍妾面上露出一絲錯愕，尷尬的笑了笑，乾巴巴道了一句。「妾身的身子確實是不大好……」

「那看來，需得請人來給夏侍妾好生調養調養了。」碧蕪端起茶盞輕啜了一口。「調養好了，才能伺候好王爺不是。」

夏侍妾扯了扯嘴角，笑得勉強，低低應了聲。「是。」

許是覺得待在這兒無趣，坐沒一會兒，夏侍妾便尋了個由頭，起身離開了。

人前腳剛走，後腳忍了許久的銀鈴、銀鉤便迫不及待的對碧蕪道：「王妃，您瞧這夏侍妾，句句不離王爺，怕您不曉得她有多得寵似的，分明是挑釁來了。」

碧蕪笑了笑。

她哪看不出來，故而不管這夏侍妾扔什麼過來，她都沒有接。

夏侍妾將碧蕪視作威脅，碧蕪卻不是。她既那麼喜歡喻景遲，只管拿走便是，自己絕不會與她爭搶，只求她別打擾她的清靜日子，就足夠了。

只是……

碧蕪想起方才的一幕幕，秀眉微蹙。她總覺得哪裡不太對勁，可具體的又說不上來。

許是她太多疑了吧。

「她也就是過過兩句嘴癮，興不起什麼風浪。」碧蕪無所謂道。

她並未將夏侍妾的事放在心上，反驀然想起別的來，忙看向銀鈴道：「妳派人去找齊管事，讓他尋一張大點的小榻，搬進屋裡來。」

「小榻？」銀鈴在屋內環視了一圈。「可王妃，這內屋恐難再擺下一張小榻了。」

碧蕪四下查看，少頃，她將視線定在一扇窗下。

那裡突兀的擺著一個博古架，樣式顏色與周圍擺設顯得有些格格不入，她也未多想，抬手指了指。「將那處整理整理，撤了架子，把小榻擺上吧。」

「是。」銀鈴福了福身，退下去了。

張嬤嬤緊跟在夏侍妾後頭，見離雨霖苑遠了，才終於壓低著聲音道：「主兒，奴婢怎瞧著，這王妃生得有幾分眼熟呢？」

夏侍妾步子一滯，回首瞥了她一眼。「怎的，妳先前還見過王妃？」

「倒是沒見過……」張嬤嬤眉目緊蹙，一副欲言又止的模樣。「主兒可還記得先前逃跑的那個婢女？奴婢怎覺得王妃生得與她一模一樣呢。」

許是這話太駭人，夏侍妾徹底停下腳步，微張著嘴，驚詫的看著張嬤嬤，正當張嬤嬤以為她是信了這話時，卻見夏侍妾倏然扯了扯唇間，嘲諷的看著她。

「我看，嬤嬤是老糊塗了吧，怎能將那奴婢與王妃相提並論。」她微沈下臉，提醒道：「往後可不能再說這樣的話，若讓旁人聽見，連累我跟著妳一塊兒遭殃。」

「是，是。」見夏侍妾面色不善，張嬤嬤忙答應，又呵呵笑了兩聲道：「倒也不是一模一樣，就是臉生得有幾分相像，可儀態氣度那是大相逕庭啊，就說那小婢子，唯唯諾諾的，哪有王妃，端莊淑雅，落落大方……」

夏侍妾沒再理睬她，提步便往菡萏院去了。

張嬤嬤跟著入了內，可想起方才見到的那位新王妃，仍是疑惑的蹙起了眉。

天底下容貌相似的人何其多，可能真是她弄錯了吧。

午後，眼看著小榻被搬進了內間，碧蕪的心頓時安定了不少，待到晚間便又自顧自睡了過去。

翌日起來才從銀鈴口中得知，喻景遲昨夜來過，可似乎是瞧見屋內多出來的這張小榻，明白了她的意思，也不自討沒趣，徑直去了僅一牆之隔的雁林居。

而後連著幾個晚上，喻景遲都沒再出現，聽銀鈴說是去了夏侍妾的菡萏院。

碧蕪自然不急，卻急壞了銀鈴、銀鉤與錢嬤嬤。錢嬤嬤以為是那日夏侍妾來過後，兩人之間生了嫌隙，還在她面前好一頓勸，碧蕪只能硬著頭皮同她解釋，說兩人好得很，並未有什麼爭吵。

可錢嬤嬤不信，說到傷心處，還忍不住抹了眼淚，感慨她家王爺被個妖精迷了眼，才新婚幾日，就做出這種糊塗事。

見她這樣，碧蕪難免有些不忍心，最後不得不讓銀鈴偷偷去尋喻景遲身邊的康福，讓喻景遲晚點過來一趟。

吩咐完，她才放下一顆心，隨銀鉤一塊兒出去閒走。

她們本只在雨霖苑附近散散步，可今日天氣格外的好，碧蕪便想著走遠一些，誰料天有不測風雲，走到半道上，晴天響起一聲雷，很快烏雲密集，竟猝不及防的下起雨來。

銀鉤連忙伸手用袖子替碧蕪擋雨，兩人快步走到最近的院子，然抬眸一瞧，碧蕪卻愣住了。

因那高懸的牌匾上，赫然寫著「梅園」二字。

院門緊閉，上頭還落了鎖，兩人只能在簷下暫時躲躲雨，想著等雨停了，再回雨霖苑。然等了好一會兒，這雨不但絲毫不歇，還變本加厲起來。

眼見著潑濺進來的雨將碧蕪的衣衫都打濕了，銀鉤咬了咬牙道：「王妃且在這兒等一會兒，奴婢這就回雨霖苑取傘來。」

說罷，提步衝進了雨幕中。

「銀鉤……」

碧蕪來不及喊住她，只能眼見著銀鉤消失不見，無奈的站在原地。

縱然已過了立夏，可渾身濕漉漉的，風一吹依舊涼得厲害。碧蕪抱住手臂搓了搓，不覺往後退了一步，便聽「哐噹」一聲，門上的鎖鏈竟掉落下來。

門扇徐徐展開，露出院內的一角景色來。

碧蕪愣在那廂，又抬首看了眼頭頂的「梅園」二字。

不知怎的，恍若看到了當初的自己，也是在這樣一個雨天，狼狽不堪，跌跌撞撞的跑進這裡。

她和喻景遲的一切糾葛，和旭兒的所有緣分，皆是從這扇門裡開始的。

對於這一世的她來說，這或許只是兩個多月前的事，可對前世而言，便是十餘年。

她鬼使神差的伸出手，緩緩將門推開，卻見原本昏暗的天空一瞬間亮得刺眼，還未等她反應過來，就聽轟的一聲巨響。

「啊！」

碧蕪尖叫一聲，嚇得閉上眼，卻驀然發現自己被一雙有力的手臂攬進懷中，抬首，便撞見那雙漆黑深邃的眸子裡。

眸中的情緒很複雜，有擔憂、有急切、有氣惱，還有碧蕪形容不出的東西。

他始終薄唇微抿，未置一言，只飛快的解下披風裹住她，打橫抱起，快步入了院中。

直到在屋內的床榻上坐下，眼看著男人的大掌緩緩鬆開，碧蕪才猛然清醒過來，恐懼的往後縮了縮。

看著她眼中的抗拒，喻景遲雙眸微眯，似是玩笑般抿唇道：「不過是將濕了的披風解下來，王妃這般害怕，像是本王會對妳做不軌之事。」

碧蕪咬了咬唇，沒有吭聲。

她當然害怕……

因就是在梅園，在這間屋子裡，這張床榻上，自投羅網的她，被眼前這隻餓狼，一口一口，徹底吞吃入腹。

第二十五章

那日的回憶並不算美好，碧蕪穩了穩凌亂的呼吸，抬首問道：「殿下怎麼來了？」

喻景遲自然的解下碧蕪身上的披風，淺淺地笑了笑。「不是王妃派人讓本王來的嗎？」

碧蕪一時語塞，她的確派了人去請喻景遲，可沒說是讓他這會兒就回來。

見他半蹲著身子，渾身透濕，雨水自面頰兩側不停的滑落，連地面都濕了一片。許是少見他這麼狼狽，碧蕪不由得笑起來。「殿下怎的不打傘，濕成這般。」

她忍不住伸出手，用指腹抹去他眼角將落未落的雨滴。

一瞬間，她明顯感覺男人的身子僵了僵，眸色頓濃了幾分。

碧蕪亦反應過來，笑意微斂，似被燙著了一般急忙縮回手。他們只有夫妻之名，這般舉止，實在太親密了些，到底不大妥當。

她尷尬的別過眼，沒敢再去看他，只裝作在屋內環視起來。

然細看之下，碧蕪卻蹙了蹙眉。

據她所知，梅園是喻景遲為了紀念亡母沈貴人所建，因沈貴人生前愛極梅花，譽王離宮建府時，特意命人闢出一個院子，在裡頭種滿自南地運來的朱砂梅。

打碧蕪入府的頭一日，便被管事嬤嬤警告過，譽王府梅園是王府禁地，絕不可涉足，違者杖責發賣。

其實，就算沒這條規矩，也沒人願往梅園去。

且不說院門常年被粗重的鎖鏈鎖住，無法入內，就是梅園鬧鬼的傳聞也令王府眾人皆聞梅園色變。

也因得如此，當初清掃梅園的活被一推二推，最後落到碧蕪的頭上。

梅園裡安靜無人打擾，碧蕪倒是樂得。只她一直以為梅園無人居住，才會在那晚走投無路，跑進梅園裡頭。

不過今日再看，她才頓然發現這屋內乾淨整潔，處處是生活的痕跡。

好生奇怪！

「王妃、王妃……」

外頭倏然響起錢嬤嬤的聲音，伴隨著雜沓的腳步聲夾雜在雨中。

「進來吧。」

站在屋外的錢嬤嬤乍一聽見這低沈醇厚的聲音，愣怔了一瞬，不由得心下一喜。

她幽幽推開房門，和銀鈴、銀鉤及幾個小婢女躬身入內，果見她家王爺站在屋內。

「見過王爺，王妃。」錢嬤嬤來不及欣喜太久，她生怕碧蕪受了寒，忙命銀鈴拿出帶來的乾淨衣裳給碧蕪換上。

喻景遲見此，從屋內出去了。

錢嬤嬤趁著換衣裳的空檔，笑著同碧蕪道：「老奴瞧著，王爺心裡還是很在意王妃的，方才王爺來了雨霖苑，聽聞王妃還未回來，傘都不拿便跑出去了，老奴原還疑惑，王爺這是要去哪兒，原是尋王妃來了……」

碧蕪聽在耳中，卻只是淡淡扯了扯唇間。

倒也不一定，梅園離夏侍妾的菡萏院並不遠，興許喻景遲是聽見雷聲，生怕那位害怕，急著趕過去的，路上看見她在避雨，想著不好不管，這才入了梅園。

不必自作多情。

替換下一身濕衣，外頭的雨也逐漸歇了。碧蕪走出屋時，喻景遲已不在外頭，只吩咐一個小婢子告訴她，他先回雁林居更衣去了，晚膳在她那裡吃。

錢嬤嬤聞言很高興，忙命廚房晚上多做幾道好菜。

入夜後，喻景遲果真來了，飯後宿在雨霖苑，但只是安安分分的睡在小榻上。

為了應付錢嬤嬤，之後的幾晚，喻景遲都會來她屋裡就寢，直到大抵七、八日後，才漸漸改作兩日，或三日來一次。

按大昭習俗，大婚雙旬後，新婦是要同丈夫一道回門的，碧蕪也早早備下了禮品，做好了準備，可誰知到前一日晚，她又乾嘔不止，便不得不作罷。

待到五月中，碧蕪的孕吐才終於好轉了許多，胃口亦重新恢復了，喻景遲也恰巧得了空閒，便來雨霖苑與她商議歸寧之事。

待到歸寧那日，因心下激動，碧蕪沒了睡意，很早便醒了過來，拾掇完了才和喻景遲一道往安國公府而去。

蕭鐸要去上值並不在府中，蕭鴻澤今日恰巧休沐，聽聞碧蕪要回來，帶著蕭老夫人與周氏、蕭毓盈一塊兒，大清早便在門口等。

甫一見到碧蕪自馬車上下來，蕭老夫人便雙眼一熱，但礙著喻景遲也在，只能先恭敬的同蕭家人一道施禮。

「見過殿下，王妃。」

蕭老夫人才低下身，就被一雙大掌攔住，扶了起來，抬首便見喻景遲笑道：「祖母不必多禮，本王既已娶了王妃，便是一家人了。」

這一聲「祖母」不由得讓蕭老夫人面露惶恐，雖說如今喻景遲是她的孫婿沒錯，但他到底是王孫貴族，身分尊貴，不同於尋常人家，尊稱她「蕭老夫人」其實已經足夠，這一聲「祖母」，當真是給了她天大的面子。

她看向喻景遲身後的碧蕪，見她面色紅潤，看起來氣色極佳，不由得放下心來。

看來，她這孫女在譽王府的日子過得應當不錯。

打第一眼看到蕭老夫人，發現祖母較之前瘦了許多，碧蕪便覺胸口的酸澀感一陣陣湧上來。如今見蕭老夫人抬頭看她，她到底止不住落下淚來，啞聲喚了句「祖母」。

蕭老夫人本也是忍著，此時聽到這久違的一聲呼喚，也顧不得許多，登時應了一聲，一把將碧蕪抱在懷裡，暗暗紅了眼眶。

蕭鴻澤站著看了好一會兒，才勸道：「殿下、王妃一路過來也累了，祖母先讓殿下、王妃入府吧。」

蕭老夫人這才不捨的將碧蕪放開，背手擦了擦眼角的淚，恭敬道：「府中已備了茶水點心，請殿下、王妃先去廳中歇歇腳吧。」

喻景遲含笑點了點頭，在蕭鴻澤的指引下往府內花廳而去。在花廳坐了一會兒，幾人便移步至正廳用午膳。

「臣家中的廚子到底比不上王府中的大廚，一些家常小菜，望譽王殿下莫要嫌棄。」

喻景遲輕笑了一聲。「安國公客氣了，本王瞧著家常小菜也不比山珍海味差，倒是更有滋味些。」

喻景遲與碧蕪落坐後，蕭老夫人、蕭鴻澤幾人才相繼落坐。

坐下後，幾人卻是不動，只等著喻景遲先動筷子。

喻景遲挾了一塊清蒸鱸魚，卻沒放進自己口中，轉而放入碧蕪碗裡，柔聲道：「本王瞧著這魚做得不錯，王妃嘗嘗。」

碧蕪抬眸看了他一眼，心下有些奇怪。

因她吐得厲害，魚味道又腥，最近這段日子她別說是吃魚，餐桌上就連魚的影子都不曾見過。喻景遲應當是知曉的才對，怎的今日……

她正疑惑間，便聽譽王又道：「王妃雖吃不下，但本王聽大夫說，魚對身體好，王妃多少吃一些。」

他暗暗朝她眨了眨眼，碧蕪頓時恍然大悟，算算日子，也確實是時候了。

她配合的挾起碗中的魚肉，可還未送進嘴裡，只在唇上沾了沾，便皺起眉頭，飛快的放下筷子，捂著嘴不住的乾嘔起來。

這嘔半真半假，多少帶著點演的成分，但因她平日裡確實一直在吐，所以縱然是演的，看起來也與真的沒什麼差別。

喻景遲見勢，忙輕輕為她拍後背。「很難受？那便別吃了，是本王不好，非要妳吃。」

兩人的一唱一和皆落在廳內人的眼裡，一旁的蕭老夫人與周氏對視了一眼，不由得面露詫異。她們畢竟都是過來人，到底怎麼回事還會不清楚嗎？

「小五，妳……」

碧蕪略有些羞赧的看過去，輕輕點了點頭，囁嚅半晌道：「祖母……我有喜了。」

「哎呀。」不只是蕭老夫人，屋內人皆是驚喜不已。

「當真是太好了。」

蕭老夫人打心眼裡替碧蕪高興，她與喻景遲大婚才不過月餘，即能把出脈象，看來是婚後不久便懷上了。

蕭老夫人這份喜悅不僅有能抱得外孫的高興，自然還有現實的考量，喻景遲如今膝下無子，不管男女，她家小五能誕下頭一個孩子，到底是不一樣。就算將來喻景遲娶了側妃，納了侍妾，對小五的寵愛淡了，有個孩子在身邊，日子也能好熬些。

「王妃既然吃不下，便換點清淡的。」蕭老夫人立刻吩咐劉嬤嬤道：「命廚房準備些清淡好下嚥的粥食來。」

劉嬤嬤忙應聲下去了。

看著祖母關切自己的模樣，碧蕪心下既感動又有些愧疚，她分明是三個月的身孕，卻要在蕭老夫人面前騙做是一個月，往後恐還要辛苦的裝上很久。

午膳過後，喻景遲和蕭鴻澤一道去安國公府花園閒坐下棋去了。碧蕪並未跟去，而是隨周氏和蕭毓盈一塊兒，去了蕭老夫人的棲梧苑。

沒有喻景遲在，棲梧苑中的氣氛輕鬆很多，蕭老夫人拉著碧蕪囑咐了好些話，孕期不能吃什麼、不能做什麼，都交代得一清二楚。

碧蕪並非頭一次懷孕，這些事她亦清楚得很。

在棲梧苑中坐了半個多時辰，見蕭老夫人昏昏欲睡，卻還強撐著與她說話，碧蕪尋了個由頭，與蕭毓盈和周氏起身告辭，好讓蕭老夫人能安心午憩一會兒。

出了垂花門，周氏轉而去了西院，只餘下碧蕪與蕭毓盈一塊兒在府內慢悠悠的踱步。

想起蕭毓盈的婚事，碧蕪不由得問了一嘴。

「應當是快了。」說起此事，蕭毓盈面上一赧，露出幾分羞澀。「雖說母親本不同意，但父親、大哥哥和祖母都允了，她自也沒什麼好說的，何況先前，我也按她的心意，去相看過幾個人。」

「怎的，都不滿意？」碧蕪好奇道。

「倒也不是他們不好，只是……」蕭毓盈低嘆了口氣。「見過之後我才明白，緣何大哥哥會為我挑選那麼個木訥的人。因旁的人想娶我，多少揣著幾分不可告人的意圖，想借著我來攀附安國公府，可那人想娶我，卻單單只是想娶妻而已……」

說到此處，蕭毓盈不由得笑出了聲。「妳不知道，上回與他相看，他還問我吃不吃得了苦，說他家中不似安國公府那般富庶，沒有那麼多丫鬟、僕婢貼身伺候，飯食也做不到頓頓山珍海味……他那般認真，倒教我覺得這人可託付了。」

碧蕪聞言亦笑起來。

蕭毓盈的感覺並沒有錯，前世這位唐編修雖十幾年沒得擢升，但不管是安國公府繁榮還是衰敗，他都始終對蕭毓盈一心一意，不離不棄。

蕭鴻澤之所以選擇這樣一個人，是真心為了蕭毓盈、為了蕭家好。的確，就如蕭毓盈所說，那些高官門第，皆存了攀附的心思，可一旦安國公府榮光不再，他們還會像先前那般對蕭毓盈好嗎？她往後的日子會過得如何，可想而知。

蕭鴻澤為了蕭家著實費了不少心思。

思至此，碧蕪秀眉微蹙，似乎察覺哪裡不太對勁，可細究之下，又想不出個所以然來。

兩人在府中走著走著，便不自覺走到了花園附近。

不遠處的涼亭中，喻景遲正與蕭鴻澤對坐下棋。涼亭四下帷幔飄飛，碧蕪看了一眼，便見兩人面容沈肅，也不知在說些什麼。

碧蕪本想繞開，不作打擾，可一時風大，竟將她手中的絲帕吹飛，恰巧往涼亭的方向去了。

銀鈴說要去替她撿回來，碧蕪卻搖搖頭，無奈的笑了笑，撿了帕子卻不過去，不是個禮數，這是老天都要讓她過去瞧瞧呢。

她提步往涼亭去，待走近了，便見坐在裡頭的蕭鴻澤倏然止了聲，警覺的往這廂看來。然碧蕪耳力好，隱隱聽見了「太子」二字。

見蕭鴻澤緊蹙著眉頭，神色緊張，一瞬間碧蕪突然意識到究竟是何處不對勁。

她這位兄長年紀輕輕，在朝中分明風頭正盛，為何那麼早便要為將來安國公府敗落之事而籌劃打算，多少顯得有些反常。

除非，他一開始就想到自己可能會死。

思及這種可能，碧蕪呼吸微滯，腦中冒出一個可怕的想法。

難不成前世，蕭鴻澤的死並非單純的戰死，而是有人故意謀害！

第二十六章

若是如此，那想害蕭鴻澤的又會是誰呢？

換句話說，她這位兄長究竟知曉了什麼秘密，才會覺得自己處境危險，恐會遭人趕盡殺絕？

想起方才蕭鴻澤提到的「太子」，碧蕪心下的不安又添了幾分。若要說太子不可告人的秘密……應當就只有那個了。

可為何蕭鴻澤會在喻景遲面前提及太子？

她始終以為前世安國公府一直游離於皇權爭奪之外，如今看來事情或許全然沒有她想的那麼簡單。

碧蕪腦中亂得厲害，想不透的事層層交錯堆疊，織成一張緊密的亂網迎頭兜來，令她喘不過氣。

原以為經歷了前世，她知道的總能比旁人更多些，如今再看，才發現很多事她其實仍是一無所知。

她將掩在袖中的手指微微蜷起，旋即神色自若的彎腰將地上的絲帕拾起，含笑淡然踏入涼亭中，恍若完全沒聽見方才的話。

「哥哥這般神情，難不成是輸了棋？」她開口調侃道。

蕭鴻澤笑了笑。「以臣的棋藝，自然是比不過譽王殿下。」

「殿下棋藝高超，輸給殿下，哥哥也不算丟人。」

碧蕪瞥了眼桌上的棋局，又順勢看向喻景遲，可喻景遲仍是如往常一般笑意清淺，根本無法從他面上看出任何端倪。

見她看過來，只道：「王妃這般誇讚本王，倒讓本王覺得慚愧了。」

「王妃說得不錯，殿下棋藝著實令臣心服口服。」蕭鴻澤站起身道：「臣突然想起，兵部還有些事情要處置，需先行一步，不能繼續招待殿下和王妃了，還請殿下和王妃恕罪。」

喻景遲頷首道：「公事要緊，安國公不必在意本王和王妃，先去忙吧。」

「謝殿下。」蕭鴻澤拱手施了個禮，徐徐退下了。

碧蕪站在原地，看著蕭鴻澤的背影漸行漸遠，若有所思。

蕭鴻澤不在，晚膳喻景遲並未去正廳吃，抑或是怕煩勞蕭老夫人，只讓人將飯菜送到酌翠軒，與碧蕪一塊兒簡單用了些。

原以為晚膳後就要回王府去，誰知喻景遲卻提出要留宿一夜。說難得回來，讓碧蕪再好生陪陪蕭老夫人。

碧蕪自然樂意，晚膳後便往蕭老夫人的棲梧苑去了，祖孫倆說著話，一時忘了時候，直到近亥時，經劉嬤嬤提醒後，碧蕪才不捨的起身回了酌翠軒。

方才踏入內室，她便依稀聽見「嘩嘩」的水聲，待意識到什麼，忙猝然止住步子。

昏黃的燈光照在那扇描畫著墨蘭的絲質屏風上，勾勒出一道剪影，其後男人的身形若隱若現，碧蕪只草草瞥了一眼，便覺面頰發燙。

這人平素套著一身寬大的衣袍，看著清瘦，可碧蕪曉得，衣衫之下是那般精悍有力的身軀。

她窘迫得厲害，停也不敢停，當即折身往外走。

她知他這人有個怪癖，便是不喜旁人看他不著衣衫的模樣，前世交歡，他常不褪裡衣，若是褪了，定是熄了燈或令她背對著，不肯讓她回頭瞧。

當然，不讓她回頭，或許不想看見她那張臉，以免敗了興致。

左右不管是什麼緣由，她都不想惹他不喜，乾脆自己識趣的出去，在院中長廊下閒坐。

長廊上種了一排紫藤，藤蔓纏繞著石柱蜿蜒至廊頂上，伴著條條長穗垂落，正是花開繁盛的時候，紫色的花朵簇擁著，好似門簾般隨風飄舞，賞心悅目。

天兒已然熱起來了，夜風吹著也帶不來幾分涼意，碧蕪半捲著袖口，露出一小截白淨的藕臂，她有一搭沒一搭的搧著團扇，心下想的卻全是白日的事。

坐了好一會兒，便見銀鈴過來稟道：「王妃，王爺已沐浴完了。」

碧蕪點了點頭。「好，我知道了。」

外頭雖還算涼快，可到底蚊蟲太多，碧蕪也坐不大住，聞言便起身入了內室。

喻景遲身著單薄的寢衣，站在那張花梨木雕花書案前，隨意翻看著。碧蕪走到他身側，正巧看見他翻開桌角處那本鼓鼓囊囊的書冊，取出夾在裡頭的一大疊紙來。

碧蕪心下一慌，顧不得太多，忙伸手去奪。

「殿下，這個看不得！」

然還未待她碰著那疊紙，喻景遲卻已輕輕鬆鬆抬起手臂。

這人本就比她高上一個頭還要多，手臂一抬，任碧蕪如何踮腳都搆不著，可偏偏他還要挑眉戲謔的看著她道：「緣何看不得，難不成是什麼不能見人的東西？」

倒也不是什麼不能見人的東西，只是他不能看罷了。那是她平素練字留下的紙張，她很清楚，她的字和他有多像。他向來疑心重，就怕看到這些字會懷疑她什麼。

然而衝動過後，碧蕪立刻反應過來，她表現得實在太明顯了。這般樣子，倒是顯得此地無銀了。

她忙退開來，卻未發現自己緊挨著書案，才退了一步，便抵到了桌邊，退無可退。

可偏偏眼前的男人還要提步過來，一下就將她困在書案和他之間。

男人居高臨下的看著她，濃重的壓迫感讓碧蕪略有些難以呼吸。她心虛的垂眸，視線無意間落在他的胸口，不由得愣怔了一下。

素色的寢衣本就寬鬆單薄，再加上喻景遲沐浴後，身上的水並未全然擦乾，濕了的布料便隱隱能透出其後的情景。

在喻景遲的左胸心口處，有一道紅色的痕跡，不像是什麼疤痕，但蔓延得極長。

碧蕪清楚的記得，前世，喻景遲的胸口並沒有這樣的紅痕，因為她曾瞥見過，分明那時什麼都沒有，緣何這一世……

這道痕跡究竟是怎麼來的？

碧蕪盯著這道紅痕目不轉睛的看時，卻不知面前人也在盯著她瞧，看她一雙秀眉緊蹙，有些疑惑的模樣，他的唇間不由得流露出幾分戲弄的笑。

「好看嗎？」

低沈的聲音倏然在耳畔響起，碧蕪稍愣了一下，一抬首，便見喻景遲眸中盛滿笑意，說話間竟還微微傾身。

「王妃可要湊近點瞧瞧？」

熟悉的青松香撲面而來，碧蕪雙頰發燙，耳尖像燒起來了一般，她忙收回視線，想隨意扯個話題，卻是突然想起什麼，忍不住抬眸看向喻景遲，緩緩道：「午後在涼亭中，殿下與兄長說了什麼？」

像是沒想到她會突然問這事，喻景遲明顯愣了一瞬。「王妃很好奇？」

碧蕪確實好奇，她一人暗自琢磨，總是探不出個所以然來，不若大大方方的問，指不定還能從中捕捉到一二。

她垂下眼眸，低嘆了口氣，作出一副憂慮的模樣。「只是見兄長面色不佳，故而有些擔憂。朝中事臣妾也不懂，看兄長那般，不免擔心他是否遇上不好的事。」

喻景遲靜靜凝視了碧蕪片刻，驀然低笑了一聲，將手中的那疊紙在她面前晃了晃。「想本王告訴妳也可以，那王妃便讓本王瞧瞧，這裡頭寫了什麼。」

見他對這東西如此執著，碧蕪不禁有些犯愁，須臾，靈機一動。

「殿下……」她刻意面露感傷。「不是臣妾不願給殿下看，只是……這是臣妾寫給孩子父親的……」

聞得此言，喻景遲果然斂了笑意，他深深看了眼手上的東西，手指攥緊。

瞧著喻景遲這般反應，碧蕪心下一鬆，她是故意說這話的，畢竟是寫給死人的東西，意義不同，不管如何，他也不會再繼續堅持要看吧。

喻景遲緩緩將手中物放回案桌上，眸中流露出幾分惋惜。「能得王妃如此情意，那人當真是三生有幸，只可惜英年早逝，沒能娶得王妃為妻。」

他頓了頓，忽然定定地看著碧蕪道：「若他還活著，看到王妃懷著他的孩子嫁給本王，也不知是何感想。」

這話問得實在奇怪，甚至讓碧蕪覺得有些荒唐，但她還是神色認真道：「殿下，他已然走了……」

「本王只是做個假設罷了，王妃莫要在意。」喻景遲扯扯唇角。「想來，若本王是他，定然接受不了自己歡喜的東西為他人所據。」

他說這話時，眸色深了幾分，其間隱隱透著幾分陰沈。

碧蕪曉得，他大抵是想到夏侍妾了，前世夏侍妾死後，他整整念了她十六年，若夏侍妾真被人奪走，他怕不是要瘋了。

她突然很好奇他會怎麼做，腦子一熱，竟脫口問道：「若是被擄，殿下當會如何？」

喻景遲垂首看去，便見那雙瀲灩的眸子直直的看著他，清澈動人，唇間笑意深了幾分，旋即一字一句道——

「也沒什麼，不過就是將那人一刀一刀給剮了……」

他分明神色溫柔，可說出來的話卻令人不寒而慄，碧蕪只覺脊背發涼，突然很後悔問了他這話。

也是，為了夏侍妾，他怕是什麼都能做，殺個人罷了，對他而言或許根本不算什麼。

見她面色似有些不大好，像是被嚇著了，喻景遲抿唇笑了笑，風清雲淡道：「本王不過玩笑，王妃怎還認真了。」

他退開幾步道：「天色不早了，王妃還是早些歇息吧。」

喻景遲說著，提步便往小榻那廂去了，他神色自若，笑意溫潤，好似方才說出那番駭人話的根本不是他。

碧蕪長長吐出一口氣，看向手邊的那一疊紙，忙拿起來出了屋，偷偷吩咐銀鈴避著人將東西給燒了。

再回去時，便見喻景遲已躺在臨窗的小榻上，闔眼睡下了。

碧蕪恐擾了他，躡手躡腳去了側屋梳洗，待洗漱完了才回到屋內睡下。第二日一早天未亮，為了趕上早朝，喻景遲便先行回府更衣。碧蕪一直睡到日上三竿才起，陪著蕭老夫人用過午飯，方才啟程回譽王府。

蕭老夫人送碧蕪到安國公府門口，拉著她的手好一會兒都不願意放開，讓她有空便時常回來看看。

碧蕪點了點頭，但心裡曉得大抵是難。她腹中的孩子三月有餘，只怕很快便會顯懷，至少三個月內，她恐是都得避著人在府中待著，不然怕是會被發現端倪。

回到譽王府，已近申時。

碧蕪命人往宮中遞了消息，告訴太后自己有孕之事。安國公府既已知道了，那便得盡快通知太后此事，省得夜長夢多。

見去傳消息的人走了，碧蕪喚來銀鈴，在她耳畔說了什麼，銀鈴神色猶豫，問道：「王妃，您真的要？」

碧蕪重重點了點頭。「去吧，我心裡有數。」

見她態度堅定，銀鈴只得應聲出去，半個時辰後再回來，手上端著碗黑漆漆的藥汁。

她走到碧蕪面前，卻遲遲不願將湯藥遞給碧蕪，甚至還啞著聲音勸道：「王妃，要不還是不喝了，王妃上回喝了這藥，吐成那般，奴婢看著實在心疼。」

「沒事，左右都是要喝的，難受過了便好了。」碧蕪安慰般朝她笑了笑，旋即決絕的伸手端過藥碗。

然正欲喝下，卻見一隻大掌驀然將碗奪了去。

她抬首望去，便見喻景遲盯著碗中的藥汁，劍眉緊蹙。

「這是什麼藥？」

他怎這個時辰回來了？

碧蕪心下一咯噔，佯作輕鬆道：「殿下奪我的藥做什麼，不過是尋常的安胎藥罷了。」

她伸手欲拿過來，喻景遲卻是將藥拿遠了些，轉而看向侍立在一側的銀鈴。

銀鈴根本不想碧蕪喝這藥，見喻景遲面色微沈，向她看來，立刻道：「殿下，這是王妃自應州尋來的能紊亂脈象的藥，這藥雖靈，但喝下後反應極大，上一回圍獵，王妃便是因喝了此藥才會渾身無力，逃不出來，險些在火中喪了命。」

喻景遲聞言劍眉緊蹙，將湯碗擱在桌上，看向碧蕪，不容置疑道：「不許喝了！」

碧蕪面色微變。「可殿下，臣妾已派人去宮中遞了消息，以皇祖母的性子，定然會派御醫來給臣妾診脈，若是如此，臣妾有孕三月的事只怕會瞞不住。」

見她神色焦急，喻景遲的眸色又沈了幾分，連語氣中都帶著掩不住的慍怒。「通知皇祖母的事，王妃緣何不與本王商議？」

聽得這話，碧蕪一時咋舌，她以為她自己能解決，便不想麻煩喻景遲，誰知他居然這般生氣。

也對，他們是合作關係，若她的事情暴露，對喻景遲也沒有任何益處。

「是臣妾的錯。」她垂首道歉道：「臣妾只是覺得殿下公事繁忙，這麼小的事不願煩勞殿下，便自己做主了。」

喻景遲看了眼桌上的藥汁，仍是面沈如水。「所以，妳打算喝下藥讓太醫診斷不出來？那往後呢？若皇祖母隔三差五派御醫來給妳請脈，妳要一直喝下去嗎？」

「我……」

碧蕪答不上來，可除了這樣，她又有什麼辦法呢。

她再次緩緩將視線投向桌上的藥碗，喻景遲似是看出她在想什麼，沈聲吩咐道：「將碗端走！」

「是。」銀鈴忙端起桌上的藥碗，快步跑出去，生怕碧蕪會追上來將藥喝了一般。

碧蕪看著銀鈴離去的背影，心下既氣惱又無奈，只能看向喻景遲，焦急的喚了一聲「殿下」。

她急得眼眶都紅了，一雙眸子泛著晶瑩的淚花，見她這般，喻景遲的語氣也不由得緩了幾分。「別怕，還有本王在，本王會處置。」

他這話讓碧蕪愣了一下，只因這話有些耳熟，前世他似乎也對她說過許多次。

旭兒連日高燒不退，差點喪命時，他們之間的事險些被蘇嬋發現時，他似乎都是這麼說的。

不知為何，碧蕪原有些焦躁的心倏然安靜下來。她確實從頭至尾都沒想過要依靠他，如今聽得這話，才反應過來，其實她倒也不必一人死撐著。

喻景遲的能力和手段她很清楚，他既然願意，那她完全可以借他的手來擺平此事。

碧蕪收起眼淚，看向喻景遲，重重點了點頭，道了句。「多謝殿下。」

果真如碧蕪所料，不出一個時辰，太后身邊的李德貴便親自帶著一個太醫來到譽王府，要給碧蕪診脈。

李德貴笑容滿面，還帶來了太后賞賜的藥材，同喻景遲賀喜。

「煩勞李總管了。」喻景遲笑道：「只是王妃因著有孕，近日吐得厲害，如今正在屋內躺著呢，怕是還要煩勞孟太醫親自去雨霖苑一趟。」

那位孟太醫約莫不到而立之年，看起來很年輕，他聞言拱手道：「譽王殿下客氣了，這本就是臣分內之事，還請殿下派人領臣過去吧。」

「不必派人，本王親自領你去。」喻景遲說罷轉頭看向李德貴。「王妃近日面容憔悴，不願旁人見著，李總管便在廳中稍等片刻。」

「是，奴才便在這兒等著。」李德貴恭敬道。

臨走前，喻景遲看了康福一眼，康福會意，忙命人將準備好的茶水點心端上來。

雨霖苑那廂，碧蕪躺在榻上，隔著棠紅的牡丹暗紋床幔，見銀鈴匆匆從外頭進來，朝她打了個眼色，她心下了然，乖乖在榻上躺好。

不一會兒，果見喻景遲領著一人進來，揮退屋內除了銀鈴外的所有僕婢。待那人走近了，看清楚了面容，碧蕪不由得怔了怔。

真是無巧不成書，這位太醫她認得，只不過是前世的事了。她依稀記得此人姓孟，叫孟昭明，她認識此人時，他已是太醫院院正，是當時已經登基的喻景遲身邊的御醫。

說起來，她長久以來喝下的避子湯，就是此人開的方子。

回憶間，孟昭明已躬身行至床榻前，他畢恭畢敬的道了句。「還請王妃伸出手，方便臣診斷脈象。」

站在床榻邊的銀鈴聞言微微撩起床簾，好讓碧蕪伸出手臂，擱在放了脈枕的圓凳上，並在她那光潔如玉的腕上小心翼翼的鋪了一塊絲帕。

末了，孟昭明才將手指搭在上頭，細細探起脈來。

然沒一會兒，他便蹙起眉頭，露出古怪的表情，他抬起手，頓了片刻，又將手落下去，重新探了一遍，確認自己沒有探錯。

過了大抵一盞茶的工夫，他才抬首看向喻景遲。

喻景遲正靜靜的盯著他瞧，見他探完了，才問：「孟太醫，王妃腹中的孩子可好？」

「回稟譽王殿下，王妃脈象平穩，腹中的孩子很好……」孟昭明頓了頓，一副欲言又止的模樣。「只是……」

他話還未說完，就被喻景遲打斷。「對了，本王近日聽說，太醫院丟失了一批貴重的藥材，大理寺正在著手調查此事，孟太醫也是太醫院的人，不知可知道些什麼？」

這話題轉得太快，孟昭明一時沒反應過來，他有些心虛的看了喻景遲一眼，便見喻景遲似笑非笑的看著他。

分明唇角上揚，可眸中透出的冰冷銳利卻令人不自覺心生畏懼。

一瞬間，一股子涼意自腳底攀上，讓孟昭明止不住打了個哆嗦，他吞了吞口水，勉強鎮定道：「回殿下，臣雖也是太醫院中的人，但平日裡都忙著替各宮娘娘問診，不清楚此事。」

「哦？」喻景遲挑了挑眉。「倒也不知是何人，膽大包天，聽說偷的還是南靈進貢的藥材，若是被抓住，只怕難逃一死。」

碧蕪躺在床榻上，聽著喻景遲的話，隔著床幔都能想像到那位孟太醫冷汗涔涔的模樣。

她原還想著喻景遲會如何騙過太醫，敢情喻景遲沒打算騙，而是讓這位孟太醫根本不敢將實情道出口。

倒是個比服藥徹底的法子，也像極了喻景遲會用的手段。

孟昭明後背都被汗浸濕了，他也不是什麼傻子，到這分上，怎麼可能還看不出這位譽王殿下是在借此威脅他。

怕就是為了王妃腹中那個「一個月」大的孩子。

繞了一大圈子，喻景遲似乎才想起來道：「孟太醫方才想對本王說什麼呢？」

孟昭明哪裡還敢再說，只道：「沒什麼，只是想告訴王妃，平素莫要勞累，還是要多休憩才是。王妃如今雖只有一月多的身孕，但還是要注意莫要貪食，不然腹中胎兒過大，只怕不益於生產。」

他這後半句，特意強調了「一月多的身孕」和「胎兒過大」，便是在提醒他們他已得知了真相，但絕不會多嘴對外胡說。

喻景遲滿意的頷首。「那便請孟太醫如實向皇祖母稟告此事。」

「是，臣遵命，臣這便告退了。」孟昭明躬身施了個禮，方才轉過去，卻又被喚住。

他止住步子，緊張的回頭，便見喻景遲笑著道：「本王瞧著孟太醫的醫術很是不錯，過兩日，本王會向皇祖母請示，往後便由孟太醫來給王妃診脈，將來這大半年，怕是還要煩勞孟太醫了。」

孟昭明聽得這話，不由得驚喜若狂，忙又給喻景遲施了個大禮。「多謝譽王殿下。」

他提步出了屋，整個人看起來都神清氣爽了許多。

有喻景遲這話，便代表大理寺那廂已經沒什麼問題了。他並非有意去偷那進貢的藥材，實在是家中小兒突發惡疾，眼見就快沒了轉圜的餘地，他才會動了念頭，設法取走那藥材。

他著實沒想到居然這麼快就被發現，原還擔憂若東窗事發，會連累家中老小，如今倒好了，喻景遲既能替他擺平此事，那他在太后面前小小的撒個謊，瞞下王妃懷胎三月的事又能如何。

看譽王維護王妃的模樣，王妃腹中的孩子定是譽王的沒錯，至多不過是婚前便不小心懷上了而已。如今兩人已成夫妻，孩子月分多大，又有什麼關係呢。

他保得了性命，譽王妃又保得了聲名，豈非兩相得益。

孟太醫走後，銀鈴掀開床簾正欲與碧蕪說話，卻見自家主子雙目緊閉，呼吸均勻，也不知何時睡了過去。

定是方才太緊張，如今一顆心落下，疲憊上頭，才會不知不覺入睡。

張嘴正欲喚她，卻見喻景遲攔了她，朝她搖了搖頭。銀鈴識趣的頷首，福身退下了。行至房門口，她又忍不住回首看了眼，便見喻景遲緩緩伸出手，輕柔的落在她家主子的臉上。

暮色沈沈，絢麗的霞光自窗外打進來，在地上勾勒出蝶戀花雕花窗櫺的精緻影子，亦落在這對璧人身上，溫暖而靜謐。

銀鈴不禁看呆了，好一會兒才欣慰的笑起來，幽著步子闔上屋門。

——未完，待續，請看文創風1146《天降好孕》2

為流浪貓狗加油 和貓寶貝 狗寶貝 廝守終生(一定要終生喔！)的幸福機會

對人來說，貓寶貝狗寶貝只是生活的一部分，但妳（你）對牠們來說，卻是生活的全部，領養前請一定要考慮清楚——

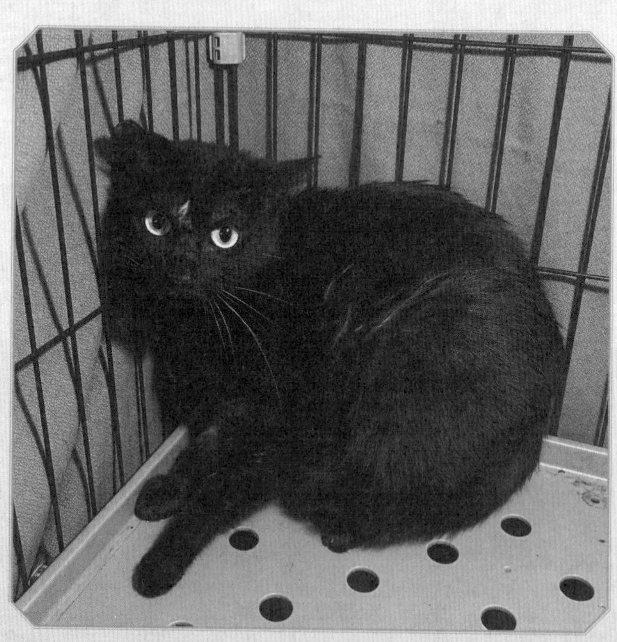

▲ 暗夜裡的小星星　小藍

性　　別：女生
品　　種：米克斯
年　　紀：約4～5歲
個　　性：害羞內向
健康狀況：已結紮，已施打三合一疫苗、驅蟲，曾患口炎，已拔牙治療完成
目前住所：屏東縣（中途愛媽家）

本期資料來源：藍先生

『小藍』的故事：

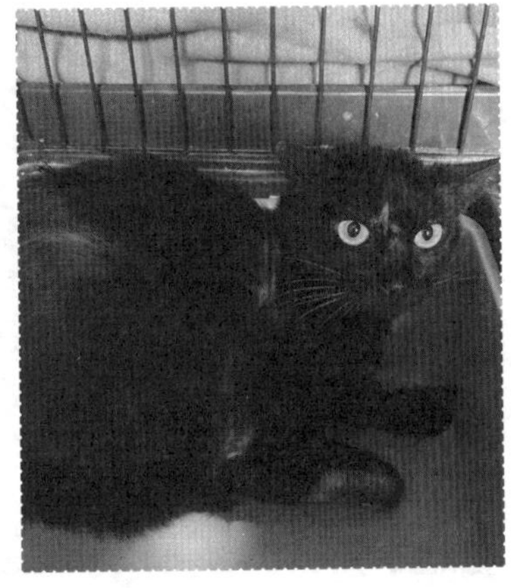

小藍是在服役住處附近的公園被發現的，當時牠特別瘦弱、十分怕生，哀號聲沙啞且身上有新傷口。

經誘補送醫治療後，才發現病因是口炎，進食困難導致營養不良，甚至貧血到體重只剩2.8公斤。經過拔牙治療與照護後，目前已可以正常吃飼料，臉上因治療時裝鼻胃管造成的傷口，與身上過去被其他浪貓欺負的舊傷，將會隨著身體康復而完全癒合。

儘管沒有美麗的花色和血統，又是成年黑貓，甚至因多年流浪導致還不十分親人，但骨子裡是一隻天使貓貓無疑。與小藍相處的這段時間，能感受到牠本性溫柔、也很努力試著想接近人的意願，未來成為最佳家貓絕對可期。

小藍的世界也想要有片藍天，希望每個早晨一抬頭，就瞧見有如生命中陽光的您在對牠微笑。有意者請洽藍先生的聯絡信箱kevinbob0630@gmail.com，全臺皆可親送，只要您願意陪伴牠打開心靈之窗，相信彩虹即將到來。

認養資格：

1. 認養人須有穩定的經濟收入，若與人同住，請先徵得家人、室友或房東的同意，不建議學生族群領養。
2. 不放養，必須同意施做門窗基本防護。
3. 須同意簽認養寵物切結書，並出示身分證件核對。
4. 認養前請三思，對待小藍不離不棄。

來信請說明：

a. 個人基本資料：姓名、性別、年齡、家庭狀況、職業與經濟來源等。
b. 想認養小藍的理由。
c. 過去養寵物的經驗，及簡介一下您的飼養環境。
d. 若未來有結婚、懷孕、出國或搬家等計劃，將如何安置小藍？

2023年3月出版

大齡女出頭天

文創風 1143～1144

委身做妾又被人打發拋棄的大齡女，
與年近而立的黃金單身漢比鄰而居，
曠男怨女喜相逢，命定姻緣隨即來！

女人有底氣，從容納福運／櫻桃熟了

當王府外頭正歡天喜地、張燈結綵地迎接新主母入住之際，
作為寵妾的李清珮從沒想過自己會有被打發出府的一天。
雖説她才區區二十歲，但在世俗眼中已是大齡女一枚了，
換作他人早就哭得死去活來，她卻灑脱地敞開肚皮大吃大喝；
天知道，在王府後院以色事人，飯不能多吃，覺不能起晚，
好不容易返還了自由身，當然要活得瀟灑愜意，讓別人都豔羨！
只不過這人生一放縱，她就因為吃多了管不住自己的嘴而出糗，
好在隔壁鄰家有一位好心的帥大叔，屢次替她治療積食不説，
還信手取來知名大儒的推舉函，鼓勵她參與女子科舉拚前程。
這股熟男魅力實在很對她的胃口，她就打著敦親睦鄰的名堂多親近，
有道是女追男隔層紗，沒料到對方會一頭栽進情坑急於求娶她，
難道兩人在一起，不能只談情説愛就好，談婚論嫁則大可不必嗎？

2023年2月出版

一勺獨秀

文創風 1137～1138

沒讓她穿成女主就算了，穿成一個人人喊打的女配，
老天為什麼要這樣捉弄她呀？
幸好現代的知識讓她穿來自帶技能，掌勺、擺攤都難不倒她，
希望她這個女配突然變得這麼能幹，不要被懷疑才好……

步步反轉，幸福璀璨／南小笙

如果喬月可以選擇，她絕不會想穿越成一本書的女配！
説起這個女配，因為出生時臉上有一塊胎記，被認定不祥而被拋棄，
剛巧蘇家人經過，把她救回去當作親生女兒養大，
誰知女配不知感恩，犯下一連串不可原諒的事，最後下場淒慘……
身為讀者的她當時看到這裡還覺得大快人心，現在簡直欲哭無淚，
她不能背負這些爛名聲，她要翻轉人生，改寫結局！
首先，蘇家人最重視的就是老三，也就是男主蘇彥之的身體，
蘇彥之滿腹才華，是做官的好苗子，卻因為身體不好沒少受折騰，
原書中女配屢次私吞他的救命藥錢，還為了貪圖榮華對他下藥，
如今若能醫好蘇彥之的病，是否就能翻轉整個蘇家對她的偏見？
可她記得，這個男主雖然個性溫和儒雅，對女配卻一直沒有好臉色，
看來她得想個法子，讓蘇彥之願意對她敞開心胸才成……

同是天涯炮灰人，日久生情自當救／十二鹿

2023年2月出版

扭轉衰小人生

她做人的原則很簡單，就是——
人不犯我，我不犯人；
人若犯我，禮讓三分；
人再犯我，斬草除根！
什麼阿貓阿狗的都敢來招惹她，當真活膩了嗎？

文創風 1139 1

平時忙得跟陀螺似的老爸抽空參加了她的大學畢業典禮，還開車接她離校，
她不過是在車上滑個手機而已，只聽見「砰」的一聲，接著就眼前一黑了，
再睜開眼，余歲歲莫名其妙成為了什麼廬陽侯的嫡長女，
所以說，他們這是出了車禍，人生戲碼直接跳到The End的結局了？
話說回來，身為侯府千金，她在府中的待遇實在很糟，連下人都能欺她，
原來她是一出生就被抱錯、在農村養了十年，最近才被尋回的女配真千金，
回府後就處處刁難知書達禮的善良女主假千金，還把人給推落水……
且慢！這劇情走向及人物設定怎麼如此熟悉？媽呀，難不成她穿書了？!

文創風 1140 2

十歲，在侯府看來是已經定了性的年紀，因此並不想費心教導她，
但正經的血脈不能廢了，所以侯府還是要意思意思地給她請個啟蒙先生，
嘖，她余歲歲是堂堂21世紀的大學畢業生，還能怕了古代開蒙嗎？
不過這侯府也是好笑，她這真千金認回來了，假千金居然也不還給人家，
想想也是，畢竟是精心嬌養了十年的棋子，說啥都不能白白浪費了，
為了杜絕後患，甚至還把她養父找來，想用錢買斷他跟真千金的父女關係，
本來嘛，若一個願買、一個願賣，這也不干她什麼事，
可一看到養父的臉她就懵了，這是年輕版的老爸啊！難道他也穿書了？

文創風 1141 3

自從九歲那年媽媽病逝後，身為刑警的爸爸因為工作忙，很少有時間陪她，
被爺奶帶大的她雖然從小和爸爸並不親近，可兩人畢竟是血濃於水的父女，
本以為已經陰陽相隔，沒想到老天善心大發，給了他們重享天倫的機會，
在這人生地不熟的朝代，她余歲歲能相信的人果然只有自家老爸啊！
武力值爆表的爸爸當了七皇子的武學師父，還開了間武館，一路升官發財，
而熟記原書劇本的她則盡量避開主角，努力改變父女倆的炮灰命運，
她甚至還出了本利國利民的《掃盲之書》，被皇帝破例親封為錦陵縣主，
可人生不如意事不只八九，她越想避開誰，誰就越愛在她身邊轉，真要命！

文創風 1142 4 完

七皇子陳煜這個人，嚴格來說算是她余歲歲的青梅竹馬吧，
論外貌，從小他就是個妥妥的美男子，大了也沒長歪掉；
論個性，寬厚聰慧、體貼容人，不大男人、不霸總，正好是她的理想型。
但、是，即便他的優點多到不行，也改變不了他是炮灰的事實啊！
是的，在原書裡，七皇子也是個炮灰，從頭到尾沒幾句話，
戲份最多的一場就是他在皇家圍場被突然出現的熊重傷，不治而死時，
不過算他幸運，有她這個集美貌、聰穎與武力於一身的心上人罩著，不怕，
即便前路忐忑難行、危機重重，她也有自信定能扭轉這衰小的人生！

天降好孕 1

國家圖書館出版品預行編目資料

天降好孕 / 松籬著. --
初版. -- 臺北市 : 狗屋出版社有限公司, 2023.03
冊 ; 公分. --（文創風 ; 1145-1147）
ISBN 978-986-509-406-5（第1冊 : 平裝）. --

857.7　　112001155

著作者　松籬
編輯　黃暄尹
校對　吳帛奕
發行所　狗屋出版社有限公司
地址　台北市104中山區龍江路71巷15號1樓
電話　02-2776-5889～0
發行字號　局版台業字845號
法律顧問　蕭雄淋律師
總經銷　知遠文化事業有限公司
電話　02-2664-8800
初版　2023年3月
國際書碼　ISBN-13　978-986-509-406-5

本著作物由北京晉江原創網絡科技有限公司授權出版

定價280元
狗屋劃撥帳號：19001626
網址：love.doghouse.com.tw　E-mail：love@doghouse.com.tw